GUDAI SHIGE XIUCI

# 古代诗歌修辞

## （修订本）

周生亚　著

玉露凋傷楓
樹林巫山巫峽
氣蕭森江間
波浪兼天湧

中国教育出版传媒集团　语文出版社

·北京·

**图书在版编目（CIP）数据**

古代诗歌修辞 / 周生亚著. -- 修订本. -- 北京 ：

语文出版社，2024. 6. -- ISBN 978-7-5187-1998-3

Ⅰ. Ⅰ207. 22

中国国家版本馆 CIP 数据核字第 2024ZB3837 号

---

| 责任编辑 | 李欣蕊 |
| 装帧设计 | 刘姗姗 |
| 出　　版 | 语文出版社 |
| 地　　址 | 北京市东城区朝阳门内南小街51号　　100010 |
| 电子信箱 | ywcbsywp@163.com |
| 排　　版 | 华艺世纪缘科技发展有限公司 |
| 印刷装订 | 山东临沂新华印刷物流集团有限责任公司 |
| 发　　行 | 语文出版社　新华书店经销 |
| 规　　格 | 890mm×1240mm |
| 开　　本 | A5 |
| 印　　张 | 10.5　　插页1 |
| 字　　数 | 218千字 |
| 版　　次 | 2024年6月第1版 |
| 印　　次 | 2024年6月第1次印刷 |
| 印　　数 | 1-2,000 |
| 定　　价 | 45.00元 |

☎ 010-65253954（咨询） 010-65251033（购书） 010-65250075（印装质量）

# 目　录

# 导　言

　　古人讲究修辞源远流长。古代文献最早把"修"和"辞"两个词连起来说，当以《周易》为最早。《周易·乾·文言》说："子曰：'君子进德修业。忠信，所以进德也；修辞立其诚，所以居业也。'"不过这里说的"修辞"与我们今天讲的修辞，在内容上并不完全一致。孔颖达说："'忠信所以进德'者，复解进德之事，推忠于人，以信待物，人则亲而尊之，其德日进，是'进德'也。'修辞立其诚，所以居业'者，辞谓文教，诚谓诚实也。外则修理文教，内则立其诚实，内外相成，则有功业可居，故云'居业'也。"(《十三经注疏》上册，第15—16页，1980年，中华书局影印本）从孔疏来看，《周易》讲的"修辞"指的是"修理文教"。"文教"在古代指礼乐法度、文章教化，是对"君子"政治上的一种要求，是"居业"的重要条件。但是，修辞作为一种言语活动，上古许多文献不乏提及。如《论语·宪问》说："子曰：'为命，裨谌草创之，世叔讨论之，行人子羽修饰之，东里子产润色之。'""为命"就是指外交辞令的创制。孔子这段话说的是郑国外交辞令的产生过程，也是对郑国外交辞令的赞美。子羽修饰，子产润色，这都是讲的文字加工，也就是修辞。因此，我们可以说，修辞作为一种言语活动，就是指人们利用一切手段去对语言进行修饰或调整。这样说来，研究语言的各种修辞手段或修辞方法，找出运用这些手段或方法的规律，进而弄清语言修辞和语体风格的关系，借以提高语言的表达效果，也必然是修辞学的研究对象和任务了。诗歌语言是文学语言之一。所谓诗歌修辞，就是指为了加强诗歌语言的表达效果而采用的各种修辞方法或修辞手段的一个总的提法。

研究诗歌修辞，既然是以提高诗歌语言表达效果和表达技巧为主要目标，那它就必须以诗歌语言为最基本的研究素材。但是，我们知道诗歌修辞所要研究的并不是语音、词汇、语法本身的内在规律，而是从功能角度去研究如何提高诗歌语言的表达效果，去研究如何综合运用语音、词汇、语法所提供的基本素材来为表达诗歌内容服务。由此可知，加强诗歌修辞研究是认识古代诗歌语言特点、掌握古代诗歌文体特征以及提高古诗鉴赏能力的重要途径。再具体说，我们为什么要学习、研究古代诗歌修辞知识呢？我觉得有以下三点理由：

第一，我们学习、研究古代诗歌修辞知识，是为了更好地理解古诗。

所谓理解，主要是语言理解。如果没有这一步，其他要求，如分析、鉴赏等，都是空话。但是，我们不能不看到，有时词义本身并没有任何理解障碍，只是因为读者不懂修辞，在阅读过程中也会产生疑问。如下面的例子是极普遍的：

①蜀相阶前柏，龙蛇捧閟宫。（李商隐《武侯庙古柏》）（閟：音 bì。）

《武侯庙古柏》是李商隐于唐宣宗大中五年（851）差赴

四川成都见到诸葛亮庙后所写下的一首吊古诗。"蜀相阶前柏"两句，是这首诗的开头两句。除"閟宫"一语稍难理解外，其他词都很好懂。"閟宫"就是深闭的祠庙。"捧"是护卫的意思。"龙蛇捧閟宫"，可"龙蛇"并不是"捧"这个动作的发出者。这就是难点。了解"龙蛇"在句中的意义，要满足两个条件：一是要知道"龙蛇"在句中是做状语；二是要知道"龙蛇"是"柏"的比喻。懂得了这两条，这两句诗就很好理解了：蜀相诸葛亮庙前的两棵古柏，弯曲盘绕，就像龙蛇那样地拱卫着深闭的武侯庙。诗中还有两句，如果不懂语法修辞规律，也是不容易弄懂的。如：

②大树思冯异，甘棠忆召公。（李商隐《武侯庙古柏》）

这两句诗，"大树""甘棠"也不是动作行为的发出者，它们应独立出来单独组织句子。"思冯异""忆召公"是另两个句子，否则"大树思""甘棠忆"是不可理解的。另外，从修辞上说，我们也要懂得两种辞格的修辞作用：一是引用，二是借喻。"大树思冯异，甘棠忆召公"这两句诗，李商隐实际都是在引典。在引典的同时又运用借喻辞格，这就是技巧之所在。冯异是东汉人，字公孙。据《后汉书·冯异传》记载："异为人谦退不伐，行与诸将相逢，辄引车避道。进止皆有表识，军中号为整齐。每所止舍，诸将并坐论功，异常独屏树下，军中号曰'大树将军'。"召公也是一个历史人物，是周文王子、武王臣。据说他到南国推行文王之政的时候常在甘棠树下听讼断案，持正不阿，后人追思其德，故赋《甘棠》诗。由此可知，由于冯异和召公都是历史上的功臣，所以李商隐用冯异和召公来喻指诸葛亮。同时，这两个诗句还妙在用历史上的"大树"和"甘棠"来同时喻指武侯庙前的两棵古柏，用典之贴切，实在令人佩服。李商隐实际是说只要后人见到武侯庙前的两棵古柏，也就自然而然地想起诸葛亮的千秋功业和他的谦虚美德了。由以上引例可知，要准确地理解诗意，不了解词义固然不可，不了解诗歌语言的语法修辞规律也不行。

第二，要鉴赏古诗，必须掌握古代诗歌修辞知识。

鉴赏古诗是以理解古诗为基础的，没有理解就谈不到鉴赏，因为鉴赏是更高层次的理解。对古诗的品味、鉴赏，没有修辞知识是不行的。如：

①杨柳渡头行客稀，罟师荡桨向临圻。

唯有相思似春色，江南江北送君归。（王维《送沈子福之江东》）

这是一首送别诗。开头先点明了送别的地点：杨柳依依的渡头，行客稀少，这样的环境自然给人一种凄苦、冷清之感。接下去，"罟师荡桨向临圻"，这是写作者远望渔夫荡桨缓缓驶向临圻的情景。"临圻"当是"临沂"之误，有的本子释"临圻"为"近水曲岸"，恐不确。临沂故城在今江苏，这就是本诗诗题所说的"江东"地区。这首诗第三句，"唯有相思似春色"写得最为出色。从修辞上说，这是一个比喻句，以有形状无形，把朋友间惜别、相思之心比作"春色"，可谓用心良苦、独具匠心。送君千里，终有一别，再亲密的朋友也不会始终相伴。正在这时，诗人发现大江南北的无限春色不正是沈子福最好的伴侣吗？盎然春色是沈子福的行程伴侣，也是诗人王维的一片相思之心。在古代诗歌里，运用比

喻辞格来写离情别意十分常见。又如：

②青山横北郭，白水绕东城。

此地一为别，孤蓬万里征。

浮云游子意，落日故人情。

挥手自兹去，萧萧班马鸣。（李白《送友人》）

《送友人》是一首五言律诗。在短短的八行诗句里，竟有三个比喻句。其中"浮云游子意，落日故人情"两句，写得最妙。那天上飘荡不定的浮云啊，正像游子孤寂的心情；那缓缓而下的落日啊，也恰如故人的惜别之情。这些脍炙人口的诗句，都是千锤百炼的，都离不开修辞功夫。

第三，我们学习、研究古代诗歌修辞，是为了更好地掌握古代诗歌的文体特点。

古今有各种文体，其特点各不相同。特点的形成有诸多因素，但语言因素，我想是最重要的。如夸张辞格，在诗歌里是经常被使用的，而在非韵文里就不怎么使用。在古代诗歌里，为了夸饰雪花之大，可以说"燕山雪花大如席，片片吹落轩辕台"（李白《北风行》）；为了极言白发之长，可以说"白发三千丈，缘愁似个长"（李白《秋浦歌》其十五）；为了夸大城坚而高，可以说"大城铁不如，小城万丈余"（杜甫《潼关吏》）；为了形容孔明庙前老柏的粗大，可以说"霜皮溜雨四十围，黛色参天二千尺"（杜甫《古柏行》），这些在诗歌语言里都是允许的，因为夸张不等于虚夸。夸张是在承认客观事实的基础上所做的"艺术处理"。这种艺术上的再创造，目的是使读者加大主观感受，以引起情感上的共鸣。又如"兴"或称之为"起兴"，这种辞格在别的文体里很少用，

而在诗歌里，尤其是在《诗经》里用得极为普遍。诸如此类的情况都说明古代诗歌修辞有其独特之处。我们加强对古代诗歌修辞的研究，就能更好地把握古代诗歌的特点。把握了古代诗歌的特点，就有助于对原诗的理解与鉴赏。

古代诗歌修辞，这是一个总题目。修辞问题是语言问题，具体说是属于语言运用的问题。传统上把修辞现象分为"消极修辞"和"积极修辞"两大类。虽说不太妥当，但都是属于语言运用问题。因此，我们讲古代诗歌修辞就不能不讲用词造句问题，不能不讲章法问题，当然更不能不讲辞格问题。关于古代诗歌的用词造句问题，即诗歌语法部分，作者准备另作专题研究。本书要谈的主要内容有以下三点：辞格、章法和古代诗歌修辞的发展。

辞　格

# 一、什么叫辞格

　　辞格，也叫修辞格，是修辞学所要研究的对象、内容之一。我们常说语音、词汇、语法是语言的三大要素，但是我们可以肯定地说，修辞并不是语言的另一"要素"。辞格的研究虽说离不开语音、词汇、语法，但它研究的并不是语音、词汇、语法本身的内在规律，而是研究如何运用语音、词汇、语法所提供的材料去更好地表达内容的问题。因此，我们可以说辞格就是为了更有效地运用语言、增强语言的表达效果而对语言刻意加工后所形成的种种修辞方法。我们也可以说，辞格是属于语言表达性质的具体的言语形式，是综合运用语言诸多要素的修辞手段。

　　明确了辞格性质，也就便于我们划清辞格与非辞格的界限了。如有的书把"转品""节缩""倒装""省略"都列入"积极修辞"之内，我想这就混淆了辞格与非辞格的界限。"转品"，即我们通常所说的词类活用问题，这纯属语法问题，应当说与表达关系不大。"节缩"也同语法、语音有关，如"诸"等于"之于""之乎"，"盍"等于"何不"，"叵"等于"不可"之类就属于这种情况。至于"倒装""省略"，同语法都有极大关系，也不完全是修辞问题。就目前情况而言，

我们还不能说所有辞格都研究透了，有些问题还有待进一步深入探讨。以古代诗歌语言为材料的修辞研究，更是一个新的课题，需要我们付出艰辛的努力，才能摸索出规律性的东西来。

# 二、辞格的分类

　　要谈辞格，首先碰到的就是辞格的分类问题。分类的实质，就是划分标准。用什么标准去划分辞格，涉及很多方面，十分复杂。最早，陈望道先生在《修辞学发凡》里大体依据构造，间或依据作用将辞格分为材料、意境、词语、章句四大类，共三十八格。在这之后，一些讲修辞的书在谈到分类的时候，大都没有超出这个范围。1963 年，张弓先生出版了《现代汉语修辞学》一书。这部修辞专著在辞格分类问题上另立新意。张先生依据"语言因素和表现手法的关联性"，将辞格分为描写式、布置式和表达式三大类，共二十四格。张氏的分类法比陈氏的分类法确有新意，但是值得研究的地方也还是有的。

　　由于本书取材主要是古代诗歌语言（部分例句采自宋词），所以当我们谈辞格分类的时候，就不能不考虑古代诗歌的语言特点。在所有的文体中，可以说诗歌语言的特点是最明显不过的了。因此，要想解决古代诗歌语言的辞格分类问题，就必须紧紧抓住诗歌的语言特点。我们的基本想法是：诗歌语言特点是分类的，与此相应的辞格也是可以分类的。虽然跨类的现象会有，但总的来说还是可以区分开的。根据

诗歌语言特点进行辞格分类，其实就是依据功能特点去分类。这样做，我想至少有一个好处，就是把修辞研究同文体研究充分地结合起来了。

那么，诗歌语言有哪些特点呢？我觉得最主要的有七点，这就是诗歌语言的形象性、生动性、整齐性、变化性、抒情性、含蓄性和音乐性。根据这七点，我们试将本书提出的几种辞格进行如下分类：

1. 诗歌语言的形象性

与此相应的辞格有：比喻、起兴、比拟；

2. 诗歌语言的生动性

与此相应的辞格有：夸张、移就；

3. 诗歌语言的整齐性

与此相应的辞格有：对偶、排比；

4. 诗歌语言的变化性

与此相应的辞格有：借代、变换、连环、设问、反问；

5. 诗歌语言的抒情性

与此相应的辞格有：反复、对比；

6. 诗歌语言的含蓄性

与此相应的辞格有：曲达、双关、反语、映衬、引用；

7. 诗歌语言的音乐性

与此相应的辞格有：摹拟、音律。

# 三、古代诗歌常见辞格

辞格是不宜分得过细的。过细不仅不容易掌握，而且必有趋于混乱之势。古代诗歌常见的辞格共有二十一种：比喻、起兴、比拟、夸张、移就、对偶、排比、借代、变换、连环、设问、反问、反复、对比、曲达、双关、反语、映衬、引用、摹拟和音律。

下面就分别叙述一下。

## （一）比喻

### 1. 什么叫比喻

在诗歌语言里，可以说比喻是用得最为普遍的一种辞格。什么叫比喻？比喻就是通常所说的"打比方"。诗歌语言打不打比方，效果是大不相同的。有了比方，语言就形象、生动，读者就会如睹其物，如见其人。如：

①瞻望弗及，泣涕如雨。（《诗经·邶风·燕燕》）

②著叶满枝翠羽盖，开花无数黄金钱。（杜甫《秋雨叹》其一）

例①《邶风·燕燕》写的是卫女出嫁南国的情景。古代女子远嫁他乡是很悲伤的。"瞻望弗及，泣涕如雨"，这是说送行的人瞻望卫女远去的身影，直到看不见为止，此时此刻心情无限哀戚，于是泪珠如同雨水般倾泻而下。"泣涕如雨"，这里有比喻，也有夸张，但主要是比喻。《诗经》中用于说明"泣涕"的还有一例，即《卫风·氓》中的"不见复关，泣涕涟涟"。"涟涟"是形容泪流不止的样子，这是描写，不是比喻，所以表达效果不如"泣涕如雨"那样生动。例②，杜甫的《秋雨叹》三首，大约写于天宝十三年（754）秋。此诗第一首实为咏物诗，借物抒情言志。该诗开头说"雨中百草秋烂死，阶下决明颜色鲜"，强调"百草"和"决明"的对比。决明是一种药材，七月开黄花，有明目疗效，故称"决明"。"著叶满枝翠羽盖，开花无数黄金钱"，诗人以"翠羽盖"喻决明之叶，以"黄金钱"喻决明之花，比喻生动有力。不仅强调了二者外在的形似（形状、颜色相似），而且突出了甲乙两物的内在联系。"翠羽盖""黄金钱"都是十分珍贵的，用来比喻决明，可见诗人于此物情有独钟。在这些地方，我们都不难发现比喻辞格的修辞作用。又如古代诗歌中，以月亮为描写对象的作品俯拾即是。在《诗经》《楚辞》里，很多诗句是以白描的手法去描写月亮，如"瞻彼日月，悠悠我思"（《诗经·邶风·雄雉》），"日月安属，列星安陈"（《楚辞·天问》），但是更多的作品所描写的月亮是多姿多彩的，从中我们不难发现修辞的作用。如有的是从光线角度去描写的，"俯视清水波，仰看明月光"（曹丕《杂诗》），"戾戾曙风急，团团明月阴"（江淹《效古》）；有的是从时间角度去描写的，"秋时自零落，春月复芬芳"（宋子侯《董娇饶》），

"秋月照层岭，寒风扫高木"（吴均《答柳恽》）；有的是从处所角度去描写的，"暮从碧山下，山月随人归"（李白《下终南山过斛斯山人宿置酒》），"江行几千里，海月十五圆"（李白《自巴东舟行经瞿塘峡登巫山最高峰晚还题壁》）；有的是从形状角度去描写的，"风林纤月落，衣露净琴张"（杜甫《夜宴左氏庄》），"晓随残月行，夕与新月宿"（白居易《客中月》）；有的是从感觉角度去描写的，"夜深经战场，寒月照白骨"（杜甫《北征》），"润州城高霜月明，吟霜思月欲发声"（白居易《小童薛阳陶吹觱栗歌》）；有的是从动态角度去描写的，"弯弓若转月，白雁落云端"（李白《幽州胡马客歌》），"落月满屋梁，犹疑照颜色"（杜甫《梦李白》其一），凡此种种，不一而足。应当承认，上述诗句对月的描写，给人的印象是鲜明的，但还不能说是生动的。请看下面两例：

③可怜九月初三夜，露似真珠月似弓。（白居易《暮江吟》）

④松排山面千重翠，月点波心一颗珠。（白居易《春题湖上》）

例③④，"月似弓""一颗珠"都是出自诗人白居易之手，一个比喻天上的月，一个比喻水中的月，生动极了。每月农历初七或初八，月呈半月形，似弓，此为上弦月。每月农历初二或初三，新月刚刚出现，此为"朏"。白居易说"九月初三夜""月似弓"，这是个大致说法，不必苛求。"露似真珠月似弓"，在月光照耀下，晶莹的露珠犹如珍珠般闪闪发光，新月也正像弯弓一样斜挂在天上，真是美极了。至于说到"月点波心一颗珠"，构思更是奇妙。"松排山面千重翠"，青

松翠柏覆盖山上，重重叠叠，犹如耸起一片翠玉；"月点波心一颗珠"，"点"用为动词，有"映印"的意思，是说天上的明月映印在西湖之中就好像一颗闪光的夜明珠一样。例③④，也是在写月，但由于运用了比喻辞格，修辞效果显然不同了。

既然是比喻，就得有被比的事物（本体）和用来作比的事物（喻体）。比喻的本体和喻体，在性质上必须是不同的两种事物，否则不能构成比喻。关于这一点，正如刘勰所说："诗人比兴，触物圆览。物虽胡越，合则肝胆。"（《文心雕龙·比兴》）这话是说，诗人用比兴手法写作诗歌，在接触事物的时候就要仔细观察思考。被比事物和作比事物虽然表面看来像北胡、南越那样相差甚远，但是两种事物合起来总会有相似之处，就如同肝胆那样相近。刘勰这段话本身就是设喻明理，说得非常透辟。因此，我们可以说准确地理解被比和作比两种事物的相似点，是正确理解比喻的关键所在。那么如何去抓相似点呢？我觉得有以下三个问题要特别注意：

第一，要注意同一喻体可以比喻不同本体。

用于作比的喻体，往往具有多种属性。因此在诗歌语言里就出现这种情况：同一事物可以从不同角度去比喻不同事物。如：

①低头弄莲子，莲子青如水。（无名氏《西洲曲》）
②云淡碧天如水。（无名氏《御街行》）
③扫地焚香闭阁眠，簟纹如水帐如烟。（苏轼《南堂》）
④柔情似水，佳期如梦。（秦观《鹊桥仙》）
⑤铁骑无声望似水。（陆游《夜游宫·记梦寄师伯浑》）

⑥遥夜沉沉如水，风紧驿亭深闭。（秦观《如梦令》）

例①—⑥，各句中的"水"都是作比事物，但是是从不同角度作比，换句话说，这些"水"与被比事物具有不同的相似点。例①②，"莲子青如水""碧天如水"，这是从水的颜色角度来作比的。例③，"簟纹如水"，这是从水的形态角度来作比的。例④，"柔情似水"，这是从水的流体性的角度来作比的。例⑤，"铁骑无声望似水"，这是一个词序做了变动的句子，意思是"望铁骑无声似水"，这是从水的流动性、连续性角度来作比的。例⑥，"遥夜沉沉如水"，这主要是从水的深沉、连续性的角度来作比的。像例①—⑥这种情况，在古代诗歌语言里很常见。下面我再举几个例子，不再分析了。如同是一个"丝"，既可比喻"六辔"，又可比喻"黄河"：

⑦我马维骃，六辔如丝。（《诗经·小雅·皇皇者华》）
⑧西岳峥嵘何壮哉，黄河如丝天际来。（李白《西岳云台歌送丹丘子》）

同是一个"麻"，既可比喻相撑的"白骨"，又可比喻"雨脚"：

⑨天津流水波赤血，白骨相撑如乱麻。（李白《扶风豪士歌》）
⑩床头屋漏无干处，雨脚如麻未断绝。（杜甫《茅屋为秋风所破歌》）

同是一个"云"，既可比喻"海浪"，又可比喻"春思"：

⑪海浪如云去却回，北风吹起数声雷。（曾巩《西楼》）

⑫参军春思乱如云，白发题诗愁送春。（欧阳修《春日西湖寄谢法曹歌》）

第二，要注意喻体和本体之间多种属性的联系。

作比事物和被比事物，即喻体和本体之间构成比喻关系，有时并不限于一种属性把彼此联系起来。这也就是说，喻体和本体之间的相似点有时是不止一个的。在这种情况下，我们就应当把所有的相似点都找出来，才能了解比喻的全部含义。如：

①指如削葱根，口如含朱丹。（无名氏《焦仲卿妻》）

②从容好赵舞，延袖象飞翮。（左思《娇女诗》）

③秋浦多白猿，超腾若飞雪。（李白《秋浦歌》其五）

④杜陵野客人更嗤，被褐短窄鬓如丝。（杜甫《醉时歌》）（被：音 pī，披。）

⑤西岳峻嶒竦处尊，诸峰罗立如儿孙。（杜甫《望岳》）

⑥红莲相倚浑如醉，白鸟无言定自愁。（辛弃疾《鹧鸪天·鹅湖归，病起作》）

例①，"指"和"削葱根"的相似点是：形细、色白、质嫩。例②，"延袖"和"飞翮"的相似点是：所处的位置、飞动、形状。例③，白猿"超腾"和"飞雪"的相似点是：运动过程、色白。例④，"鬓"和"丝"的相似点是：形细、色白、量多。例⑤，"诸峰罗立"和"儿孙"的相似点是：外形大小不同，数量多，所处的位置高低不一。例⑥"红莲相倚"和"醉"的相似点是：外形倾斜不直，色红。

第三，要认识喻体和本体之间多种属性联系的规律性。

上面谈的一、二两点，从根本上说都是同这一条有关的。喻体和本体间的属性联系，据我体会，主要有以下几个方面：

属于形状方面的，如：

①马毛缩如猬，角弓不可张。（鲍照《代出自蓟北门行》）

②裁为合欢扇，团团似明月。（无名氏《怨歌行》）

③下如蛇屈盘，上若绳萦纡。（白居易《紫藤》）

属于颜色方面的，如：

①屐上足如霜，不着鸦头袜。（李白《越女词》其一）

②白须如雪五朝臣，又值新正第七旬。（白居易《喜入新年自咏》）

③鹧旦催人夜不眠，竹鸡叫雨云如墨。（张舜民《打麦》）

属于性质方面的，如：

①大道如青天，我独不得出。（李白《行路难》其二）

②先帝御马玉花骢，画工如山貌不同。（杜甫《丹青引》）

③妾心如镜面，一规秋水清。（许棐《乐府》）

例①，"大道如青天"句，是说大道如青天那样宽阔。例②，"画工如山"句，是说画工如山之多。例③，"妾心如镜面"句，是说妾心如镜面般明洁。宽阔、众多、明洁都是说明事物性质的。

属于动作行为方面的，如：

①垂泪适他乡，忽如雨绝云。（傅玄《豫章行苦相篇》）

②知章骑马似乘船，眼花落井水底眠。（杜甫《饮中八仙歌》）

③人生到处知何似？应似飞鸿踏雪泥。（苏轼《和子由渑池怀旧》）

例①，"雨绝云"就是"雨绝于云"，也就是雨水绝离云层而落下。例③，"应似飞鸿踏雪泥"句，主语就是"人生到处"。

属于状态方面的，如：

①白浪如山那可渡，狂风愁杀峭帆人。（李白《横江词》其三）

②绿遍山原白满川，子规声里雨如烟。（范成大《村居即景》）

③落月如老妇，苍苍无颜色。（曹勋《望太行》）

属于时间、速度方面的，如：

①浩浩阴阳移，年命如朝露。（古诗《驱车上东门》）

②学剑越处子，超腾若流星。（李白《东海有勇妇》）

③愿春暂留，春归如过翼，一去无迹。（周邦彦《六丑·蔷薇谢后作》）

属于声音方面的，如：

①大弦嘈嘈如急雨，小弦切切如私语。（白居易《琵琶行》）

②大臣鼻息如雷吼，玉帐无忧方熟眠。（王庭珪《和周秀实田家行》）

③朝云横度，辘辘车声如水去。（蒋兴祖女《减字木兰花·题雄州驿》）

属于关系方面的，如：

①宴尔新婚，如兄如弟。(《诗经·邶风·谷风》)(宴：乐。)

②送行勿泣血，仆射如父兄。(杜甫《新安吏》)

③观身理国国可济，君如心兮民如体。(白居易《骠国乐》)

例①，本体省略。本体就是丈夫和新婚的妻子。

以上就是喻体和本体属性联系的几个重要方面。我们阅读作品时还可以进一步归纳，但主要的、常见的就是这几个方面。

## 2. 比喻的基本类型

### (1) 明喻

明喻就是非常明确地表示用甲比方乙。明喻构成的基本格式是：本体 + 比喻词 + 喻体。比喻词是由动词充当的，常用为比喻词的典型动词有"如""似""若"等。如：

①鬒发如云，不屑髢也。(《诗经·鄘风·君子偕老》)(鬒：音 zhěn。髢：音 dí，假发。)

②宫女如花满春殿，只今惟有鹧鸪飞。(李白《越中览古》)

③湖上春来似画图，乱峰围绕水平铺。(白居易《春题湖上》)

④日暮东风怨啼鸟，落花犹似坠楼人。(杜牧《金谷园》)

⑤旌蔽日兮敌若云，矢交坠兮士争先。(《楚辞·九歌·国殇》)

⑥皑如山上雪，皎若云间月。(无名氏《白头吟》)

例①，"鬒发"就是稠而黑的头发。"鬒发如云"有两个相似点要抓住：一是颜色，二是形状。云朵有黑有白，这里所取的相似点是黑色；云朵也是飘忽不定的，时而聚拢，则层云密布，时而飘散，则如烟如丝，这里所取的相似点是层云。全句是用来形容卫宣公夫人宣姜貌美的，意思是说宣姜头发长得又黑又密，发式重重叠叠如天上的乌云一般，不用戴假发也够美了。这个诗句，"鬒发"是本体，"如"是比喻词，"云"是喻体。明喻就是借助比喻词把本不相同的本体和喻体联系起来，取得十分明显的修辞效果。其他如例②—⑥，宫女的美丽、湖上的春景、落花的姿态、敌人的众多以及心地的皑皑和皎洁都是比较抽象的概念，但这里通过明喻的形式，把它们分别比作"花""画图""坠楼人""云"以及"山上雪""云间月"等，这就形象化了，变成看得见、摸得着的东西，这就是诗歌语言的魅力，是同散文语言大不相同的地方。

明喻的比喻词也可以用"譬""类""象"这类动词。如：

⑦人生譬朝露，居世多屯蹇。(秦嘉《赠妇诗》其一)(屯蹇：音 zhūn jiǎn，不顺利。)

⑧嗟余听鼓应官去，走马兰台类转蓬。(李商隐《无题》其一)

⑨额鼻象五岳，扬波喷云雷。(李白《古风》其三)

如果一连用几个不同的喻体来同时比喻同一个本体，这就是一般所说的"博喻"。如：

⑩天保定尔，以莫不兴。

如山如阜，如冈如陵。（《诗经·小雅·天保》）（保：保佑。尔：你。兴：兴盛。）

⑪月色满床兼满地，江声如鼓复如风。（元稹《江楼月》）

例⑩，《小雅·天保》是一首臣答君之诗，全诗充满祝福之词。"如山如阜，如冈如陵"是比喻君主功业，意思是说上天保佑你，你的功业是没有不兴旺发达的，这就像山阜那样高大，也像冈陵那样永存。博喻是连用几个比喻词"如"字，这样可以起到增强语势、加深印象的作用，会收到很好的修辞效果。同理，例⑪"江声如鼓复如风"句，连用了喻体"鼓"和"风"，把嘉陵江水的声音变化表现出来了。鼓声咚咚，风声怒吼，以鼓声、风声比喻江水声，不仅使人想象到江水的险恶，也能使人体会出诗人在江岸驿楼望月怀远的孤寂心情。

**（2）暗喻**

如果不明确表示打比方，而是将本体直接说成是喻体，这就是暗喻。暗喻构成的基本格式是：本体＋比喻词＋喻体。充当比喻词的典型动词是"是"。如：

①森茫积水非吾土，漂泊浮萍是我身。（白居易《九江春望》）

②壮士心是剑，为君射斗牛。（孟郊《百忧》）（斗牛：星宿名。）

③笠是兜鍪蓑是甲，雨从头上湿到胛。（杨万里《插秧歌》）（兜鍪：头盔。）

例①—③，"我身""壮士心""笠""蓑"是本体，"浮萍""剑""兜鍪""甲"是喻体，"是"是比喻词。值得注

意的是例①，由于押韵的要求，本体和喻体的位置发生了变化。在古代诗歌中，暗喻虽然远不如明喻用得那么普遍，但是用暗喻也有好处。暗喻的本体、喻体同时出现，并且用"是"字连接起来，这样就把比喻关系融到一般句子结构中去了，使比喻不露痕迹。暗喻表面看起来不是比喻关系，实际上它比明喻更强调了喻体和本体的相似点，其修辞作用正在这里。如例①—③，如果把"漂泊浮萍是我身""壮士心是剑""笠是兜鍪蓑是甲"说成"漂泊浮萍如我身""壮士心如剑""笠如兜鍪蓑如甲"，那效果是不太一样的。"如"让人明显感到是在打比方。但是如果把比喻词"如"换成"是"，那么本体和喻体之间就构成了判断关系，比喻关系反而隐蔽了，正因为如此，暗喻又叫作"隐喻"。

暗喻的比喻词，有时也可用"为""成""作"等动词。如：

④云为车兮风为马，玉在山兮兰在野。（傅玄《吴楚歌》）

⑤势家多所宜，咳唾自成珠。（赵壹《刺世疾邪赋》）

⑥春风余几日，两鬓各成丝。（李白《赠钱征君少阳》）

⑦君当作磐石，妾当作蒲苇。（无名氏《焦仲卿妻》）（磐石：巨石，喻坚固不移。蒲苇：蒲草芦苇，茎叶可用于编织，喻坚韧。）

⑧欢作沉水香，侬作博山炉。（无名氏《读曲歌》）（欢：对情人的爱称。沉水香：香木名。侬：我。博山炉：器物表面刻有叠山之形的香炉。）

有时本体和喻体之间的比喻词"是""为"一类动词是可

以省去的，而用副词"即"。如：

⑨醉来卧空山，天地即衾枕。（李白《友人会宿》）

例⑨，"即"在这里只起加强判断的作用。这些句子省去比喻词后何以辨别是明喻句还是暗喻句？只有根据本体和喻体之间的语法关系去判断了。例⑨，"天地"和"衾枕"之间显然是判断关系，因为古代的判断句是可以不用系词的。暗喻如果以否定形式出现，比喻词也是可以省而不用的。不过在本体和喻体之间要加上"非"或"匪"一类的否定副词。如：

⑩我心匪鉴，不可以茹。（《诗经·邶风·柏舟》）（匪：通"非"。茹：容纳。）

⑪人生非金石，岂能长寿考？（古诗《回车驾言迈》）

⑫心非木石岂无感，吞声踯躅不敢言。（鲍照《拟行路难》其四）

值得注意的是，有的暗喻会同时使用不同的比喻词。如：

⑬君为女萝草，妾作兔丝花。（李白《古意》）

有时比喻词变了，比喻类型也跟着变，这就更值得注意了。如：

⑭君不见高堂明镜悲白发，朝如青丝暮成雪。（李白《将进酒》）

例⑭，"朝如青丝"是明喻；"暮成雪"是暗喻。又如：

⑮杜陵野客人更嗤，被褐短窄鬓如丝。（杜甫《醉时歌》）

⑯庄周梦胡蝶，胡蝶为庄周。（李白《古风》其九）

例⑮⑯，"鬓如丝"，这是明喻；"胡蝶为庄周"，这是暗喻。造成这种情况的原因，从修辞上说，是变换辞格的运用；从词义上说，是为了变文避重。

**（3）借喻**

借喻是指本体不出现，也不用比喻词，而是用喻体直接代替本体的一种比喻方式。如：

①久在樊笼里，复得返自然。（陶渊明《归园田居》其一）（樊笼：关鸟兽的笼子。）

②君为进士不得进，我被秋霜生旅鬓。（李白《醉后赠从甥高镇》）

③可怜孤松意，不与槐树同。（元稹《松树》）

④一夕轻雷落万丝，霁光浮瓦碧参差。（秦观《春日》其二）

例①，《归园田居》共五首，是陶渊明重要的代表诗作。晋安帝义熙元年（405），陶渊明辞去彭泽县令，归隐田园，《归园田居》即写于归隐后的第二年。"久在樊笼里，复得返自然"，这两句诗充分反映了诗人陶渊明对官场生活的厌恶和对归隐生活的热爱。"樊笼"是喻体，而本体，即被比事物在诗中并未出现。那么代表本体的词语是什么呢？这在原诗中是找不到的。这样，我们就得根据陶渊明的意思到相关的诗文中去寻找。陶渊明在《归去来兮辞》的序言中曾有"为长吏""在官"这类的话，由此我们便知道"樊笼"实际是比喻官场生活。当官是很不自由的，

在陶渊明看来就如同关在笼中的鸟兽一般。其他如例②"秋霜"喻白发，例③"孤松"是作者自比，"槐树"喻朋党，例④"万丝"喻雨，都是用喻体直接代替本体。近体诗要求语言更加凝练，所以借喻形式比明喻和暗喻更普遍。由于借喻始终是以词语的身份出现的，因此它不像明喻、暗喻那样涉及句式问题，这也正是它优越于明喻和暗喻的地方。

### 3. 比喻的变化

比喻作为一种辞格，在实际应用中是有许多变化的。我们应了解这些变化形式，以便更准确地理解诗歌语言。比喻的变化，据我体会，主要有以下两点：

#### （1）省略比喻词

比喻辞格在具体运用中，有时是可以省略比喻词的。这种情况在明喻和暗喻里都是存在的。不过，容易发生误解的还是明喻这一类。至于省略比喻词以后，怎样去辨别明喻和暗喻，我在后面会谈这个问题。

明喻省略比喻词有两种情况：

第一，本体和喻体在同一诗行。如：

①纤腰减束素，别泪损横波。（庾信《咏怀》其七）
②雨过潮平江海碧，电光时掣紫金蛇。（苏轼《望海楼晚景》）
③岭上晴云披絮帽，树头初日挂铜钲。（苏轼《新城道中》）（钲：古代乐器，似铃而长，有柄无舌。）

例①，"纤腰减束素"就是"纤腰减如束素"，是说纤细的腰身瘦得就像捆扎起来的绢素一样。显然，"束素"是比

喻"纤腰减"的，而比喻词"如"却省略了。宋玉的《登徒子好色赋》中有"腰如束素"的话，可知"纤腰减束素"一句确实是省略比喻词的明喻句。例②，"电光时掣紫金蛇"就是"电光时掣如紫金蛇"的意思，"电光时掣"是本体，"紫金蛇"是喻体，比喻词省略了。同理，例③，"晴云""初日"是本体，"絮帽""铜钲"是喻体，比喻词也省略了。这两句是说岭上飘浮的白云就像披戴着的白帽子一样，树梢上升起的初日就如同悬挂着的铜钲一般。

第二，本体和喻体各在一个诗行。如：

①日从东方出，团团鸡子黄。（无名氏《西乌夜飞》）（鸡子黄：蛋黄。）

②遥望洞庭山水翠，白银盘里一青螺。（刘禹锡《望洞庭》）

③嘈嘈切切错杂弹，大珠小珠落玉盘。（白居易《琵琶行》）

例①，"日从东方出，团团鸡子黄"，这是说太阳从东方升起，看上去就像一个圆圆的鸡蛋黄一样。"日"是本体，"鸡子黄"是喻体，比喻词"如"一类动词省略了，本体和喻体各占一个诗行。例②，"洞庭山水翠"，这个句子主要是描写洞庭湖中的君山。洞庭湖有许多大小不等的岛屿，最著名的就是君山，因此诗中下句才说"白银盘里一青螺"。"白银盘里一青螺"是喻体，"洞庭山水翠"是本体，两者也各占一个诗行。例③，"嘈嘈切切错杂弹，大珠小珠落玉盘"，这两句比喻琵琶女弹奏琵琶所发出的声音，意思是说琵琶女交错地弹奏大弦、小弦所发出的嘈嘈切切的声音就像大珠小珠落在

玉盘中所发出的声音一样。显然，"嘈嘈切切错杂弹"是本体，"大珠小珠落玉盘"是喻体，两者也各占一个诗行。

还有一种情况值得特别注意，就是一连几个诗行都是喻体句，这实际是省略比喻词的博喻句。如：

①银瓶乍破水浆迸，铁骑突出刀枪鸣。（白居易《琵琶行》）（乍：音 zhà，突然。）

②有如兔走鹰隼落，骏马下注千丈坡。

断弦离柱箭脱手，飞电过隙珠翻荷。（苏轼《百步洪》）

例①，上下两句都是形容琵琶乐音的，"银瓶乍破""水浆迸""铁骑突出""刀枪鸣"前面都各自省去一个"如"字。例②，从第二句开始，"骏马下注千丈坡""断弦离柱""箭脱手""飞电过隙""珠翻荷"前面也都是各自省去一个"如"字。《百步洪》这几句诗，是描写诗人泛舟泗水百步洪所见的轻舟疾驶的情景。

现在我们再说说如何辨别省略比喻词的明喻和暗喻的问题。这个问题前面已简单提过几句，这里准备再说一说。

辨别省略比喻词的明喻和暗喻，最重要的就是要看诗句的上下文意和本体、喻体在句中所处的语法地位，还要看看本体和喻体都是由哪类词充当的。由前面引例可知，暗喻的本体和喻体一般都是由名词、代词或名词性词组充当的，并且这些名词、代词或名词性词组在句中都可以构成判断关系。所以尽管省去比喻词"是"一类动词，仍然可以分清什么是暗喻，什么不是暗喻。如前面举过的"天地即衾枕"就可以说明这个问题。但是，明喻的情况就不同了。明喻的本体和喻体一般都是由动词或动词性的词组充当的，并且本体

和喻体在句中不构成判断关系，因此这类句子尽管省去比喻词"如"一类动词，仍然可以看出它是明喻。如前面引用过的"松排山面千重翠，月点波心一颗珠"，就足以说明这个问题。"松排山面""月点波心"都是本体，并且都是主谓词组。"松排山面"和"千重翠"，"月点波心"和"一颗珠"是不构成判断关系的，因此这两个比喻句只能是明喻，不是暗喻。

**（2）本体和喻体的位置变化**

抛开借喻不谈，单说明喻和暗喻，在一般情况下，总是本体在前，喻体在后的。但是在特殊的情况下，比如由于平仄的限制和押韵的要求，本体和喻体的位置也可以发生变化。如：

①龙如骏马，车如流水，软红成雾。（向子諲《水龙吟·绍兴甲子上元有怀京师》）（软红：指飞扬的尘土。）

②淼茫积水非吾土，漂泊浮萍是我身。（白居易《九江春望》）

例①，"龙如骏马"就是"骏马如龙"，这里是由于平仄的要求而变换了本体和喻体的位置。下面说的"车如流水""软红成雾"，都是正常的明喻句和暗喻句，本体在前，喻体在后，一看就十分清楚。例②，"漂泊浮萍是我身"就是"我身是漂泊浮萍"，"我身"是本体，"漂泊浮萍"是喻体，这里因求押韵而把本体后置了。像上述情况，在阅读中只要仔细分辨，是不会出问题的。但是，有些诗句里的同一个词既能充当本体，又能充当喻体，这种情况不应视为本体、喻体的位置变化。如：

③昔去雪如花，今来花如雪。（范云《别诗》）

例③，"雪如花"，是说雪下得很大，飘雪如花；"花如雪"，是说花开得很茂盛，花绽如雪。这两句都是正常的明喻句，和"龙如骏马"一类情况是根本不同的。

# （二）起兴

## 1. 什么叫起兴

古代"比"和"兴"是并称的。自陈望道先生的《修辞学发凡》问世以来，一般修辞著作都不把"兴"看作是辞格，这是不对的。后来郑远汉先生在《辞格辨异》一书中提出这个问题，到 1989 年张静和郑远汉两位先生主编的《修辞学教程》，已正式把"起兴"列入辞格。

什么叫"兴"，历来说法不一。《周礼·春官·大师》最早把"兴"与"风""赋""比""雅""颂"并列，合称为"六诗"，但究竟什么是"兴"，并未解释。郑玄在为这段话作注时引了郑众的解释，这段解释比郑玄本人的注释更高明一些。郑众说："比者，比方于物也；兴者，托事于物。"（《十三经注疏》上册，第 796 页，1980 年，中华书局影印本）一个是"比方于物"，一个是"托事于物"，两者的界限似乎也不是很清楚。到了刘勰，他又把解释推进了一步。刘勰说："故'比'者，附也；'兴'者，起也。附理者切类以指事，起情者依微以拟议。起情，故兴体以立；附理，故比例以生。"（《文心雕龙·比兴》）在这里，刘勰明确地给"兴"下了定义。"兴者，起也"，"起"就是起兴、起情，这是从"兴"的作用上下定义。到了宋代，朱熹把这个意思说得更明

确了。朱熹说："兴者，先言他物以引起所咏之辞也。"(《诗集传》卷一）一般认为，朱熹给"兴"下的定义是比较好的。那么，到底什么叫"兴"呢？用我们今天的话来说，"兴"就是指用在一首诗或一章诗开头具有引发诗情、起烘托气氛作用的一种修辞格式。这种修辞格式一般说来都是由诗句构成的。"兴"从创作角度说，是艺术表现手法问题；如果从修辞角度看，它又是一种辞格。如：

①何彼襛矣，华如桃李。
　平王之孙，齐侯之子。(《诗经·召南·何彼襛矣》)
②绵绵葛藟，在河之浒。
　终远兄弟，谓他人父。
　谓他人父，亦莫我顾。(《诗经·王风·葛藟》)
③园有桃，其实之肴。
　心之忧矣，我歌且谣。
　不知我者，谓我士也骄。
　彼人是哉，子曰何其？
　心之忧矣，其谁知之？
　其谁知之，盖亦勿思。(《诗经·魏风·园有桃》)（盖：通"盍"，何不。）

例①，《召南·何彼襛矣》是一首写王姬下嫁齐侯的诗。诗开头两句是说棠棣花为什么开得那样茂盛啊，那火爆劲儿有如桃李。但接下去，两个诗句都是由名词词组构成："平王之孙，齐侯之子"，意思是说平王之孙要嫁给齐侯之子。平王之孙下嫁给齐侯之子，这是一件婚事，棠棣花开得茂盛与否，与此并无必然联系。《何彼襛矣》共三章，头两章各以

"何彼襛矣，唐棣之华""何彼襛矣，华如桃李"开头，作用主要是引发诗情，烘托气氛，所以说这是"兴"的手法。从修辞角度说，用的是起兴辞格。例②，《王风·葛藟》写的是流浪汉流落他乡，生活无依无靠，尽管他呼人为父、为母、为兄，但人情淡薄，仍然得不到帮助。诗开头两句，是说长长的葛藤蔓延在河畔。这两句话与下面谈的内容也无直接关系，所以说也是"兴"。例③，分析同。

起兴这种辞格，在古代诗歌里，主要是用在《诗经》。两汉及汉以后，民歌或较口语化的诗歌作品里仍然使用着。如：

①茕茕白兔，东走西顾。

衣不如新，人不如故。（无名氏《古艳歌》）（茕茕：音qióng，孤独的样子。）

②高田种小麦，终久不成穗。

男儿在他乡，焉得不憔悴？（无名氏《古歌》）

③孔雀东南飞，五里一徘徊。

十三能织素，十四学裁衣。

十五弹箜篌，十六诵诗书。（无名氏《焦仲卿妻》）

不论是起兴，还是比喻，这两种辞格都是诗人借助意义上的联想，把两个或两个以上的意象组合在一起，对诗歌的艺术形象的塑造，对表现、烘托主题都起着积极作用。

## 2. 起兴的基本类型

有人以为起兴这种辞格，从意义上说，与诗歌所表现的内容没什么联系，我认为这种认识是绝对化了。不是说没联系，而是说没有太直接的联系，否则起兴变成一种语言赘疣，

那是不可思议的。在这一点上，我觉得刘勰说得好，就是"比显而兴隐"。（《文心雕龙·比兴》）"隐"就是隐晦，不是那么直接、那么明显，隐不是无。依据这个意思，我们可以把起兴分为两类：一是兴中无比的，二是兴中含比的。下面就分别谈一谈。

**（1）兴中无比的**

兴中无比的起兴辞格，开头的诗句与下文没有直接联系，其作用是制造气氛，对主题有烘托作用。如：

①桃之夭夭，灼灼其华。

之子于归，宜其室家。（《诗经·周南·桃夭》）

②殷其靁，在南山之阳。

何斯违斯，莫敢或遑。

振振君子，归哉归哉！（《诗经·召南·殷其靁》）（靁：同"雷"）

③汎彼柏舟，在彼中河。

髧彼两髦，实维我仪。

之死矢靡它，母也天只，不谅人只。（《诗经·鄘风·柏舟》）（髧：音 dàn，头发下垂的样子。矢：誓。靡：无。只：句末语气词。）

例①，《周南·桃夭》是一首祝贺女子出嫁的诗。诗写得十分舒展、热情，富有强烈的生活气息。这几句诗的意思是说，桃树长得多么茂盛啊，开着鲜艳的花朵。这位姑娘就要出嫁了，祝愿她全家和顺美满。《桃夭》共三章，每章都以桃树起兴。"桃之夭夭，灼灼其华""桃之夭夭，有蕡其实""桃之夭夭，其叶蓁蓁"，这些诗句和女子出嫁并无必然联系，它只是起引发诗情、烘托主题的作用。正因为如此，同是写女子出嫁，起兴的诗句可以不同。如：

④维鹊有巢，维鸠居之。

之子于归，百两御之。(《诗经·召南·鹊巢》)(两：辆。御：迎接。)

⑤燕燕于飞，差池其羽。

之子于归，远送于野。

瞻望弗及，泣涕如雨。(《诗经·邶风·燕燕》)(差池：音 cī chí，不齐的样子。)

例②，《召南·殷其雷》，这是一首写妻子怀念丈夫远行的诗，诗中充满哀怨之情。《殷其雷》共三章，每章各以"殷其雷，在南山之阳""殷其雷，在南山之侧""殷其雷，在南山之下"起兴，雷声隆隆，与思妇盼夫归没什么必然联系。例③，《鄘风·柏舟》是一首爱情诗。诗中反映的是一个女子因为自己的爱情得不到母亲允许而怨恨万分。她发誓至死也不变心，呼天号地，可谓情笃意深，是对封建婚姻制度的有力抗争。《柏舟》共两章，每章各以"汎彼柏舟，在彼中河""汎彼柏舟，在彼河侧"起兴，但起兴的诗句与女子求爱也没什么必然联系。

以上是起兴辞格第一种类型。

**（2）兴中含比的**

兴中含比的这一类起兴辞格与上述情况不同。所谓不同，就是指处于一首诗或一章诗开头的起兴诗句，在意义上与诗的内容多少有些联系。兴中含比，从辞格角度说，首先是"兴"，其次才是"比"，所以古人常"比兴"并称也不是没

道理的。如：

①南有乔木，不可休思。

汉有游女，不可求思。

汉之广矣，不可泳思。

江之永矣，不可方思。（《诗经·周南·汉广》）（思：句末语气词。方：竹木筏子，用为动词，指乘筏渡水。）

②彼黍离离，彼稷之苗。

行迈靡靡，中心摇摇。

知我者，谓我心忧。

不知我者，谓我何求。

悠悠苍天，此何人哉？（《诗经·王风·黍离》）（靡靡：迟缓的样子。）

例①，《周南·汉广》是一首爱情诗，写的是一个青年男子向一位少女求爱而不得。《汉广》共三章，首章以乔木起兴。"南有乔木，不可休思"，这是说南方有棵高大的树木，却不可在树下休息。这两句诗主要是兴，且兴中含比。乔木高大却不可依偎其下，这正如同汉水之滨的游女不可求得一样。朱熹在《诗集传》中认为《汉广》三章的表现手法都是"兴而比也"，这是对的。例②，《王风·黍离》写的是一个流落他乡的流浪汉，他举步维艰，心中郁结忧愤，老天无眼，世人冷漠，更使他悲愤不已。这首诗共三章，每章各以"彼黍离离，彼稷之苗""彼黍离离，彼稷之穗""彼黍离离，彼稷之实"起兴，兴中含比，又分别以"苗""穗""实"比喻"中心摇摇""中心如醉""中心如噎"那种心态，用词极为生动、准确。朱熹在《诗集传》中认为此诗三章的表现手法都是"赋而兴也"，我以为是不对的。

以上是起兴辞格中的第二种类型。

## 3. 起兴和比喻

作为一种艺术手法，尽管古人"比兴"并提，但是从修辞学角度来说，起兴和比喻这两种辞格显然是不同的。这种不同主要有以下三点：

第一，从构成上看，比喻辞格可以是词，也可以是句，但起兴辞格一般都是由句子构成的。如：

①飘飘何所似？天地一沙鸥。（杜甫《旅夜书怀》）
②天边树若荠，江畔舟如月。（孟浩然《秋登万山寄张五》）
③鸤鸠在桑，其子七兮。
　淑人君子，其仪一兮。
　其仪一兮，心如结兮。（《诗经·曹风·鸤鸠》）

例①②，用的是比喻辞格，"沙鸥"是词，杜甫自喻；"树若荠""舟如月"用的是比喻句。例③，"鸤鸠在桑，其子七兮"这是起兴辞格，用的是句子。

第二，从位置上看，起兴辞格用在章首，而比喻辞格没有这种限制。如：

①彼泽之陂，有蒲与蕳。
　有美一人，硕大且卷。
　寤寐无为，中心悁悁。（《诗经·陈风·泽陂》）（卷：通"拳"，力大气勇的样子。）
②硕鼠硕鼠，无食我黍。
　三岁贯女，莫我肯顾。

逝将去女，适彼乐土。

乐土乐土，爱得我所。(《诗经·魏风·硕鼠》)

③时难年荒世业空，弟兄羁旅各西东。

田园寥落干戈后，骨肉流离道路中。

吊影分为千里雁，辞根散作九秋蓬。

共看明月应垂泪，一夜乡心五处同。(白居易《自河南经乱，关内阻饥，兄弟离散，各在一处……》)

④调角断清秋，征人倚戍楼。

春风对青冢，白日落梁州。

大漠无兵阻，穷边有客游。

蕃情似此水，长愿向南流。(张乔《书边事》)(调：音tiáo，演奏。)

例①，《陈风·泽陂》写的是一位女子苦苦追求心上人的爱情诗，开头两句是起兴句，位置在一章之首。例②，《魏风·硕鼠》，"硕鼠硕鼠，无食我黍"是比喻句，作者把贪婪的统治者比作"硕鼠"，此句处于一章之首。例③，白居易的《自河南经乱……》这首诗写的是诗人因战乱灾荒而与兄弟离散，各处一方的思亲之情。"吊影分为千里雁，辞根散作九秋蓬"，两句都是比喻句，意思是说兄弟各在一处，对影感伤，就像失群的千里雁；彼此离散，痛感孤独，也像断根的秋蓬。这两句是比喻句，处于一首诗之中。例④，张乔为晚唐诗人，《书边事》一诗写的是诗人游塞所感。"蕃情似此水，长愿向南流"是个比喻句，处于一首诗之末。

第三，从意义上看，比喻辞格的喻体与本体之间意义上是有联系的，有相似点，而起兴辞格不是这样。如：

①人生不相见，动如参与商。（杜甫《赠卫八处士》）
②鴥彼晨风，郁彼北林。

　　未见君子，忧心钦钦。

　　如何如何，忘我实多。（《诗经·秦风·晨风》）（鴥：音 yù，疾飞的样子。晨风：鸟名。）

　　例①，"人生不相见"与"参""商"两星互不相见有相似点，因此本体与喻体意义上是有联系的。但是，起兴辞格就不同了，如例②的"鴥彼晨风，郁彼北林"与下面谈的内容就没什么必然联系。《秦风·晨风》是一首爱情诗，写的是一位失恋的少女对旧日情人的怀念。《晨风》共三章，二、三章各以"山有苞栎，隰有六驳""山有苞棣，隰有树檖"起兴，与下面谈的内容在意义上的联系就更远了。

　　说到这里，有一个问题再稍微补充一下，这就是如何看待起兴辞格与下文（正意）的意义联系问题。前面说过，我们不同意把话讲得太绝对，认为起兴辞格与下文（正意）在意义上毫无联系。由前面叙述可知，兴中含比的起兴辞格自不必说，就是兴中无比的起兴辞格与下文（正意）也不是毫无联系的。如以《晨风》为例：第一章用"鴥彼晨风，郁彼北林"起兴。那晨风鸟迅速飞进郁郁葱葱的北林，这同那位少女失去旧日的情人总有些意义联系吧？但是，这种意义上的联系又不像比喻辞格那么明显，那么直接。正因为如此，尽管这首诗二、三两章诗的主题没变，但是用于起兴的事物变了："苞栎""六驳""苞棣""树檖"这些树木与正文所谈的内容几乎是不相干了。

## （三）比拟

### 1. 什么叫比拟

在古代诗歌语言中，比拟也是用得比较广泛的一种修辞格式。所谓比拟，就是指把甲类事物当作乙类事物来对待、来描写的一种修辞手法。如把动物当成人或把无生命的东西当成有生命的东西来描写，这就叫拟人。相反，把人当成动物或把有生命的东西当成无生命的东西来描写，这就叫拟物。由此可知，比拟辞格是兼含拟人和拟物两个内容的一种修辞格式。如：

①吾令鸩为媒兮，鸩告余以不好。(《楚辞·离骚》)

②或歌或舞或悲啼，翠眉不举花钿低。(白居易《古冢狐》)

③南风知我意，吹梦到西洲。(无名氏《西洲曲》)

④有情芍药含春泪，无力蔷薇卧晓枝。(秦观《春日》)

⑤愿为西南风，长逝入君怀。(曹植《七哀》)

⑥虐人害物即豺狼，何必钩爪锯牙食人肉？(白居易《杜陵叟》)

例①—④，为拟人例。例①，"鸩告余以不好"，"鸩"是作为"媒人"来写的，这就是拟人。《离骚》是我国诗歌史上最早出现的浪漫主义的诗歌杰作。诗人屈原在这篇名作中，以丰富的想象力创造了广阔的艺术空间。在他的笔下，春兰秋菊、风云雨电都成了有生命的东西。"吾令鸩为媒兮，鸩告余以不好"，这是说诗人屈原想使鸩鸟为媒向有娀氏的美女求爱，而鸩鸟却为媒不力，反说该女子并不美好。在现实

生活中，鸠鸟当然是不能为媒的，但在诗人屈原的笔下它获得了人的灵性。无生命的静物和有生命的动物所获得的这种人的灵性，完全是人想象的结果，使它们失去独立性，成为人的化身。毫无疑问，修辞上拟人手法的运用，使诗的语言变得更加形象生动，使诗人的主观情感得到极大的抒发。例②，"或歌或舞或悲啼，翠眉不举花钿低"，诗人将"歌""舞""悲""啼""不举"等拟人化的动词语连用，把"古冢狐"善变诡诈的伎俩表现得淋漓尽致。《古冢狐》的真正题旨是告诫国君要"戒艳色也"，"何况褒妲之色善蛊惑，能丧人家覆人国"，这就是历史教训。这种陈谏，既不是奏章，也不是情表，而是借助拟人化的诗歌形式来表达，这样就显得既委婉，又有力，借以达到寓意古题，遇事托讽的目的。其他如例③④，南风知意、芍药有情、蔷薇无力等，都是借助拟人化的修辞手法，使它们都成了有血有肉、有情有义的"人物"，真是生动极了。例⑤⑥，为拟物例，与上述不同。例⑤，"愿为西南风，长逝入君怀"，这两个句子的第一句是个比喻句，第二句才是比拟句，这是应当弄清楚的。"愿为西南风"的主语是"我"，是"宕子妻"自指；"长逝入君怀"是个拟物句，是"宕子妻"把自己先拟作"西南风"，然后才是"长逝入君怀"。例⑥，这也是一个先比喻、后拟物的句子。"虐人害物即豺狼"是个暗喻句，主语是虐人害物的"长吏"；"何必钩爪锯牙食人肉"，这才是拟物句。在这里，诗人先是把"长吏"比作"豺狼"，然后再赋予他豺狼的特征和野性：长着钩爪锯牙，吃人肉。由例⑤⑥我们不难看出，拟物的比拟句常常是借助比喻句来实现的，两者关系比较密切。有的修辞著作于此常常混淆不清。关于这一

点，下面我们还要专门谈一谈。

由例①—⑥可知，比拟辞格的构成必须具备三个条件，这就是本体、拟体和比拟词。本体就是本来的人或物，拟体就是用于比拟的人或物，比拟词就是用于联系本体和拟体的动词。如例①，"鸩告余以不好"句，"鸩"是本体，拟体是潜在人（即"媒"），比拟词是"告"。又例⑤，"长逝入君怀"句，本体是省略的"我"，拟体是潜在的物（即"西南风"），比拟词是"逝"和"入"。由此可以看出，比拟句的拟体一般是不露面的，这同比喻句是不同的。

比拟辞格在诗歌语言里具有积极的修辞效果，它可以使诗的语言变得更加鲜明、生动，富有情味，有助于气氛的渲染，给读者以更大的想象空间。但是，有的古代诗话家于此不甚明了，机械地去理解诗的语言。如袁枚就说："孟东野咏《吹角》云：'似开孤月口，能说落星心。'月不闻生口，星忽然有心，穿凿极矣，而东坡赞为'奇妙'，皆所谓'好恶拂人之性'也。"（《随园诗话》卷五）显然，这里并不是孟郊穿凿，而是袁枚自己没有弄懂比拟的奇妙。

## 2. 比拟的基本类型

比拟的基本类型一般分为拟人、拟物两类。下面就分别谈一谈。

### （1）拟人类

比拟辞格的拟人类，如细分，还有以下几个小类：

第一，草木类。如：

①萚兮萚兮，风其吹女。（《诗经·郑风·萚兮》）（萚：

音 tuò，草木的落叶或脱落的树皮。女：通"汝"，你。）

②年岁虽少，可师长兮。（《楚辞·九章·橘颂》）（师长：为师长。）

③荷花娇欲语，愁杀荡舟人。（李白《渌水曲》）

④别来忽三载，离立如人长。（杜甫《四松》）（离立：两两而立。）

例①，《郑风·萚兮》是一首民间情歌。全诗共两章，均以风吹落叶起兴，表现一个女子急切地邀请一个男子来共同唱歌，以结同心之好。例②，《九章·橘颂》是我国诗歌史上最早的一篇咏物诗。诗人屈原通过对橘树高贵品质的歌颂，表达了坚强意志和崇高的情操。在屈原笔下，得到天地厚爱的橘树已不是普通的橘树了。它"受命不迁"，一直爱恋着生它养它的"南国"；它自幼就有高尚的情操，与众不同，它的秉德无私之心可"参天地"，所以它"年岁虽少"，却可为众人"师长"。诗人将"后皇嘉树"完全人物化，在抒发情怀中以尔汝相称，就像面对面地同朋友谈话一样，使人感到十分亲切。我想，所有这一切都可以看出比拟辞格的妙用。例③④，我们就不分析了。

分析比拟辞格，必须抓住本体和拟体，有时比拟词是可以省略的。如例①的"风其吹女"句，假如句中没有"女"字或将"女"换为"之"字，这个句子就不是比拟句了。"萚兮萚兮，风其吹女"，这个诗句"萚"是本体，"女"是拟体，而相应的比拟词并没有出现。有时候依据具体的上下文，本体和拟体是可以省略的，如例②就是这样。"年岁虽少，可师长兮"，这些都是作为人的特征来交代的，因此这两句诗都是比拟词，而本体（即"后皇嘉树"）和拟体（即潜在的

"尔")却都省略了。例④的"离立如人长"也属于这种情况，就不分析了。当然，本体和比拟词同时出现的也有，如例③，这种句子是很容易辨别的。

第二，日月类。如：

①牵牛织女遥相望，尔独何辜限河梁。（曹丕《燕歌行》）（辜：罪。）

②日月掷人去，有志不获骋。（陶渊明《杂诗》其二）

③月既不解饮，影徒随我身。（李白《月下独酌》其一）

④太白与我语，为我开天关。（李白《登太白峰》）（太白：星名，即金星。）

例①本体是"牵牛""织女"双星，拟体是潜在的古代神话中的牛郎和织女，比拟词是"望"。例②，本体是"日""月"，拟体是潜在的人物，比拟词是"掷"。例③，本体是"月""影"，拟体是潜在的人物，比拟词是"饮""随"。例④，本体是"太白"，拟体是潜在的人物，比拟词是"与""语""为""开"。

第三，风雨类。如：

①秋风入窗里，罗帐起飘扬。（无名氏《子夜四时歌·秋歌》）

②春风复多情，吹我罗裳开。（无名氏《子夜四时歌·春歌》）

③好雨知时节，当春乃发生。（杜甫《春夜喜雨》）

④雨妒游人故作难，禁持闲了下湖船。（萧立之《偶成》）（故：故意。禁持：折磨，使人受苦。）

例①—④，"秋风""春风""好雨""雨"都是本体，拟

体都是潜在的人物，比拟词是"入""多情""知""妒""作难""禁持"。

第四，山川类。如：

①万壑有声含晚籁，数峰无语立斜阳。（王禹偁《村行》）（晚籁：傍晚时自然界发出的各种声音。）

②山衔落日青横野，鸦起平沙黑蔽空。（陆游《溪上作》）

③南山逼人来，涨洛清漫漫。（张耒《感春》）（洛：洛水。）

④陇头流水，鸣声幽咽。（无名氏《陇头歌辞》其三）

例①—④，"万壑""数峰""山""南山""陇头流水"都是本体，拟体都是潜在的人物，比拟词是"有""含""无""立""衔""逼""鸣声幽咽"。

第五，动物类。如：

①枯鱼过河泣，何时悔复及。（无名氏《枯鱼过河泣》）
②但对狐与狸，竖毛怒我啼。（杜甫《无家别》）
③耳聪心慧舌端巧，鸟语人言无不通。（白居易《秦吉了》）
④吾曹避暑自无处，飞蝇投吾求避暑。（杨万里《初二日苦热》）（吾曹：我们。）

例①②④，"枯鱼""狐""狸""飞蝇"都是本体，拟体都是潜在的人物，比拟词是"过""泣""悔""怒""啼""投""求"。例③情况特殊一点。本体"秦吉了"鸟省去了，拟体是潜在的人物，而剩下的就都是比拟词了。"耳聪""心慧""舌端巧""鸟语人言无不通"，这些都是作为人

的特征用在"秦吉了"身上的，所以这些都是比拟词。

第六，器物类。如：

①三雅来何迟，耳热眼中花。（张华《轻薄篇》）（三雅：
酒爵名。）

②出入君怀袖，动摇微风发。（无名氏《怨歌行》）

③杯汝来前，老子今朝，点检形骸。（辛弃疾《沁园春》）

④闻道烽烟动，腰间宝剑匣中鸣。（无名氏《柘枝引》）

例①③④，"三雅""杯汝"（"汝"用于复指）"腰间宝
剑"都是本体，拟体是潜在的人物，"来迟""来前""鸣"都
是比拟词。例②，本体是"合欢扇"，省略了，拟体是潜在
的人物，没有出现，"出入"是比拟词。

以上就是拟人类的基本情况。

**（2）拟物类**

与拟人类相比，拟物类在比拟辞格中用得不是很广，并
且情况也简单得多。所谓拟物，从使用情况来看，实际上主
要是将人比拟成动物，因此它的本体主要是人，而比拟词多
为反映动物动作的词语。如：

①忽驰骛以追逐兮，非余心之所急。（《楚辞·离骚》）（驰
骛：奔驰。）

②愿为双黄鹄，高飞还故乡。（古诗《步出城东门》）

③我有同心人，邈邈崔与钱。

我有忘形友，迢迢李与元。

或飞青云上，或落江湖间。（白居易《效陶潜体诗
十六首》其七）（崔与钱：崔群、钱徽。李与元：李绅、元
稹。）

例①，"忽驰骛以追逐兮"句，本体是"余"，拟体是"马"，"驰骛""追逐"是比拟词。例②，"高飞还故乡"句，本体是"我"，拟体是"双黄鹄"，比喻词是"高飞"。例③，本体是"崔与钱""李与元"，拟体是鸟，比拟词是"飞""落"。

在拟物类中，也有将人比拟成物的，不过这种情况属于少数。如：

④君安游兮西入秦，愿为影兮随君身。(傅玄《车遥遥篇》)

例④，"愿为影兮随君身"句，"愿为影"先是比喻，"随君身"才是比拟。"随君身"，本体是"妾"，拟体是"影"，比拟词是"随"。

以上是拟物类的基本情况。

### 3. 比拟和比喻

比拟辞格和比喻辞格关系比较密切，有时不易分清。如：

①雄兔脚扑朔，雌兔眼迷离。

两兔傍地走，安能辨我是雄雌？（无名氏《木兰诗》）

例①，"两兔傍地走，安能辨我是雄雌"，有人认为这两个句子都是比拟句，这是欠妥的。我们知道，拟人和拟物的两个基本公式是：物（本体）+ 动词（人的动作行为）、人（本体）+ 动词（动物的动作）。用这两个公式验证一下，可知"两兔傍地走"与哪个公式都是不合的。实际情况是，"两兔傍地走"是个比喻句，"两兔"借比木兰和她的"伙伴"。至于"安能辨我是雄雌"句，才是真正的比拟句："我"是本体，拟体是潜在的"雄兔"和"雌兔"，

比拟词是"是雄雌"。由此可再一次证明，古代诗歌的比
拟辞格是经常与比喻辞格结合使用的，对此我们要特别注
意。

由上例可知，要划清比拟辞格与比喻辞格的界限，主要
就是划清比拟和借喻、暗喻的界限。到底如何辨别，我觉得
要抓住三点：

第一，从意义上看，看看有无相似点。有相似点就是比
喻，无相似点就是比拟。如：

①流血涂野草，豺狼尽冠缨。（李白《西上莲花山》）
②世溷浊而莫余知兮，吾方高驰而不顾。（《楚辞·九
章·涉江》）（溷浊：污浊。）

例①，"豺狼尽冠缨"，这是个比喻句。"豺狼"是喻
体，借比在安史之乱中追随叛乱的叛贼。"豺狼"（喻体）和
叛臣降将（本体）之间的相似点是：性情残忍，都能给人
造成巨大伤害。例②，"吾方高驰而不顾"，这是个比拟
句。"吾"是本体，拟体是"马"，比拟词是"驰"。和例①
对比可知，"吾"（本体）和"马"（拟体）之间不存在
任何相似点。句子中"吾"和"马"之所以发生关系，
在"拟"而不在"比"。"拟"就是模仿、仿照，照样子
做。

第二，从形式上看，看看构成方式是否相同。借喻从表
面上看只涉及用词问题，不涉及结构问题。暗喻的构成方式
涉及判断结构问题。至于比拟句的两种构成方式，上面已经
指出，这里不再重复。所以从构成方式上看，比拟和借喻、
暗喻也是容易区别的。如：

①荃不察余之中情兮，反信谗而齌怒。(《楚辞·离骚》)（齌：音 jì，迅疾。）

②在天愿作比翼鸟，在地愿为连理枝。(白居易《长恨歌》)

③愿为南流景，驰光见我君。(曹植《杂诗》其三)

例①，"荃不察余之中情兮"是个借喻句，"荃"是喻体，楚怀王是本体，没有出现。连同上下句，这是说楚怀王你不体察我内心的忠诚啊，反而听信谗言对我发怒。那么这句为什么不能看成是拟人类的比拟辞格呢？就是因为"荃"和楚怀王，在屈原眼中是有相似点的：楚怀王是至高无上的，人皆趋之；"荃"是一种香草，人皆爱之，两者在性质上有相同之处。例②，上下两句都是暗喻句。本体是"汉皇"（唐玄宗）和"杨家女"（杨贵妃），在句中都省略了。喻体是"比翼鸟"和"连理枝"，比喻词是"作"和"为"。例③，"愿为南流景"，这是暗喻句；"驰光见我君"，这才是比拟句。本体是"妾"，拟体是"南流景"，"驰"是比拟词。由例①—③的对比可以看出：凡是比喻句，不管本体是否出现，喻体是必须出现的；凡是比拟句，不管本体是否出现，拟体一般是潜在的，两者的构成方式是不同的。

第三，从动词的使用上看，看看是否相同。凡是比喻句，用为比喻词的动词都是属于封闭性的，常用"如""似""若""象""是""为""成""作"等几个有限的动词。凡是比拟句，用为比拟词的动词都是属于开放性的，因为表示人的动作行为和表示动物的动作的动词是不能穷尽的。

# （四）夸张

## 1. 什么叫夸张

夸张在我国古代文艺评论中有许多不同提法，如"增语""增文""夸饰""豪句"等，实际都是夸张的别名。从修辞角度来说，夸张是一种积极的修辞方式，在古代诗歌语言中用得十分普遍。作者为了突出艺术效果，对现实中的人或事物故意作夸大或缩小描写，这种修辞手法就叫夸张。如：

①彼采葛兮，一日不见，如三月兮。（《诗经·王风·采葛》）

②赤蚁若象，玄蜂若壶些。（《楚辞·招魂》）（壶：通"瓠"，葫芦。些：音 suò，语气词。）

③青云衣兮白霓裳，举长矢兮射天狼。（《楚辞·九歌·东君》）（天狼：星名。）

④一鬟五百万，两鬟千万余。（辛延年《羽林郎》）

⑤独下千行泪，开君万里书。（庾信《寄王琳》）

⑥阳关万里道，不见一人归。（庾信《重别周尚书》）

例①《王风·采葛》是一首十分纯朴的情诗。从诗的内容上看，被思念的人大概是一个男子。全诗共分三章，整首诗都采用了夸张手法，并且逐步升级："一日不见，如三月兮""一日不见，如三秋兮""一日不见，如三岁兮"。诗人正是借助这种夸张手法，把女子对情人的思念一天深似一天的痛苦心情表现得再充分不过了。例②，"赤蚁若象，玄蜂若壶"，这当然也是夸张。因为生活中的红蚂蚁再大也不会像

个大象，黑胡蜂再大也不会像个葫芦。但是，诗人所创造的这些生动的艺术形象，读者不但不觉得荒唐，反而乐意接受，就是因为一切艺术夸张都既来源于生活，又高出生活。《招魂》一诗是屈原为招楚怀王的亡魂而写的一首名诗。"魂兮归来，东方不可以托些""魂兮归来，南方不可以止些""魂兮归来，西方之害，流沙千里些""魂兮归来，北方不可以止些"，而"赤蚁若象，玄蜂若壶"无非是极言"西方之害"而已。我们也正是通过这样的夸张手法看到屈原对楚怀王的悼念之心和对楚国命运的无限忧虑之情。其他如例③，"举长矢兮射天狼"，这是夸大"长矢"之长和射程之远；例④，"一鬟五百万，两鬟千万余"，这是夸大胡姬首饰价值之高；例⑤，"千行泪""万里书"，这是夸大庾信与王琳之间相距之远和情谊之深；例⑥，"不见一人归"，这是夸大南归行人之少。如此等等，所有这些鲜明的艺术形象都是借助夸张辞格塑造出来的。

刘勰说："自天地以降，豫入声貌，文辞所被，夸饰恒存。"（《文心雕龙·夸饰》）这说明夸张作为一种修辞格式，是一向被诗家文人所喜用的。艺术的夸张就是对现实中人或事物作一定的艺术渲染，使人感到更真实、更形象、更生动，它绝不等于生活中的说瞎话。但是，古代某些诗话家对此不甚了了，如他们对杜甫两句诗的争论就足以说明这个问题。这两句诗是：

⑦霜皮溜雨四十围，黛色参天二千尺。（杜甫《古柏行》）（霜皮溜雨：树皮苍白，光滑。）

例⑦，这里的"四十围""二千尺"，无非是夸饰孔明

庙前的老柏是如何古老、高大，它留给人们的印象是深刻的：古柏参天，挺拔有力，仿佛是历史的见证人。人们之所以具有如此深刻的印象，就是因为生活中的"老柏"被诗人杜甫作了"艺术处理"。这种夸张不但不使人感到荒谬，反而使人感到更真实、更合理。但是宋代的沈括却说："杜甫《武侯庙柏》诗云：'霜皮溜雨四十围，黛色参天二千尺。'四十围乃是径七尺，无乃太细长乎？……此亦文章之病也。"（《梦溪笔谈》卷二十三）此后宋人黄朝英又为杜甫辩护说："予谓存中性机警，善《九章算术》，独于此为误，何也？古制以围三径一，四十围即百二十尺，围有百二十尺，即径四十尺矣，安得云七也？……武侯庙柏，当从古制为定，则径四十尺，其长二千尺宜矣，岂得以太细长讥之乎？老杜号为诗史，何肯妄为云云也。"（《缃素杂记》）读者自可发现：这哪里是讨论诗歌问题，简直是在辩论数学问题。从文学角度来说，这种争论是毫无意义的。

## 2. 夸张的基本类型

夸张，按其表现方式，可分为夸大夸张和缩小夸张两类。刘勰说："言峻则嵩高极天，论狭则河不容舠，说多则子孙千亿，称少则民靡孑遗。"（《文心雕龙·夸饰》）刘勰的这段话实际已概括了夸张的两种类型。下面就分别说一说。

### （1）夸大夸张

夸大夸张是对现实中的人或事物的某些特征作夸大描写。这一类如细分，有以下几个小类：

第一，夸大长度的。如：

①白发三千丈，缘愁似个长。（李白《秋浦歌》其十五）（似个：像这样。）

②山鬼独一脚，蝮蛇长如树。（杜甫《有怀台州郑十八司户》）

③一阕声长听不尽，轻舟短楫去如飞。（欧阳修《晚泊岳阳》）

例①，李白的《秋浦歌》一共十七首，这是他天宝十三年（754）滞留秋浦时所写的组诗。"白发三千丈"这句极度夸张的诗句，已成为古今传诵的佳句。生活中，因过度忧伤而须发早白的现象是存在的。但是，"缘愁"而"白发"长到"三千丈"是不可能的。"白发三千丈"这句充满浪漫主义情调的诗句，人们十分喜爱，原因就是透过这极度的夸张和丰富的想象，人们充分感受到诗人忧国感时、怀才不遇的情怀。例②③，"如树"是夸大蝮蛇身长的，"听不尽"是夸大歌声之长的，这些夸张都是生动的，合情合理的。此外，夸大寿命、时间长度也属于这一类。如：

④称彼兕觥，万寿无疆。（《诗经·豳风·七月》）（称：举。）

⑤嘉会难再遇，三载为千秋。（无名氏《与苏武诗》其二）

⑥千年长交颈，欢爱不相忘。（无名氏《古绝句四首》其四）

例④，"万寿无疆"，是夸大寿命之长；例⑤，"三载为千秋"，是夸大朋友之间相识的"三载"如同"千秋"那样长，极言"嘉会"之可贵；例⑥，"千年长交颈"，是夸大青年男

女彼此"欢爱"的时间之长。

第二，夸大广度的。如：

①霰雪纷其无垠兮，云霏霏而承宇。(《楚辞·九章·涉江》)

②旌蔽日兮敌若云，矢交坠兮士争先。(《楚辞·九歌·国殇》)

③出门无所见，白骨蔽平原。(王粲《七哀诗》)

④积尸草木腥，流血川原丹。(杜甫《垂老别》)

例①，"无垠""承宇"，这不仅是夸大"霰雪""云"的数量多，而且是夸大它们的面积广。例②，"旌蔽日兮敌若云"句，"蔽日""若云"不仅是夸大旌旗、敌人数量多，也是夸大旌旗、敌人的分布广。数量多和广度大是有一定联系的，但又不是一回事。例③④，"白骨蔽平原""流血川原丹"两句，分析同。

第三，夸大高度的。如：

①长人千仞，惟魂是索些。(《楚辞·招魂》)

②连峰去天不盈尺，枯松倒挂倚绝壁。(李白《蜀道难》)

③武侯祠堂不可忘，中有松柏参天长。(杜甫《夔州歌十绝句》)

④骊宫高处入青云，仙乐风飘处处闻。(白居易《长恨歌》)

例①，"千仞"，夸大"长人"的高度；例②，"去天不盈尺"，夸大"连峰"的高度；例③，"参天长"，夸大"松柏"的高度；例④"入青云"，夸大"骊宫"的高度。

第四，夸大强度的。如：

①力拔山兮气盖世，时不利兮雅不逝。（项羽《垓下歌》）
②力能排南山，又能绝地纪。（无名氏《梁甫吟》）
③雄发指危冠，猛气冲长缨。（陶渊明《咏荆轲》）
④牵衣顿足拦道哭，哭声直上干云霄。（杜甫《兵车行》）

例①，"拔山""盖世"，这是夸大力量和气势的强度；例②，"排南山""绝地纪"，这也是夸大力量的强度；例③，"指危冠""冲长缨"，是夸大"雄发""猛气"的强度；例④"直上干云霄"，是夸大"哭声"的强度。

第五，夸大深度的。如：

①华阴山头百丈井，下有流水彻骨冷。（无名氏《捉搦歌》）
②桃花潭水深千尺，不及汪伦送我情。（李白《赠汪伦》）
③海漫漫，直下无底旁无边。（白居易《海漫漫》）
④海波无底珠沉海，采珠之人判死采。（元稹《采珠行》）（判死：拼死。）

例①，"百丈"，是夸大井的深度；例②，"深千尺"，是夸大汪伦对李白的情谊的深度；例③④，"无底"都是夸大大海的深度。

第六，夸大远度的。如：

①目极千里兮，伤春心。（《楚辞·招魂》）
②风波一失所，各在天一隅。（无名氏《与苏武诗》其一）
③我所思兮在太山，欲往从之梁父艰。（张衡《四愁诗》）
④故如比目鱼，今隔如参辰。（徐幹《室思》）（参辰：参商。）

例①，"千里"，是夸大看得远；例②，"各在天一隅"，是夸大彼此相距之远；例③，"在太山"，是夸大所思之人的住

处遥远。同一诗中的"在桂林""在汉阳""在雁门"等都是这个意思，极言地点遥远，而不是确指。例④，"如参辰"，也是夸大彼此相距遥远，兼含分别时间之长。

第七，夸大数量的。如：

①望长楸而太息兮，涕淫淫其若霰。(《楚辞·九章·哀郢》)

②惟郢路之辽远兮，魂一夕而九逝。(《楚辞·九章·抽思》)

③千呼万唤始出来，犹抱琵琶半遮面。(白居易《琵琶行》)

④千歌万舞不可数，就中最爱霓裳舞。(白居易《霓裳羽衣舞歌》)(就中：其中。)

例①，"若霰"，是夸大"涕"(泪)流得多；例②，"一夕而九逝"，是夸大梦"魂"返回郢都的次数之多；例③，"千呼万唤"，是夸大呼唤次数之多；例④，"不可数"，是夸大歌舞数量之多。

第八，夸大难度的。如：

①蜀道之难，难于上青天，侧身西望长咨嗟！(李白《蜀道难》)

②宣城工人采为笔，千万毛中选一毫。(白居易《紫毫笔》)

例①，"难于上青天"，是夸大蜀道的难行；例②，"千万毛中选一毫"，是夸大作为宣州贡品紫毫笔的制造难度。

以上八点是夸大夸张的基本内容。

### （2）缩小夸张

与夸大夸张相对的就是缩小夸张。缩小夸张就是对现实生活中的人或事物的某些特征尽量作缩小描写。与夸大夸张相比，缩小夸张在古代诗歌语言里用得并不普遍。因此，下面我仅举数例来谈一谈，不再作类型分析。如：

①谁谓河广？一苇杭之。谁谓宋远？跂予望之。(《诗经·卫风·河广》)（杭：通"航"。跂：踮起脚。）

②丈夫四海志，万里犹比邻。（曹植《赠白马王彪》）

③西岳峥嵘何壮哉，黄河如丝天际来。（李白《西岳云台歌送丹丘子》）

④杳杳天低鹘没处，青山一发是中原。（苏轼《澄迈驿通潮阁》）

例①，"一苇杭之"，是极言河面的狭窄；"跂予望之"，是极言宋国之近。例②，"万里犹比邻"，是极言"丈夫"志向远大，视四海为近邻。例③，"黄河如丝"，是极言远处黄河的细小形象。例④，"青山一发"，是极言远处青山的细小形象。

有时夸大夸张和缩小夸张是不易区分的。但只要细心分辨，就不难解决。

## 3. 夸张的手法

夸张辞格是借助什么方法来表现的，这是一个值得注意的问题。林东海先生说："艺术夸张的手法，大体可分为两种类型：一种是叙述夸张法，或者说赋法夸张；一种是描写夸张法，或者说比法夸张。"（《诗法举隅》，第49页，

1981 年，上海文艺出版社）这个说法是很好的，但我觉得还可以从另外角度去概括。我认为夸张的表现手法主要有以下三种：

**（1）对比法**

对比法就是将夸张的对象与客观事物进行对比。客观事物都有一定的标准，好比是一把尺子。比较的结果使人明显感到这是夸张。如：

①西北有高楼，上与浮云齐。（古诗《西北有高楼》）

②弯弓挂扶桑，长剑倚天外。（阮籍《咏怀》其三十八）

③王事离我志，殊隔过商参。（王赞《杂诗》）

④黄鹤之飞尚不得过，猿猱欲度愁攀援。（李白《蜀道难》）

例①，"高楼"是被夸张的对象，现在把它和天上的浮云相比。"浮云"是高的，人所共知，现在"高楼"竟与"浮云齐"，可知"高楼"是多么高。例②，两句都是夸张。"扶桑"是高大的神木，相传日出其下，而"弯弓"竟能高挂其上，可知"弯弓"之大。天高莫测，现在"长剑"竟然"倚天外"，可知"长剑"之长。"弯弓"和"长剑"，都是被夸张的对象，"扶桑"和"天"都是对比对象，对比结果使人明显感到这是夸张。例③，"我"和故乡分别的时间是被夸张的对象，"商"与"参"的分隔时间是对比对象。例④，"蜀道之难"是被夸张的对象，"黄鹤之飞""猿猱欲度"是对比对象，两例分析与上同。这种对比法一旦借助数词对比，效果就更加强烈了。如：

⑤一鬟五百万，两鬟千万余。（辛延年《羽林郎》）

⑥东方千余骑，夫婿居上头。（无名氏《陌上桑》）

⑦惊波一起三山动，公无渡河归去来。（李白《横江词》其六）

⑧烹羊宰牛且为乐，会须一饮三百杯。（李白《将进酒》）

言少，莫过于一二；言多，莫过于千万。所以，这种对比常常把"一"同"千""万"（或"千""万"的倍数），同"三"（或"三"的倍数）连起来说。"三""九"在古代均可用于虚指，表示多数。

**（2）比较法**

当然，从大的角度来说，比较法也可列于对比法之内。不过，仔细分析一下，两者还是不同的。首先，所用的句式不同。对比法所用的句式，多为一般的动宾句，而比较法所用的句式是比较句。其次，从比较的内容上说，对比法对比的内容比较广泛，而比较法比较的内容主要限于事物性质方面。如：

①一风三日吹倒山，白浪高于瓦官阁。（李白《横江词》其一）

②噫吁嚱，危乎高哉！蜀道之难，难于上青天！（李白《蜀道难》）

③桂布白似雪，吴绵软于云。（白居易《新制布裘》）

④边头大将差健卒，入抄擒生快于鹘。（元稹《缚戎人》）

例①—④，"高于瓦官阁""难于上青天""软于云""快于鹘"等，这些都是用来比较性质方面的述补结构，其中谓语中心词都是形容词。

**（3）比喻法**

比喻法就是用比喻句的形式来表示夸张的方法。这种比喻句主要是明喻句。如：

①狡捷过猴猿，勇剽若豹螭。（曹植《白马篇》）（剽：轻快。）
②额鼻象五岳，扬波喷云雷。（李白《古风》其三）
③左相日兴费万钱，饮如长鲸吸百川。（杜甫《饮中八仙歌》）（左相：李适之。）
④深堂无人午睡余，欲动身先汗如雨。（张耒《劳歌》）

例①—④，"若豹螭""象五岳""如长鲸吸百川""如雨"等，从比喻辞格来看，都是明喻句。但是，从表达内容上看，这些句子又都是夸张。辞格的使用是有交叉的，这也算其中的一例。借助比喻的形式来表现夸张的内容，这种方法是很好的。因为可以同时收到比喻、夸张两种修辞效果，可谓一举两得。如例①—④，诗人正是通过这些生动的比喻，把游侠的勇敢灵活（例①）、海鲸的体大无边（例②）、李适之的豪饮海量（例③）和酷暑中人们大汗淋漓的形象（例④）夸张得合情合理，使读者在丰富的想象中感悟到诗歌语言的巨大力量。

# （五）移就

## 1. 什么叫移就

根据事物之间的联系，把适用于某一事物的词语有意地用在另一事物上，起修饰或陈述作用的修辞方式就叫移就。如：

①黾勉同心，不宜有怒。(《诗经·邶风·谷风》)(黾勉：努力。)

②将子无怒，秋以为期。(《诗经·卫风·氓》)(将：音qiāng，请。无：勿。)

例①，《邶风·谷风》是一首写弃妇哀怨的诗。"黾勉同心，不宜有怒"，这是弃妇埋怨前夫的怨言，意思是说我努力一心一意地同你过日子，你不该对我发怒。这个"怒"就是愤怒，用的是本义，是对人的情绪的一种描写。例②，《卫风·氓》也是一首弃妇诗。"将子无怒，秋以为期"，这是说当初那个负心的"氓"向这位女子求爱而又急不可待的时候，这位女子向他说请您不要发怒，秋天就是我们的婚期。这里的"怒"，用的也是本义。当用来说明人的情绪的"怒"用于其他事物上面，这就是移就。如：

③怒水忽中裂，千寻堕幽泉。(韩愈《送灵师》)

④虚舟相触何心在，怒火虽炎一饷空。(王迈《再呈赵倅》)

例③—④，"水""火"本来是不会发怒的，现在也像人一样有情绪，"怒"起来，把适用于人的词语有意地移在事物上，这就是移就。又如：

⑤儿前抱我颈，问母欲何之？(蔡琰《悲愤诗》)

⑥我醉欲眠卿且去，明朝有意抱琴来。(李白《山中与幽人对酌》)

例⑤⑥，"抱"用的都是本义，指搂抱的意思，宾语都是

具体事物。当"抱"这个动作用于抽象事物，就是一种移就。如：

⑦方抱新离恨，独守故园秋。（何逊《与胡兴安夜别》）

⑧含歌揽涕恒抱愁，人生几时得为乐？（鲍照《拟行路难》其三）

类似的例子有许多。请比较：

⑨洞庭春溜满，平湖锦帆张。（阴铿《渡青草湖》）

⑩文籍虽满腹，不如一囊钱。（赵壹《刺世疾邪赋》）

⑪关山三五月，客子忆秦川。（徐陵《关山月》）（三五：十五。）

⑫第三第四弦泠泠，夜鹤忆子笼中鸣。（白居易《五弦弹》）

移就辞格具有积极的修辞作用。这种辞格以汉语词义变化为依据，充分利用句法变化、心理联想的条件，为读者创造更大的想象空间，使诗的主题能更灵活、更生动地表达出来。

## 2. 移就的基本类型

根据结构关系，移就辞格可以分为两个类型：一是修饰性移就，二是陈述性移就。下面就分别谈一谈。

### （1）修饰性移就

修饰性移就是指表示移就的词处于修饰地位的一种移就辞格。如：

①飞锋无绝影，鸣镝自相和。（陆机《从军行》）（镝：箭头。）

②流芳未及歇，遗挂犹在壁。（潘岳《悼亡诗》其一）

③落日川渚寒，愁云绕天起。（鲍照《赠傅都曹别》）

④明日重寻石头路，醉鞍谁与共联翩？（陆游《过采石有感》）

例①，陆机的《从军行》是反映古代军旅艰苦生活的一首诗，在飞锋不绝、鸣镝不断的情况下，战士们常常是"朝餐不免胄，夕息常负戈"的。"飞"和"鸣"本来都是鸟的动作行为，因此可以说"黄鸟于飞，集于灌木，其鸣喈喈"（《诗经·周南·葛覃》），现在却把"飞""鸣"移在"锋""镝"上，这样就使语义起到了相互映发的作用，增强了表达的生动性。例②，潘岳的《悼亡诗》是很有名的。他对亡妻的悼念，感情是那样真挚，后人读来不禁为之动情。"流芳未及歇，遗挂犹在壁"，这两句是分承上两句"帏屏无仿佛，翰墨有余迹"而言的。意思是说如今环顾帏屏，连爱妻的影子也找不到了，但她身上散发出的芳香仍在飘动着；爱妻虽然亡去了，但她亲手写的笔墨遗迹，至今仍然挂在墙上。"流芳未及歇"，这个"流"字本来是指水在流动，因此可以说"蹀躞御沟上，沟水东西流"（无名氏《白头吟》），"凤凰台上凤凰游，凤去台空江自流"（李白《登金陵凤凰台》），现在却把"流""芳"并用，这就是移就。同理，例③④，诗人可以说"日暮乡关何处是，烟波江上使人愁"（崔颢《黄鹤楼》），"钟鼓馔玉不足贵，但愿长醉不复醒"（李白《将进酒》），现在却把"愁""醉"移在"云"和"鞍"上，使语义搭配别开生面，增加了无限的情趣。

**（2）陈述性移就**

陈述性移就是指表示移就的词处于谓语位置上的一种移就辞格。如：

①何用叙我心，遗思致款诚。（秦嘉《赠妇诗》其三）（遗：音 wèi，赠送。）

②江东风光不借人，枉杀落花空自春。（李白《醉后赠从甥高镇》）

③我寄愁心与明月，随风直到夜郎西。（李白《闻王昌龄左迁龙标遥有此寄》）

④不管烟波与风雨，载将离恨过江南。（郑文宝《柳枝词》）

例①—④，"遗""借""寄""载"这些动词所涉及的对象本来都是具体的东西，而现在"遗"的是"思"，"借"的是"风光"，"寄"的是"愁心"，"载"的是"离恨"，这种动宾搭配关系如果从修辞角度来看，动词用的都是移就辞格。又因为这些动词从句法功能上看都是谓语，因此这种移就就是陈述性移就。

陈述性移就辞格很容易与拈连辞格相混淆。拈连辞格本书没有列入，由于语言特点的限制，诗歌是很少使用拈连辞格的。所谓拈连，是指在同时叙述或描写两件有关事物的时候，作者利用上下文关系，有意地把适用于某一事物的词语（多为动词）顺势用在另一事物身上的一种修辞格式。移就和拈连的区分，关键就是看相关的两个词语是否同时出现。同时出现的，就是拈连；不能同时出现的，就是移就。如：

①斗鸡东郊道，走马长楸间。

驰骋未能半，双兔过我前。

……

白日西南驰，光景不可攀。（曹植《名都篇》）

②鸡鸣洛城里，禁门平旦开。

…… ……

日中安能止？钟鸣犹未归。（鲍照《代放歌行》）

③生亦惑，死亦惑，尤物惑人忘不得。（白居易《李夫人》）

例①，两个"驰"出现在同一首诗里，第一个"驰"用的是本义，指赶马快跑，第二个"驰"是指"白日"西落，利用上下文的联系，把适用于甲的词语顺势用在乙上，这就是拈连。例②③，两个"鸣"字，三个"惑"字，分析相同。反过来说，如果没有这种上下文语言环境，我们尽管可以说"采芳洲兮杜若，将以遗兮下女"（《楚辞·九歌·湘君》），"或来瞻女，载筐及筥"（《诗经·周颂·良耜》），但"遗思""载将离恨"的"遗""载"等词，也只能按移就辞格来对待了。

### 3. 移就和比拟

前面讲过，比拟辞格有拟人、拟物之分。拟人是比拟辞格中最主要的形式。拟人的实质是将适用于人或有生命东西的动作行为移在动物或无生命东西的身上，因此这里就产生一个移就辞格和比拟辞格的界限问题。

我们的看法是：在一般情况下，移就辞格和比拟辞格是不会产生界限问题的。因为移就辞格中的修饰性的一类不会同比拟辞格中的拟人类相混。那么剩下的就是移就辞格中陈述性的一类和比拟辞格中的拟人类的界限问题了。由前面叙述可知，移就辞格中的陈述性的一类，内容是很宽泛的，如"遗""借""寄""载"一类动词，是不会同拟人产生界限问题的。但是，我认为移就辞格中的陈述性

的一类不应排斥拟人类。这个道理是极简单的：古代辞格确有兼类现象，问题是从哪个角度去观察。如"额鼻象五岳"（李白《古风》其三），"黄河如丝"（李白《西岳云台歌送丹丘子》）等，如果重形式，从比喻角度看，这是比喻辞格；如果重内容，从夸张角度看，又是夸张辞格。因此，移就辞格中的陈述性的一类包含拟人类是不足为怪的。如：

①寒风吹我骨，严霜切我肌。（无名氏《答李陵诗》其三）
②羁鸟恋旧林，池鱼思故渊。（陶渊明《归园田居》其一）
③瓴甋夸玙璠，鱼目笑明月。（张协《杂诗》其五）（明月：珠名。）
④荷花娇欲语，愁杀荡舟人。（李白《渌水曲》）

例①—④，"切""恋""思""夸""笑""娇""语"这些动词本来是人的动作行为，现在都移到物上，这就使诗的语言更形象、更生动。这种移就实际是借助比拟辞格中的拟人方式来完成的，所以我们不应把这种移就划在移就辞格的范围以外。

# （六）对偶

## 1. 什么叫对偶

对偶是古代诗歌语言中很重要的一种修辞格式。原则上说，对偶就是结构相同、字数相等、意义相关的两个词组或句子并列在一起的一种修辞格式。为什么说"原则上"？因为从发展的角度来看，早期的对偶形式和晚期的对偶形式是

很不一样的。这里的定义，主要是从晚期的对偶形式来考虑的。有关对偶的发展问题，后面还要专门谈。

对偶，作为一种形式美，自然是来源于生活。刘勰说："造化赋形，支体必双，神理为用，事不孤立。"（《文心雕龙·丽辞》）在古代，人们早就发现了自然界存在着种种对称现象。据科学家说，早在汉代，人们就已经知道雪晶体的基本形状是六角形了。当然，对称不等于对偶，对偶只是对称的一种形式。对称性，起初只是人们根据自己的知觉而产生的一种概念，后来才逐渐应用到美术、音乐、建筑和文学等领域。在诗歌语言中，除对偶外，其他如回文等也是对称美的表现形式。

在古代诗歌语言里，对偶具有很强的修辞效果。产生对偶辞格的心理基础是联想。对偶通过匀齐的形式，表达了凝练的内容，使读者读后易于感知、联想、记诵，和谐的节奏更给人以美的享受。如：

①山从人面起，云傍马头生。（李白《送友人入蜀》）

②气蒸云梦泽，波撼岳阳城。（孟浩然《临洞庭》）

③浮云游子意，落日故人情。（李白《送友人》）

④穿花蛱蝶深深见，点水蜻蜓款款飞。（杜甫《曲江》其二）

⑤碍日暮山青簇簇，漫天秋水白茫茫。（白居易《登西楼忆行简》）

⑥人似秋鸿来有信，事如春梦了无痕。（苏轼《正月二十日与潘郭二生出郊寻春，……》）

例①，"山""云"相对，"从""傍"相对，"人面""马头"相对，"起""生"相对，整个句式是主状谓

对主状谓。例②，"气""波"相对，"蒸""撼"相对，"云梦泽""岳阳城"相对，整个句式是主谓宾对主谓宾。例③，"浮云""落日"相对，"游子意""故人情"相对，整个句式也是主（谓）宾对主（谓）宾。"浮云""落日"之后，等于各省去一个"如"字，所以每句实际是主谓宾结构。例④—⑥，分析可类推。由以上分析可以看出，古代诗歌语言的对偶句以结构上的对偶为基本前提。换句话说，如果没有结构上的平衡，其他一切都无从谈起。

对偶是一种积极的修辞格式。它通过词语两两相对的结构形式把内容不同的意象组合在一起，增大了诗歌语言所反映的时间或空间的跨度，从不同角度向读者提供了多种镜头，使读者在丰富的联想中进入更加美妙的意境。如：

①明月松间照，清泉石上流。

竹喧归浣女，莲动下渔舟。（王维《山居秋暝》）（浣女：洗衣女。）

例①，王维的《山居秋暝》，是他的"诗中有画"的代表作。该诗选择了"明月""青松""清泉""山石""翠竹""浣女""荷莲""渔舟"等八种典型事物，借助严整的对偶（对仗）形式，组成了优美的画图。四个诗句，两两对偶（对仗），组成四幅画面，动中有静，静中有动，造就了一个极美的艺术境界。这种场景的变换，读者读来并不觉得突然，在很大程度上归功于对偶（对仗）格式。因为严整的对偶（对仗）形式便于人们感情的过渡和联想。关于这一点，袁行霈先生有过很好的论述，他说："对偶是连接意象的一座很好的桥梁，有了它，意象之间虽有跳跃，而读者心理上并不

感到是跳跃，只觉得是自然顺畅的过渡。中国古代的诗人常常打破时间和空间的局限，在广阔的背景上自由地抒发自己的感情。而对偶便是把不同时间和空间的意象连接起来的一种很好的方法。"(《中国诗歌艺术研究》，第 73 页，1987 年，北京大学出版社）又如：

②映阶碧草自春色，隔叶黄鹂空好音。

　　三顾频烦天下计，两朝开济老臣心。（杜甫《蜀相》）

例②《蜀相》是诗人杜甫于 760 年旅居成都，春游武侯祠时所作。"映阶碧草自春色，隔叶黄鹂空好音"两句，这是写祠内景物。"三顾频烦天下计，两朝开济老臣心"两句，这是写历史，是诸葛亮一生功德的高度概括。这首七律，中间两联由眼前的景物描写一下子上溯到五百多年前的蜀汉时代，从语言上说是借助了对偶（对仗）这一修辞格式。这种时间上的大跨度的场面转移是其他任何辞格都不能达成的。又如：

③大漠孤烟直，长河落日圆。（王维《使至塞上》）

④红颜弃轩冕，白首卧松云。（李白《赠孟浩然》）

⑤白云回望合，青霭入看无。（王维《终南山》）

⑥无边落木萧萧下，不尽长江滚滚来。（杜甫《登高》）

⑦千寻铁锁沉江底，一片降幡出石头。（刘禹锡《西塞山怀古》）（千寻：古代八尺为寻。这里形容铁锁之长。石头：石头城，故址在今南京清凉山。）

例③—⑦，这些句子都具有十分鲜明的对比效果，而这种效果的取得，不能不说是对偶辞格起了很大作用。

## 2. 对偶的基本类型

对偶从不同角度可以有不同的分类。刘勰说："故丽辞之体，凡有四对：言对为易，事对为难，反对为优，正对为劣。"（《文心雕龙·丽辞》）可知，刘勰将对偶分为四类：言对、事对、反对和正对。但是，我们必须指出，刘勰这里所用的标准不是统一的。"言对"和"事对"是从用不用典的角度来区分的，不用典的对偶叫"言对"，用典的对偶叫"事对"。而"反对"和"正对"是从意义同异的角度来区分的，意义相反而旨趣相合的对偶叫"反对"，事物虽异而意义相同的对偶叫"正对"。

我们的意见是可以从内容、形式两个不同角度来分类。从对偶的内容上看，可以分为正对、反对、串对；从对偶的形式上看，可以分为本句对、邻句对、隔句对。我想，这样的分类是比较好的，也便于讲清问题。下面就分别叙述一下。

### （1）正对、反对、串对

**正对**

正对就是从两个不同角度来说明同一道理的对偶形式。如：

①迢迢牵牛星，皎皎河汉女。（古诗《迢迢牵牛星》）

②流星夕照镜，烽火夜烧原。（庾信《咏怀》其十二）

③吴宫花草埋幽径，晋代衣冠成古丘。（李白《登金陵凤凰台》）

④青枫江上秋帆远，白帝城边古木疏。（高适《送李少府贬峡中王少府贬长沙》）

从心理角度来说，正对是出于心理上的相关或相近联想。如：

⑤红颜弃轩冕，白首卧松云。（李白《赠孟浩然》）
⑥血埋诸将甲，骨断使臣鞍。（杜甫《王命》）

例⑤，《赠孟浩然》是诗人李白寓居湖北安陆时期游襄阳访问孟浩然后所写的一首著名诗篇。孟浩然，襄州襄阳（今属湖北）人，早年隐居家乡鹿门山，世称孟襄阳。后曾赴长安参加科举考试，不第而归。他的一生是在求仕和归隐的矛盾中度过的，以归隐而终，终生不仕。李白的这首诗，就是着力描写孟浩然不慕名利、自甘淡泊的清高品格的。"红颜弃轩冕，白首卧松云"两句，诗人以正对形式，从不同的年龄段来歌颂孟浩然不求名利、风流自赏的隐逸生活。李白写这首诗时，当是孟浩然的晚年。因此，由"白首卧松云"自然会联想到他少壮时鄙弃仕宦的那种"红颜弃轩冕"的精神。例⑥，"血埋诸将甲"句，这是写战场酣战后的惨景；"骨断使臣鞍"，这是写朝廷使臣频繁往来于敌我之间的情景。诗人在这里由酷战而联想到议和，这也是很自然的事情。

正对并不等于两句话必须说一个内容。如果真是这样，那么就等于其中有一句是废话，而这种情况也是诗人所极力避免的。如：

①人情怀旧乡，客鸟思故林。（王赞《杂诗》）
②徒结千载恨，空负百年怨。（鲍照《代东武吟》）

例①②，上下两句都是一个意思，其中一句就显得有点儿多余。也许正是出于这种考虑，刘勰才说："反对为优，正

对为劣。"(《文心雕龙·丽辞》)

**反对**

反对就是构成对偶的上下两个词组或句子在意义上刚好相反。如：

①助我者少，啖瓜者多。(无名氏《孤儿行》)

②野径云俱黑，江船火独明。(杜甫《春夜喜雨》)

③战士军前半死生，美人帐下犹歌舞。(高适《燕歌行》)

④白发无情侵老境，青灯有味似儿时。(陆游《秋夜读书每以二鼓尽为节》)

从心理角度来说，造成反对的心理基础是对比联想。如例①—④，"少"与"多"的对比，"黑"与"明"的对比，"死生"与"歌舞"的对比，"老境"与"儿时"的对比，在心理上是很容易联想起来的。又如：

⑤日闻红粟腐，寒待翠华春。(杜甫《有感》其三)

⑥世间富贵应无分，身后文章合有名。(白居易《编集拙诗成一十五卷……》)

例⑤，两句写的是唐代统治者和人民的生活，两相对比，形成了鲜明的对照。"日闻红粟腐"，这是说一方面统治者只顾聚敛搜刮，以致仓粟陈陈相因，因变质而不能食；"寒待翠华春"，这是说另一方面老百姓饥寒交迫，正等待天子的施舍。一饱一饥，形成了强烈的反差，这也是极容易引起联想的。例⑥，这首诗的全名是《编集拙诗成一十五卷因题卷末戏赠元九李二十》，是白居易于元和十年（815）冬在江州时所写的一首诗。"元九"指的是诗人元稹，"李二十"指的是

诗人李绅，两人都是白居易的好友。"世间富贵应无分，身后文章合有名"，诗人这里以反对形式，表达了轻富贵、重文章的高贵品格。"世间富贵"和"身后文章"，这也是极易引起联想的。

**串对**

串对就是构成对偶的上下两个词组或句子，在意义上具有相承、因果、假设等种种语法关系的一种对偶形式。因为这种对偶形同流水，上下衔接很紧，所以又叫"流水对"。如：

①即从巴峡穿巫峡，便下襄阳向洛阳。（杜甫《闻官军收河南河北》）

②野火烧不尽，春风吹又生。（白居易《赋得古原草送别》）

③一声来耳里，万事离心中。（白居易《好听琴》）

④欲穷千里目，更上一层楼。（王之涣《登鹳雀楼》）

例①②，上下两句都是相承关系。例①，两句的"从巴峡""穿巫峡""下襄阳""向洛阳"，写的是诗人杜甫听到官军收复洛阳、郑、汴、幽州等地之后所设想的"还乡"路线，前后地点一线相承。例②，"野火烧不尽""春风吹又生"两句，是由前面的"一岁一枯荣"发展而来。自然界的草木，由枯而荣，由荣而枯，周而复始，循环往复，自然是前后相承的。"野火烧不尽"和"春风吹又生"，也是前后相因，意同流水。例③，上下两句是因果关系，"一声来耳里"是因，"万事离心中"是果。例④，上下两句是假设关系，"欲穷千里目"是条件，"更上一层楼"是结果。正因为串对的上下两

句常常是相承关系，所以有时句子开头也有表明时序的时间名词或词组。如：

⑤朝饮木兰之坠露兮，夕餐秋菊之落英。(《楚辞·离骚》)

⑥朝发广莫门，暮宿丹水山。(刘琨《扶风歌》)

⑦昔往鸧鹒鸣，今来蟋蟀吟。(王赞《杂诗》)

⑧去年登高郪县北，今日重在涪江滨。(杜甫《九日》)

从心理角度来说，造成串对的心理基础是相近联想或因果联想。如例①②，前后两事相因，在心理上也必然是连类而及。例③④，上下两句不论是真正的因果关系，还是假设的因果关系，在心理上也都属于因果联想。

以上讲的是对偶第一种分类的基本情况。

## （2）本句对、邻句对、隔句对

对偶辞格如果从形式上分，可以分为本句对、邻句对和隔句对。有的修辞书把内容和形式两种分类角度混为一谈，以致分类混乱，是很不恰当的。

### 本句对

本句对又称当句对或句中对，指的是构成对偶的两个句子，先是一句（诗行）之内的词语自对，再句与句相对。如：

①风急天高猿啸哀，渚清沙白鸟飞回。(《杜甫《登高》)

②高江急峡雷霆斗，古木苍藤日月昏。(杜甫《白帝》)

③座中醉客延醒客，江上晴云杂雨云。(李商隐《杜工部蜀中离席》)

④池光不定花光乱，日气初涵露气干。(李商隐《当句有对》)

例①，上句"风急"对"天高"，下句"渚清"对"沙白"，然后上下两句相对。例②，上句"高江"对"急峡"，下句"古木"对"苍藤"，然后上下两句相对。例③，上句"醉客"对"醒客"，下句"晴云"对"雨云"，然后上下两句相对。例④，上句"池光"对"花光"，下句"日气"对"露气"，然后上下两句相对。最初的本句对是纯粹的本句对，上下两句不一定是对偶关系。如：

⑤青云衣兮白霓裳，举长矢兮射天狼。(《楚辞·九歌·东君》)

⑥出不入兮往不反，平原忽兮路超远。(《楚辞·九歌·国殇》)

⑦力拔山兮气盖世，时不利兮骓不逝。(项羽《垓下歌》)

例⑤，上句"青云衣"对"白霓裳"，下句"举长矢"对"射天狼"，但上下两句不是对偶关系。例⑥⑦，分析同。这种本句对的情况，最初可能只在一个诗句（诗行）内出现，后来才逐渐扩展为上下两句的。如：

⑧沅有茝兮澧有兰，思公子兮未敢言。(《楚辞·九歌·湘夫人》)

⑨兰有秀兮菊有芳，怀佳人兮不能忘。(刘彻《秋风辞》)

例⑧，上句"沅有茝"对"澧有兰"，但下句没有本句对。例⑨，上句"兰有秀"对"菊有芳"，下句也没有本句对。

**邻句对**

邻句对是古代对偶句最常见的一种形式，就是相邻的两

個句子具有对偶关系。如：

①良马不回鞍，轻车不转毂。（秦嘉《赠妇诗》其二）
②白发悲花落，青云羡鸟飞。（岑参《寄左省杜拾遗》）
③五更鼓角声悲壮，三峡星河影动摇。（杜甫《阁夜》）
④身无彩凤双飞翼，心有灵犀一点通。（李商隐《无题》）

**隔句对**

隔句对又称扇面对，就是具有对偶关系的上下四个句子，第一句和第三句相对，第二句和第四句相对，形同扇面，所以又称扇面对。如：

①昔我往矣，杨柳依依。

今我来思，雨雪霏霏。（《诗经·小雅·采薇》）（思：语气词。）

②行者见罗敷，下担捋髭须。

少年见罗敷，脱帽着帩头。（无名氏《陌上桑》）

③缥缈巫山女，归来七八年。

殷勤湘水曲，留在十三弦。（白居易《夜闻筝中弹潇湘送神曲感旧》）

④昔年共照松溪影，松折溪荒僧已无。

今日还思锦城事，雪消花谢梦何如。（郑谷《将之泸郡旅次遂州遇裴晤员外……》）

例①，"昔我往矣"与"今我来思"相对；"杨柳依依"与"雨雪霏霏"相对。例②"行者见罗敷"与"少年见罗敷"相对；"下担捋髭须"与"脱帽着帩头"相对。例③④，分析同。在早期的隔句对中，往往是同字对多，如例①的"我"字，例②的"见"字，等等。

以上讲的是对偶第二种分类的基本情况。

## 3. 对偶的发展

随着古代诗歌语言的发展，前后期的对偶形式是有很大不同的。总的发展趋势是后期对偶形式越来越趋于工整，格式越来越严密。这主要表现在近体诗的对偶（对仗）句中。下面我们就把前后期的对偶形式对比一下。

早期的对偶格式有哪些特点呢？我认为主要有以下几点：

第一，结构不同。

早期的对偶句的语法结构往往对不起来。如：

①执辔如组，两骖如舞。（《诗经·郑风·大叔于田》）

②日月安属，列星安陈？（《楚辞·天问》）

③箫鼓鸣兮发棹歌，欢乐极兮哀情多。（刘彻《秋风辞》）

④贻我青铜镜，结我红罗裙。（辛延年《羽林郎》）

例①，"执辔"和"两骖"不对，一个是动宾结构，一个是偏正结构。例②，"日月"和"列星"不对，一个是并列结构，一个是偏正结构。例③，"发棹歌"和"哀情多"不对，一个是动宾结构，一个是主谓结构。例④，"贻我青铜镜"和"结我红罗裙"不对，"我青铜镜"是个双宾结构，"我红罗裙"是个偏正结构。

第二，字数不等。

由于结构对得不严整，有时就会造成上下句字数也不相等。如：

①维南有箕，不可以簸扬。

维北有斗，不可以挹酒浆。(《诗经·小雅·大东》)
(挹：舀取。)

②我生之初，尚无为。

我生之后，逢此百罹。(《诗经·王风·兔爰》)(罹：
忧患，苦难。)

③白玉兮为镇，疏石兰兮为芳。(《楚辞·九歌·湘夫人》)

④秋风起兮白云飞，草木黄落兮雁南归。(刘彻《秋风
辞》)

例①—④，这类句子从整体上看是对偶句，是对偶句的
初级形式。正因为是初级形式，所以结构往往不对。结构不
对很容易造成上下句字数不等。如例①，第四句多一字；
例②，第四句多一字；例③，第二句多一字；例④，第二
句多一字。

第三，词性不同。

早期对偶句，相对的词可以词性不同。如：

①高明曜云门，远景灼寒素。(孔融《杂诗》其一)
②白马君来哭，黄泉我讵知？(徐陵《别毛永嘉》)
③芙蓉露下落，杨柳月中疏。(萧悫《秋思》)
④一顾重尺璧，千金轻一言。(庾信《咏怀》其六)

例①，"云"与"寒"不对，"云"是名词，"寒"是形
容词。例②，"来"与"讵"不对，"来"是动词，"讵"是
副词。例③，"落"与"疏"不对，"落"是动词，"疏"是形
容词。例④，"顾"与"金"不对，"顾"是动词，"金"是名
词。

第四，虚词入对。

早期对偶句，虚词可以入对。如：

①北风其凉，雨雪其雱。(《诗经·邶风·北风》)
②六月食郁及薁，七月亨葵及菽。(《诗经·豳风·七月》)
（郁：郁李。薁：一种野葡萄。亨：同"烹"，煮。）
③夕归次于穷石兮，朝濯发乎洧盘。(《楚辞·离骚》)
④操余弧兮反沦降，援北斗兮酌桂浆。(《楚辞·九歌·东君》)

例①—④，"其"与"其"，"及"与"及"，"于"和"乎"，"兮"和"兮"都是虚词入对。由引例可知，早期的虚词入对，主要是以同字的形式出现的。

第五，多同字对。

同字对在早期对偶句里用得十分普遍。如：

①新人工织缣，故人工织素。（古诗《上山采蘼芜》）
②大兄言办饭，大嫂言视马。（无名氏《孤儿行》）
③河清不可俟，人命不可延。（赵壹《刺世疾邪赋》）
④食梅常苦酸，衣葛常苦寒。（鲍照《代东门行》）（衣：穿。）

例①—④，"人""工织"与"人""工织"，"大""言"与"大""言"，"不可"与"不可"，"常苦"与"常苦"都是同字对。

以上五点是早期对偶辞格最重要的特点。随着近体诗的出现，对偶格式也越来越严密化。这其中一个重要原因，就是对偶不仅是一种修辞手段，而且是构成近体诗的一个条件。这样一来，对偶（亦即对仗）自然产生许多限制条件。

后期的对偶（对仗），最主要的特点是：

第一，结构一致。

近体诗中的对偶（对仗）句，从工对的角度说，语法结构必须一致。如：

①老除吴郡守，春别洛阳城。（白居易《除苏州刺史别洛城东花》）（除：拜官授职，被任命。）

②户外一峰秀，阶前众壑深。（孟浩然《题义公禅房》）

③风翻白浪花千片，雁点青天字一行。（白居易《江楼晚眺景物鲜奇，……》）

④野凫眠岸有闲意，老树着花无丑枝。（梅尧臣《东溪》）

例①，"老除"对"春别"，都是偏正结构；"除吴郡守"对"别洛阳城"，都是动宾结构；"吴郡守"对"洛阳城"，又都是偏正结构。例②，"一峰"对"众壑"，都是偏正结构；"户外一峰"对"阶前众壑"，也都是偏正结构；"一峰秀"对"众壑深"，都是主谓结构。例③④，分析同。

第二，字数相等。

近体诗的对偶句，字数必须相等。这不必解释。

第三，同字不对。

近体诗的对偶句，避免同字对，这也不必解释。

第四，词性相同。

近体诗的对偶句，相对的词必须词性相同且属同类，才算工对。如：

①圆荷浮小叶，细麦落轻花。（杜甫《为农》）

②佛寺乘船入，人家枕水居。（白居易《百花亭》）

③思家步月清宵立，忆弟看云白日眠。（杜甫《恨别》）

④闭门觅句陈无己，对客挥毫秦少游。（黄庭坚《病起荆江亭即事》）（陈无己：陈师道，字无己。）

例①，"圆"对"细"，都是形容词；"荷"对"麦"，都是名词，属植物类；"浮"对"落"，都是动词；"小"对"轻"，都是形容词；"叶"对"花"，都是名词，属植物类。例②，"佛"对"人"，"寺"对"家"，都是名词，属人事处所类；"乘"对"枕"，都是动词；"船"对"水"，都是名词，属事物类；"入"对"居"，都是动词。例③④，分析同。

第五，平仄要合。

近体诗的对偶句除了要满足以上四点要求，还要在平仄方面符合要求，这是与早期对偶句的一个最重要的区别。如：

①三峡楼台淹日月，五溪衣服共云山。（杜甫《咏怀古迹》其一）

②三顾频烦天下计，两朝开济老臣心。（杜甫《蜀相》）

③林间暖酒烧红叶，石上题诗扫绿苔。（白居易《送王十八归山寄题仙游寺》）

④明月好同三径夜，绿杨宜作两家春。（白居易《欲与元八卜邻先有是赠》）

例①，此诗平仄格式属平起仄收式。例①两句为原诗第二联，其标准平仄格式为仄仄平平平仄仄，平平仄仄仄平平。验证可知，两句仅"三""淹""五""衣"四字不合，但此四处均可平可仄。例②，此诗平仄格式属仄起平收式。例②两句为原诗第三联，其标准平仄格式为仄仄平平平仄仄，平平

仄仄仄平平。验证可知，两句仅"三""两""开"三字不合，但此三处均可平可仄。例③，此诗平仄格式属平起仄收式。例③两句为原诗的第三联，其标准平仄格式为平平仄仄平平仄，仄仄平平仄仄平。验证可知，两句平仄完全相合。例④，此诗平仄格式属平起平收式。例④两句为原诗的第二联，其标准平仄格式为仄仄平平平仄仄，平平仄仄仄平平。验证可知，两句仅"明""好""绿""宜"四字不合，但此四处也是可平可仄的。

以上就是后期对偶的一些特点。其实对偶格式的这种变化早在南北朝时期就已经开始了。下面引几个例子来看一看，不再分析了。如：

①池塘生春草，园柳变鸣禽。（谢灵运《登池上楼》）
②入风先绕晕，排雾急移轮。（朱超《舟中望月》）
③溜船惟识火，惊兔但听声。（阴铿《五洲夜发》）
④胡笳落泪曲，羌笛断肠歌。（庾信《咏怀》其七）

刘勰说："至魏晋群才，析句弥密，联字合趣，剖毫析厘"（《文心雕龙·丽辞》），说的就是这个意思。

# （七）排比

## 1. 什么叫排比

结构相同或相近，语气一致，内容密切相关的一组句子上下排列起来，借以增强语势的一种修辞方式就叫排比。排比辞格只能用在古体诗里。如：

①硕人其颀，衣锦褧衣。

齐侯之子，卫侯之妻。

东宫之妹，邢侯之姨。(《诗经·卫风·硕人》)(颀：音 qí，身材高大。褧衣：细麻布做的罩衣。姨：妻子的姊妹。)

②手如柔荑，肤如凝脂。

领如蝤蛴，齿如瓠犀。(《诗经·卫风·硕人》)(荑：音 tí，嫩茅。蝤蛴：音 qiú qí，天牛幼虫，色白。)

③莫愁十三能织绮，十四采桑南陌头。

十五嫁为卢家妇，十六生儿字阿侯。(萧衍《河中之水歌》)

例①，《卫风·硕人》是一首赞美卫庄公夫人庄姜的诗篇。全诗共四章，首章写"硕人"出身高贵，次章写她容姿俊美无比，三、四两章都是写她出嫁的盛况。"齐侯之子"等四句，一连用了四个排比句式，把"硕人"的高贵身份交代得一清二楚。"齐侯之子，卫侯之妻，东宫之妹，邢侯之姨"，这四句结构相同，字数相等，句意相关，是比较典型的排比句。例②，"手如柔荑"等四句，是原诗第二章的开头几句。这里诗人又一连用四个排比句从不同侧面描写了"硕人"的美丽：双手柔软如娇嫩的小草，皮肤洁白光滑就像凝结的油脂，颈项细长白皙好比天牛的幼虫，牙齿洁白整齐犹如瓠中的瓜子。这里使用的句子，也是结构相同、字数相等、句意相关的。例③，《河中之水歌》是一首赞美洛阳莫愁女高尚情操的诗。诗中"莫愁十三能织绮"等四句，一连用了四个排比句，不仅交代了莫愁女的生活经历，更重要的是对她勤劳

美德的颂扬。这四句字数相等，句意相关，结构基本相同。

由例①—③可知，古代诗歌语言的排比辞格，应当具备以下几个基本条件：

第一，结构相同或相近。

如例①，"齐侯之子"等四句都是判断句。主语"硕人"省略，谓语是由偏正词组构成的名词性谓语。这几个句子翻译过来就是：硕人是齐侯的女儿、卫侯的妻子、齐太子得臣的妹妹、邢侯的小姨。例②，"手如柔荑"等四句，结构也是相同的，不再分析了。

第二，句数一般是偶数排列。

我们知道，古代诗歌上下两个诗句（诗行）是可以构成一个意义单位的。因此，古代诗歌的排比辞格最少应当以四个诗句（诗行）起步，以下是六、八、十句不等。如例①—③，都是由四句组成的排比句。

第三，一般情况下，每句字数是相等的。

这一点，诗歌排比辞格与散文排比辞格是不同的。如例①②，"齐侯之子"等四句、"手如柔荑"等四句都是由四字组成的；例③，"莫愁十三能织绮"等四句是由七字组成的。

第四，应当有标志语。

标志语，也叫"提示语"，即构成排比关系的各个诗句中相同的那部分词语。这部分词语由于形式相同，读起来十分醒目，所以它们成了排比辞格的标志。如例①的"之"字，例②的"如"字，例③的"莫愁"（第一句以下可认为省略了"莫愁"）。

第五，从内容上说，排比句之间必须是互有联系的。如例①—②，是从不同的角度去说明或描写"硕人"的身份和美丽；例③，是从不同的年龄阶段说明莫愁的勤劳美德和生活经历。

第六，语气一致。

如例①—③，各个排比句都是陈述语气。

## 2. 排比的基本类型

排比辞格，以其所表达内容的程序，可分为有程序排比和无程序排比。下面就分别交代一下。

### （1）有程序排比

所谓有程序排比，就是指排比所表达的内容在叙述、描写上是有程序的。如细分，还有以下几个小类：

第一，时间有先后的。如：

①十三能织素，十四学裁衣。

　十五弹箜篌，十六诵诗书。（无名氏《焦仲卿妻》）

②十五府小吏，二十朝大夫。

　三十侍中郎，四十专城居。（无名氏《陌上桑》）

③开我东阁门，坐我西阁床。

　脱我战时袍，着我旧时裳。（无名氏《木兰诗》）

例①，"十三能织素"等四句，借助程序排比，把焦仲卿妻刘氏善女红、懂音乐、明诗书的美德都交代得一清二楚。例②，"十五府小吏"等四句，也是借助程序排比，把"罗敷"夫婿的才华横溢、宦途得意都表现出来了。排比辞格就是利用这种气势连贯的语流，再三地去冲击读者的心灵。例③，"开我东阁门"等四句，也是借助程序排比，通过

"开""坐""脱""着"等四个动词的变换，把木兰代父从军、胜利返乡后的喜悦心情表现出来。排比辞格好比是连续发生的"冲击波"，其独特的修辞效果是其他任何辞格都不能取代的。

第二，方位有转位的。如：

①东市买骏马，西市买鞍鞯。

南市买辔头，北市买长鞭。（无名氏《木兰诗》）（鞯：音 jiān，马鞍的衬垫。）

②旦辞爷娘去，暮宿黄河边。

不闻爷娘唤女声，但闻黄河流水鸣溅溅。

旦辞黄河去，暮至黑山头。

不闻爷娘唤女声，但闻燕山胡骑鸣啾啾。（无名氏《木兰诗》）（但：只。）

③与我期何所？乃期东山隅。

日旰兮不来，谷风吹我襦。

远望无所见，涕泣起踟蹰。

与我期何所？乃期山南阳。

日中兮不来　飘风吹我裳。

逍遥莫谁睹，望君愁我肠。

与我期何所？乃期西山侧。

日夕兮不来，踯躅长叹息。

远望凉风至，俯仰正衣服。

与我期何所？乃期山北岑。

日暮兮不来，凄风吹我襟。

望君不能坐，悲苦愁我心。（繁钦《定情诗》）（旰：音

gàn，晚。岑：小而高的山。）

例①，"东市""西市""南市""北市"，这就是方位转移。当然，在现实中卖"骏马""鞍鞯""辔头""长鞭"的地方是不可能像诗中所描写的那样分布于"东市""西市""南市""北市"的。但是，诗中正是借助这种程序排比，使人感到事情的紧迫性，渲染了战争带来的紧张气氛。例②，"旦辞爷娘去，暮宿黄河边""旦辞黄河去，暮至黑山头"，也是方位转移。借助程序排比，把木兰从军后紧张、艰苦的战斗生活表现出来。例③，"乃期东山隅""乃期山南阳""乃期西山侧""乃期山北岑"等，还是方位转移。诗人正是通过这种程序排比的句式，把一个女子急切地等待情人赴约的那种焦灼不安的心态表现得淋漓尽致。

第三，地位有高低的。如：

①爷娘闻女来，出郭相扶将。

　　阿姊闻妹来，当户理红妆。

　　小弟闻姊来，磨刀霍霍向猪羊。（无名氏《木兰诗》）

②不动者厚地，不息者高天。

　　无穷者日月，长在者山川。（白居易《效陶潜体诗十六首》其一）

例①，"爷娘""阿姊""小弟"，长幼有序。例②，"厚地""高天""日月""山川"，先说天地，后说日月山川。天地、日月、山川，地位也是有所区别的：无天则无日月，无地则无山川。这里先言地后言天，是为了押韵的需要。

**（2）无程序排比**

所谓无程序排比，就是指排比所表达的内容在叙述描写上没有程序或程序不明显。如：

①就我求清酒，丝绳提玉壶。

就我求珍肴，金盘脍鲤鱼。（辛延年《羽林郎》）

②足下蹑丝履，头上玳瑁光。

腰若流纨素，耳着明月珰。（无名氏《焦仲卿妻》）（明月珰：明月珠做的耳珰。珰，妇女戴在耳垂上的装饰品。）

③何以致拳拳？绾臂双金环。

何以致殷勤？约指一双银。

何以致区区？耳中双明珠。

何以致叩叩？香囊系肘后。

何以致契阔？绕腕双跳脱。

何以结恩情？美玉缀罗缨。

何以结中心？素缕连双针。

何以结相于？金薄画搔头。

何以慰别离？耳后玳瑁钗。

何以答欢忻？纨素三条裙。

何以结愁悲？白绢双中衣。（繁钦《定情诗》）（约指：戒指。跳脱：手镯。相于：相厚。搔头：簪子。）

④谓言青云驿，绣户芙蓉闺。

谓言青云骑，玉勒黄金蹄。

谓言青云具，瑚琏并象犀。

谓言青云吏，的的颜如珪。（元稹《青云驿》）（的的：音 dì，鲜明的样子。）

例①，先是“求清酒”，后是“求珍肴”，这里无严格程序。例②，标志语是上文的“新妇”。这里诗人从“足”“头”“腰”“耳”四个方面去描写焦仲卿妻的服饰、身姿、穿戴，也是没什么严格程序可言的。例③，诗人从十一样服饰或信物方面来描写诗中女主人和她的情人曾有过的美好感情。十分明显，作者在交代这些服饰或信物时，也是没什么严格程序可言的。例④，诗人从建筑、坐骑、器具和仪表四个方面描写了“青云驿”“青云骑”“青云具”和“青云吏”，借以表现令人羡慕的高位，这种描写也是没有程序可言的。

### 3. 排比的发展

古代诗歌的排比辞格主要应用在唐宋以前的古体诗里。在先秦时代的《诗经》《楚辞》里，排比句并不多见。

排比句起源于早期的对偶句，这种推测大概是可以成立的。因为早期的对偶句，条件并不十分严格，其中许多对偶成分用字相同，这种情况在《诗经》中已经存在了。如：

①山有榛，隰有苓。(《诗经·邶风·简兮》)
②山有扶苏，隰有荷华。(《诗经·郑风·山有扶苏》)
③东门之枌，宛丘之栩。(《诗经·陈风·东门之枌》)
④深则厉，浅则揭。(《诗经·邶风·匏有苦叶》)

例①②，相对的同字是“有”，“有”是实词。例③④，相对的同字是“之”“则”，“之”“则”是虚词。到了汉代和汉代以后的古体诗里，这种情况也是存在的。如：

⑤去者日以疏，来者日以亲。（古诗《去者日以疏》）

⑥新人工织缣，故人工织素。（古诗《上山采蘼芜》）

⑦大兄言办饭，大嫂言视马。（无名氏《孤儿行》）

⑧问女何所思，问女何所忆。（无名氏《木兰诗》）

例⑤—⑧，"者""日""以""人""工""织""大""言""问""女""何""所"这些都是相对的同字。我们想，早期对偶句中的相对的同字恐怕就是后来排比句标志语的源头了。

如果带有同字对的早期对偶句本身又是隔句对的话，那么我们推想，这正是由对偶句转变为排比句的中间环节。前面说过，排比句最少的起步句数应是四句，所以古体诗中有许多隔句对都是介于对偶句和排比句之间的。这样一来，我们把它们看成是对偶句或排比句好像都是可以的。如：

①就我求清酒，丝绳提玉壶。

就我求珍肴，金盘脍鲤鱼。（辛延年《羽林郎》）

②前主为将相，得罪窜巴庸。

后主为公卿，寝疾没其中。（白居易《凶宅》）

③大儿贩材木，巧识梁栋形。

小儿贩盐卤，不入州县征。（元稹《估客乐》）

④君游襄阳日，我在长安住。

今君在通州，我过襄阳去。（白居易《寄微之三首》其二）

例①—④，从对偶句角度来看，都是一、三句相对和二、四句相对，即所谓的隔句对；从排比句角度来看，各例又都有标志语，如"就我求""主为""儿贩""我"等。这种中介现象如果进一步发展，句数超过四句或每句字数相等、基本相等，那么这类句子就完全变为排比句了。如：

⑤茅焦脱衣谏，先生无一言。

赵高杀二世，先生如不闻。

刘项取天下，先生游白云。

海内八年战，先生全一身。

汉业日已定，先生名亦振。（元稹《四皓庙》）

⑥或言歧径多，御者困追蹑。

或言御徒稀，声势不相接。

或言器械钝，驰逐无所挟。

或言卢犬顽，兽走不能劫。（王迈《观猎行》）

⑦何人答中行？何人缚可汗？

何人丸泥封函谷？何人三箭定天山？（乐雷发《乌乌歌》）

例⑤，连用五个"先生"，共十句。例⑥，连用四个"或言"，共八句。例⑦，连用四个"何人"，共四句。以上每句的字数基本相等，或五言，或七言。

排比句如果进一步发展，就发展成为排比段了。这是古代诗歌排比辞格发展变化的又一重要内容。如：

①我所思兮在太山，欲往从之梁甫艰。侧身东望涕沾翰。

美人赠我金错刀，何以报之英琼瑶。

路远莫致倚逍遥，何为怀忧心烦劳？

我所思兮在桂林，欲往从之湘水深。侧身南望涕沾襟。

美人赠我琴琅玕，何以报之双玉盘。

路远莫致倚惆怅，何为怀忧心烦快？（张衡《四愁诗》）

②莫买宝剪刀，虚费千金值。

我有心中愁，知君剪不得。

莫磨解结锥，虚劳人气力。

我有肠中结，知君解不得。（白居易《啄木曲》）

例①，"我所思兮""在""欲往从之""侧身""望""涕沾""美人赠我""何以报之""路远莫致""何为怀忧""心""烦"等，这些都是标志语。例②，"莫""虚""我有""中""知君""不得"等，这些也都是标志语。《啄木曲》一诗主要是由排比句和排比段构成的。白居易先用排比段，说完之后，将四段内容又加以高度概括，成为四个排比句。如：

③刀不能剪心愁，锥不能解肠结。

线不能穿泪珠，火不能销齑雪。（白居易《啄木曲》）

例②③的修辞手法的变化，是足以给人启发的。

# （八）借代

## 1. 什么叫借代

在古代诗歌语言里，同比喻辞格一样，借代辞格也是用得比较广泛的一种修辞方式。什么叫借代？一种事物，不用本来名称，而用另一种与之相关的名称来代替它的一种修辞方式就叫借代。借代可以使诗歌语言更加鲜明、生动，避免词语重复，给人以新奇感，也易于产生联想。如：

①三五明月满，四五蟾兔缺。（古诗《孟冬寒气至》）

②清新庾开府，俊逸鲍参军。（杜甫《春日忆李白》）

③想小楼，终日望归舟，人如削。（张元幹《满江红·自豫章阻风吴城山作》）

例①，"四五蟾兔缺"句，"蟾兔"是"月"的代称。"蟾"就是"蟾蜍"，"兔"就是"玉兔"，古人传说月中有蟾蜍玉兔，于是"蟾兔"就成为"月"的代称了。月中有兔的传说见于《楚辞·天问》："厥利维何，而顾菟在腹？""菟"同"兔"。这两句是说月亮到底图什么好处，而把兔子养在腹中？月中有蟾蜍的传说在《淮南子·精神训》中已有记载："日中有踆乌，而月中有蟾蜍。"由例①我们不难看出，诗歌中使用借代辞格的一个最大好处就是使词语富于变化，避免重复，给人一种新奇之感。如上句说"三五明月满"，这里已经用了"明月"，如果下句仍说"四五明月缺"，就相当乏味了。于是诗人就换个新的词语，不说"明月"而说"蟾兔"，这就不仅避免了重复，而且还给人以新奇之感并产生美妙的联想，这才是诗的语言。诗歌中的某一辞格一旦形成之后，后人就会接着用下去。如"蟾兔"一语，单独用"蟾"或单独用"兔"，也成了"月"的代称。如：

④天，休使圆蟾照客眠。（蔡伸《苍梧谣》）

⑤西瞻若木兔轮低，东望蟠桃海波黑。（元稹《梦上天》）（若木：神木名，相传生于日落之处。）

例④⑤，"圆蟾"就是"圆月"，"兔轮"就是"月轮"。又如例②，"清新庾开府""俊逸鲍参军"两句，"庾开府"是庾信诗的代称，"鲍参军"是鲍照诗的代称，这就是用人名代替作品的一种借代方法。这两句，杜甫是说李白的诗歌作品，风格清新、俊逸就如同庾信和鲍照的诗歌作品一样。《春日忆李白》是五律，每句只五言，全诗也不过是四十个字。诗的语言贵在精练。如果这里不用"庾开府""鲍参军"，换上其他任何词语好像都是累赘，远不如用"庾开府""鲍参军"那么直接，这就是借代辞格的好处。同理，例③，"想小楼"一句，"小楼"是代替小楼中的佳人，这么一说既委婉又新鲜，诗的情趣跃然纸上，毫无凝滞之感。

借代辞格是由本体和借体构成的。本体是本来的事物，也就是被代替的事物，而借体是用于代替本体的事物。如例①—③，"蟾兔""庾开府""鲍参军""小楼"都是借体，而"月""庾开府之诗""鲍参军之诗""佳人"等潜在的词语都是本体。在具体的诗句中，一般说来，借代的本体总是潜在的，是不出现的，至少在同一个诗句（诗行）之内是不会出现的。这样一来，就很自然地产生一个问题："借代"与"借喻"如何区别？

借代和借喻是不同的，是可以区分的。借喻是一种比喻。虽然本体和喻体各自代表不同的事物，但本体和喻体之间是必须有相似点的，这也就是说，两种事物之间一定有某个或某些属性是相同的。而借代的本体和借体之间就不存在这个相似点。借代的本体和借体之间的关系，强调的不是相似，而是相关。借体代替本体的实质，就是换个名词，换个说法而已。请比较：

①二龙争战决雌雄，赤壁楼船扫地空。（李白《赤壁歌送别》）

②流星白羽腰间插，剑花秋莲光出匣。（李白《胡无人》）

例①，"二龙"是借喻，被比喻的对象是曹操和孙权。"龙"和曹、孙本是不同事物，但两者之间有相似点："龙"在古代被认为是一种变幻莫测、能呼风唤雨的神奇动物，而历史上形成三足鼎立的魏、蜀、吴三家中，最有势力的还是曹操、孙权两家，所以魏吴相争就如同"二龙"相斗一样，这显然是比喻。例②，"白羽"是"箭"的代称。"白羽"和"箭"两者间不存在相似关系，而只是相关："白羽"是"箭"的一部分。用"白羽"代"箭"，司马相如的《上林赋》中就有这种用法："弯蕃弱，满白羽，射游枭，栎蜚遽。"由此可知，借代和借喻是性质上根本不同的两种修辞方式。正因为借体和本体之间不存在相似点，所以具有同一属性的借体才可以去代替不同的本体，这也是借代和借喻的一个重要区别。如：

③知否，知否，应是绿肥红瘦。（李清照《如梦令》）

④瓢弃樽无绿，炉存火似红。（杜甫《对雪》）

例③，"绿肥红瘦"句，"绿"指的是叶子，"红"指的是花。"绿"和"红"本来是叶子和花的一种属性，这里用来代替叶子和花本身，所以是借代。"绿"作为一种颜色，作为一种属性，尽管物体不同，但它本身还是相同的。因此同一个"绿"字可以代替不同的本体。如例④，"樽无绿"的"绿"，是绿酒的代称。又如：

⑤子猷闻风动窗竹，相邀共醉杯中绿。（李白《对雪醉后赠王历阳》）

例⑤，"杯中绿"的"绿"，也是"酒"的代称。

总之，借代和借喻是两种不同的修辞方式。阅读时，只要我们细心分辨，还是容易分清的。

## 2. 借代的基本类型

在古代诗歌语言中，借代是比比喻更为复杂的一种修辞方式。基本类型主要有以下几种：

### （1）以特征代本体

特征是一种事物特点的外在标志。古代诗歌语言用事物的特征来代替事物的本体是极为普遍的。如：

①努力崇明德，皓首以为期。（无名氏《与苏武诗》其三）

②总发抱孤介，奄出四十年。（陶渊明《戊申岁六月中遇火》）

③带甲满天地，胡为君远行。（杜甫《送远》）（胡：何。）

例①—③，"皓首"是年老的代称；"总发"是年少的代称，"总发"就是"总角"；"带甲"是士兵的代称。

### （2）以属性代本体

属性不同于特征。属性是指事物内在的性质、特点。用属性代本体，在借代这一辞格中是用得较为普遍的。如：

①驰晖不可接，何况隔两乡？（谢朓《暂使下都夜发新林至京邑……》）（晖：同"辉"。）

②青黄先后收，断折伛偻拾。（李觏《获稻》）（伛偻：音yǔ lǚ，指驼背之人。）

③断无蜂蝶慕幽香，红衣脱尽芳心苦。（贺铸《踏莎行》）

例①—③，"驰晖"是日的代称，发光是日的一种属性；"青黄"是稻谷的代称，颜色是稻谷的一种属性；"幽香"是荷花的代称，香味是荷花的一种属性。

**（3）以本体代属性**

本体具有多种属性，但有时在具体的语言环境中它只是代替其中的某一属性。如：

①自伯之东，首如飞蓬。（《诗经·卫风·伯兮》）（之：往。）

②落月满屋梁，犹疑照颜色。（杜甫《梦李白》其一）

③山形如岘首，江色似桐庐。（白居易《百花亭》）（岘首：山名。桐庐：县名。）

例①—③，"首"是"发"的代称，头上长发是"首"的属性之一；"月"是月光的代称，月能"发光"是月的属性之一；"岘首"是岘首山形的代称，"桐庐"是富春江色的代称，山的形状和江的颜色只能算是岘首山和桐庐县的属性之一。

**（4）以数量代本体**

这里说的"数量"，既单指数词，也兼含数量词。前者如：

①沿江引百丈，一濡多一艇。（南朝乐府《那呵滩》）

②哀哉桃林战，百万化为鱼。（杜甫《潼关吏》）

③欲知方寸，共有几许清愁，芭蕉不展丁香结。（贺铸《石州引》）

例①—③，"百丈"是纤绳的代称；"百万"是落进黄河而死的战士的代称；"方寸"是心的代称。以数量词代本体的如：

④一鬟五百万，两鬟千万余。（辛延年《羽林郎》）

⑤惊起一双飞去，听波声拍拍。（廖世美《好事近·夕景》）

⑥黄四娘家花满蹊，千朵万朵压枝低。（杜甫《江畔独步寻花七绝句》其六）

例④—⑥，"一鬟""两鬟"，均指首饰而言；"一双"是指一双鸳鸯；"千朵""万朵"是指花朵。

**（5）以行为代本体**

动作、行为是由人发出的，所以动作行为本身也可代人。如：

①留待作遗施，于今无会因。（无名氏《焦仲卿妻》）

②漂梗无安地，衔枚有荷戈。（杜甫《征夫》）

③转朱阁，低绮户，照无眠。（苏轼《水调歌头·丙辰中秋……》）

例①—③，"遗施"，本是动词，是赠送的意思，这里代所赠之物；同理，"荷戈"代荷戈之人，即士兵；"无眠"代无眠之人。

**（6）以本体代行为**

人或动物是可以发出动作、行为的，所以人或动物本身也可以代替动作、行为。如：

①执辔如组，两骖如舞。（《诗经·郑风·大叔于田》）

②感时花溅泪，恨别鸟惊心。（杜甫《春望》）

③善鼓云和瑟，常闻帝子灵。（钱起《省试湘灵鼓瑟》）（云和瑟：指用云和山的桐木做成的琴瑟。）

例①，"两骖"是指两骖飞奔的动作。动作是由"两骖"发出的，所以说这是用本体代行为。例②，"花"是指花开，"鸟"是指鸟叫。"感时花溅泪，恨别鸟惊心"两句，这是说杜甫由于感伤时事乱离，见到花开，禁不住流下了忧伤的泪水；由于远离家人的恨别之苦，听到鸟叫，也就更加惊心动魄了。请注意，"感""溅""恨""惊"的主语是诗人自己。"花""鸟"从语法上说都是插进一个句子中间的另外两个词，翻译时它们都得单独组织句子，这是近体诗较为特殊的句式。例③，"常闻帝子灵"句，"帝子灵"即湘灵，这里代替湘灵鼓瑟，也是用本体代行为。正因为"帝子灵"是代替鼓瑟的，所以这首诗下两句才说"冯夷空自舞，楚客不堪听"。"楚客"指屈原。瑟音是凄苦的，以至"楚客"不忍卒听。

### （7）以工具代本体

工具是人们从事活动的手段、凭借，在诗歌修辞中可以用工具来代替人、事物或活动。如：

①江上几人在，天涯孤棹还。（温庭筠《送人东游》）
②龙虎相啖食，兵戈逮狂秦。（李白《古风》其一）
③谪仙何处？无人伴我白螺杯。（黄庭坚《水调歌头》）

例①—③，"孤棹"即孤舟，舟是交通工具，这里是代替归人；"兵戈"是战争的工具，这里是代替战争；"白螺杯"是饮酒的工具，这里是代替饮酒。

### （8）以处所代本体

人或物都有一定的存在处所，所以可以用处所代本体。如：

①情合同云汉，葵藿仰阳春。（傅玄《豫章行苦相篇》）

②命室携童弱，良日登远游。（陶渊明《酬刘柴桑》）

③应共冤魂语，投诗赠汨罗。（杜甫《天末怀李白》）（共：与。）

例①—③，"云汉"是神话中牛郎、织女相会的处所，这里代牛郎、织女；"室"是夫妇的住处，这里代妻子；"汨罗"是屈原投江的地方，这里代屈原。

### （9）以人代物

人可以造物，所以人也可以代物。如：

①何以解忧？惟有杜康。（曹操《短歌行》）

②足下金镶履，手中双莫邪。（张华《轻薄篇》）（莫邪：宝剑名。邪，音yé。）

③清新庾开府，俊逸鲍参军。（杜甫《春日怀李白》）

例①—③，"杜康"，本人名，相传是最早造酒的人，这里是酒的代称；"莫邪"，本人名，春秋吴人干将与其妻莫邪善铸剑，因此"莫邪"又是剑的代称；"庾开府"即庾信，"鲍参军"即鲍照，这里指庾信、鲍照写的诗歌作品。

### （10）以物代人

物与人是相关的，所以物也可以代人。如：

①日闻红粟腐，寒待翠华春。（杜甫《有感五首》其三）

②颠坑仆谷相枕藉，知是荔枝龙眼来。（苏轼《荔枝叹》）

③算翠屏应是，两眉余恨倚黄昏。（鲁逸仲《南浦·旅怀》）

例①—③，"翠华"本是天子旗帜，这里代天子；"荔枝龙眼"本是水果，这里代送荔枝龙眼的人；"翠屏"本是室内的一种陈设，这里代妻子。

**（11）以服饰代本体**

服饰是物类之一，所以以服饰代本体和以物代人还不完全是一回事。服饰与人相关，所以服饰可以代人或与之相关之事。如：

①此事真复乐，聊用忘华簪。（陶渊明《和郭主簿》其一）

②杜陵有布衣，老大意转拙。（杜甫《自京赴奉先县咏怀五百字》）

③醉袖抚危栏，天淡云闲。（张舜民《卖花声·题岳阳楼》）

例①—③，"华簪"是冠饰，这里代富贵；"布衣"是平民服装，这里是诗人自指；"醉袖"代醉汉，"袖"是衣服的一部分。

**（12）以材料代本体**

物体由材料构成，所以材料可以代物体。如：

①物新人惟旧，弱毫多所宣。（陶渊明《答庞参军》）

②走马脱辔头，手中挑青丝。（杜甫《前出塞》其二）

③缓歌慢舞凝丝竹，尽日君王看不足。（白居易《长恨歌》）

例①—③，"毫"是笔的制作材料，所以用"弱毫"代毛笔；"青丝"是制作马缰绳的材料，所以用"青丝"代马缰绳；"丝竹"是弦乐管乐的制作材料，所以用"丝竹"代乐器。

**（13）以原因代结果**

原因和结果是互相依存的，在诗歌语言中可以互为借体。原因代结果的例子如：

①稍待西风凉冷后，高寻白帝问真源。（杜甫《望岳》）

②林莺巢燕总无声，但月夜常啼杜宇。（陆游《鹊桥仙·夜闻杜鹃》）

③江晚正愁予，山深闻鹧鸪。（辛弃疾《菩萨蛮·书江西造口壁》）

例①—③，"白帝"是代西岳华山，因为相传西方白帝曾居于此；"杜宇"是代杜鹃鸟，因为相传杜鹃为蜀帝魂所化；"鹧鸪"，这里是代鹧鸪啼声，有鸟才有声，声是鸟啼的结果。

### （14）以结果代原因

结果代原因的例子如：

①但见三泉下，金棺葬寒灰。（李白《古风》其三）
②夺我身上暖，买尔眼前恩。（白居易《重赋》）
③凌波不过横塘路，但目送，芳尘去。（贺铸《青玉案》）

例①—③，"寒灰"代"尸骨"，因为"寒灰"是尸骨变化的结果；"暖"代衣物，因为身暖是穿衣的结果；"芳尘"代美人，因为路上弥漫着带有香气的尘土是美人经过的结果。

### （15）以部分代全体

以部分代全体的例子如：

①千仞写乔树，百丈见游鳞。（沈约《新安江至清浅深见底贻京邑同好》）

②自古妒蛾眉，胡沙埋皓齿。（李白《于阗采花》）

③征帆去棹残阳里，背西风，酒旗斜矗。（王安石《桂枝香》）

例①—③，"游鳞"代"游鱼"，"鳞"是鱼的一部分；"蛾眉""皓齿"代美人，"眉""齿"都是人体的一部分；"征帆""去棹"代船，"帆""棹"都是船的一部分。

### （16）以全体代部分

以全体代部分的例子如：

①将仲子兮，无逾我墙，无折我树桑。(《诗经·郑风·将仲子》)（将：音 qiāng，请。无：毋，不要。）

②无边落木萧萧下，不尽长江滚滚来。（杜甫《登高》）

③挥手从此去，翳凤更骖鸾。（张孝祥《水调歌头·金山观月》）（翳凤：以凤羽为华盖。）

例①—③，"桑"代桑树枝条，枝条是"桑"的一部分；"木"是树木，"落木"是落叶的意思，叶是"木"的一部分；"凤"代凤羽，凤羽是"凤"的一部分。

### （17）以古语代本体

借用古代某些现成词语来表示特定的意义，这也是借代的一种方式。如：

①一欣侍温颜，再喜见友于。（陶渊明《庚子岁五月中从都还阻风于规林》其一）（侍温颜：侍奉双亲。）

②行行向不惑，淹留遂无成。（陶渊明《饮酒》其十六）

③居常待其尽，曲肱岂伤冲。（陶渊明《五月旦作和戴主簿》)（冲：虚，指"道"。）

例①—③，"友于"代兄弟，语出《尚书·君陈》："惟孝友于兄弟"；"不惑"代四十岁，语出《论语·为政》："四十而不惑"；"曲肱"代清贫，语出《论语·述而》："饭疏食饮

水，曲肱而枕之，乐亦在其中矣。"

### （18）以古事代本体

有今事不便明言者，托古事以代之，这也是借代的一种方式。如：

①汉皇重色思倾国，御宇多年求不得。（白居易《长恨歌》）（御宇：统治天下。）

②春云浓淡日微光，双阙重门笼建章。（梅尧臣《考试毕登铨楼》）

③念武陵人远，烟锁秦楼。（李清照《凤凰台上忆吹箫》）

例①，"汉皇"代唐玄宗。例②，"建章"本是汉武帝时宫殿名，这里代宋京汴梁的宫殿。例③，"武陵人"本是陶渊明《桃花源记》中的虚构人物武陵渔人，这里是诗人代指丈夫赵明诚。

古代诗歌的借代辞格，大致就是上述的十八种。

## 3. 借代的变化

借代辞格在具体运用中有许多复杂情况，这是应当注意的。借代的变化，据我体会，主要表现在两个方面：一是连续借代，二是借代和比喻的结合。下面就分别说一说。

### （1）连续借代

所谓连续借代，就是指一个词语要在连续借代的情况下才能使借体和本体扣起来。如：

①踯躅足力烦，聊欲投吾簪。（左思《招隐》其一）（烦：烦劳。）

②斯须九重真龙出，一洗万古凡马空。（杜甫《丹青引》）

（斯须：不一会儿。一洗：一扫。）

例①，左思的《招隐》诗共两首，其一写的是诗人入山访隐士，羡慕隐士生活，最终决定与他同隐。"踟躇足力烦，聊欲投吾簪"，这两句是说长期在仕途徘徊，足力已经困乏无力了，倒不如暂且弃官在此归隐。"聊且投吾簪"一句，"簪"是头簪，是古代士人把帽子别在头上的一种工具。这里说"投吾簪"就是"投吾冠"的意思，以工具代本体，是第一次借代。我们要知道古代官吏都是戴冠的，与庶人相别，因此"投吾簪"是"弃官"的意思，这是第二次借代。我们只有把这两次借代连起来，才能明白"投吾簪"是"弃官归隐"的意思，这就是我们所说的连续借代。例②，《丹青引》是杜甫的一首有名的七言古体诗。"斯须九重真龙出，一洗万古凡马空"，这两句是说曹霸奉诏画马，技艺高超，很快就将玉花骢马画出来了。马画得非常形象逼真，好像呼之欲出一样，自古以来一切人间的真马都相形见绌了。"斯须九重真龙出"，"九重"指"九重门"，这是以数量代本体，是第一次借代。"九重门"是皇宫建筑的一部分，"九重门"代皇宫，这是部分代全体，是第二次借代。所以"九重真龙出"就是指曹霸画的马从宫中飞奔而出的意思，"九重"一语是经过两次借代才与皇宫这个意思挂起钩来的。类似的例子还有许多。如：

③鲁叟谈五经，白发死章句。（李白《嘲鲁儒》）
④对酒两不饮，停箸泪盈巾。（李白《门有车马客行》）

例③，"白发死章句"，这是说直到白发暮年还一直死守着儒家经典。"章句"本是汉儒的一种训诂方法，这里代章句

之学,是第一次借代。汉儒开创的章句学(即训诂学)主要是为解"五经"服务的,所以章句学又指代"五经",这是第二次借代。"鲁叟谈五经,白发死章句","章句"和"五经"实际是一个意思,因为上文用了"五经",下句用"章句"就避免了词语重复。例④,"停觞泪盈巾","觞"就是酒杯,以酒杯代"酒",这是第一次借代。"停酒"是不成话的,"停酒"就是"停饮",这是第二次借代。

以上谈的连续借代都属于两次性的连续借代。还有三次性的连续借代,情况就更复杂一点。如:"蓬莱文章建安骨,中间小谢又清发"(李白《宣州谢朓楼饯别校书叔云》),"蓬莱文章"就是"汉代文章"的意思。"蓬莱"何以有"汉代"的意思,这是要经过三次借代才能完成的。首先,"蓬莱"本是传说中的海中仙山,是神仙的集居之地,也是神仙藏书的地方,"幽经秘录并皆在焉",所以"蓬莱"由神仙的居住地转为藏书地,这是第一次借代。其次,汉代把皇家藏书的东观称为"道家蓬莱山",这是第二次借代。最后,用汉代的"道家蓬莱山"来指代"汉代",这是第三次借代。由此我们不难看出,古代诗歌借代辞格在具体应用中的复杂情况了。

### (2)借代和比喻的结合

所谓借代和比喻的结合,不是指借代和比喻两种辞格的机械结合,而是指同一个词语本身就包含着借代和比喻两种辞格。借代和比喻的结合,如细分,还有两种类型:

第一,先借代后比喻。如:

①山川一何旷,巽坎难与期。(陶渊明《庚子岁五月中从都还阻风于规林》其二)(期:期料,料想。)

②天际两蛾凝黛，愁与恨，几时极？（韩元吉《霜天晓角·题采石蛾眉亭》）

③恒敛千金笑，长垂双玉啼。（薛道衡《昔昔盐》）

④为问花何在？夜来风雨，葬楚宫倾国。（周邦彦《六丑·蔷薇谢后作》）

例①，"巽坎"代"风水"，这是以古语代本体。"巽坎"语出《周易·说卦》："巽为风，坎为水。"然后以"风水"比喻生活中的风波，这又是比喻。例②，"两蛾"代"两眉"，这是以全体代部分，是借代。然后用"两眉"比喻长江两岸东西对峙的梁山，这又是比喻。例③，"双玉"代"双玉箸"，这是以材料代本体，是借代。然后用"双玉箸"比喻两行眼泪，这又是比喻。例④，"楚宫倾国"代美人，这是以古事代本体，是借代。然后再用"美人"比喻花朵，这又是比喻。

第二，先比喻后借代。如：

①纤腰减束素，别泪损横波。（庾信《咏怀》其七）

②两水夹明镜，双桥落彩虹。（李白《秋登宣城谢朓北楼》）

例①，以"横波"比"眼波"，这是比喻，然后以"眼波"代眼睛，这又是借代。例②，以"明镜"比谢朓在宣城为官清廉，这是比喻，然后把谢朓住过的宣城叫"明镜"，这又是借代。

由以上的叙述可知，借代的变化虽然给诗歌语言的表达带来含蓄之美，但由于造成借代的词义基础是属于词义的临时借用，因此会给阅读带来许多困难。请比较：

①中有一双白羽箭，蜘蛛结网生尘埃。

　箭空在，人今战死不复回。（李白《北风行》）

②林暗草惊风，将军夜引弓。

　平明寻白羽，没在石棱中。（卢纶《塞下曲》其二）（平明：清早。）

例①，"白羽"用的是本义，所以它可以修饰"箭"字，叫"白羽箭"。"白羽箭"就是以白羽为材料制成的箭。"白羽"在这里是白色羽毛的意思，很好懂。但是，例②，"平明寻白羽"句，如果我们不知道借代辞格的用法，又假如没有上下语言环境，孤零零地来句"平明寻白羽"，这"白羽"到底是什么意思，就很难说清了。例②的"白羽"，作为"箭"的代称，这种意义是临时获得的，不是词义引申的结果，因此它带有较大的随意性，给我们阅读古诗带来一定的困难。又如：

③吴宫花草埋幽径，晋代衣冠成古丘。（李白《登金陵凤凰台》）

④寒衣处处催刀尺，白帝城高急暮砧。（杜甫《秋兴八首》其一）

⑤风波不见三年面，书信难传万里肠。（白居易《登西楼忆行简》）

例③—⑤，"衣冠"何以成为"古丘"？"刀尺"不是人物，又何以能"催"？"肠"生在人腹中，又何以能"传"？如果我们不了解借代辞格的用法，不了解这些词语的临时意义，要准确地理解诗句的意义是不可能的。

# （九）变换

## 1. 什么叫变换

为了避免重复而将表达同一或相关内容的词语或语序变换一下，这种辞格就叫变换。如：

①有女同车，颜如舜华。

　有女同行，颜如舜英。（《诗经·郑风·有女同车》）（舜：木槿。）

②静女其姝，俟我于城隅。

　静女其娈，贻我彤管。（《诗经·邶风·静女》）

例①，《郑风·有女同车》是一首爱情诗，诗人从容貌、行动、佩饰几个方面去描绘那位少女的美丽。该诗共两章，这里引用的是每章开头的两个句子。"有女同车，颜如舜华"，这是说有位少女与我同车而行啊，她的容貌就像木槿花那样美丽。"颜如舜华""颜如舜英"，"华"和"英"同义，都是花的意思。作者把词语这样变换，不完全是为了押韵（一章韵字属鱼部，二章韵字属阳部），更主要的是为了避免用词重复，使表达更加丰富多彩。例②，《邶风·静女》共三章，这里引用的是一、二两章开头的句子。"静女其姝""静女其娈"，"姝"和"娈"同义，都是美丽的意思。有时，这种同义变换可在同一章诗或同一首诗内进行。如：

③参差荇菜，左右流之。

　窈窕淑女，寤寐求之。（《诗经·周南·关雎》）

④枯木期填海，青山望断河。（庾信《咏怀》其七）

例③④，"流"和"求"同义，都是求、采集的意思；"期"和"望"同义，都是希望的意思。变换的词义不一定是同义词，也可以是近义词。如：

⑤投我以木瓜，报之以琼琚。

投我以木桃，报之以琼瑶。

投我以木李，报之以琼玖。（《诗经·卫风·木瓜》）

⑥既见君子，云胡不夷？

既见君子，云胡不瘳？

既见君子，云胡不喜？

（《诗经·郑风·风雨》）（云：句中语气词。瘳：音chōu，病愈。）

⑦心之忧矣，曷维其已？

心之忧矣，曷维其亡？（《诗经·邶风·绿衣》）（曷：何，何时。亡：忘。）

例⑤，《卫风·木瓜》是一首男女赠答之诗，语言朴实而热烈。《木瓜》共分三章，"投我以……，报之以……"句式处于每章之首。"琼琚""琼瑶""琼玖"意思都差不多，这里通过词语变换，不仅避免了词语重复，更充分地表达了男女爱情的热烈、真诚。投我木瓜，报以琼琚；投我木桃，报以琼瑶；投我木李，报以琼玖。一来一往，一赠一答，古代青年男女的热恋情态就十分形象地呈现在读者的眼前了。例⑥，"夷""瘳""喜"的意思也差不多，"夷"是平静的意思，"瘳"是病愈的意思，"喜"是欢喜的意思。在"风雨凄凄""风雨潇潇""风雨如晦"的时刻，见不到心爱的"君子"，心情是十分沉重的。现在"既见君子"，心平静下来了，

"病"也好了，心中充满无限喜悦之情。诗人正是通过这些词语变换，把一位女子喜见情人后的复杂感情表现得十分真实、合理。例⑦，"已"和"亡"意思也是相近的，"已"是停止的意思，"亡"是忘记的意思。有些词语变换虽然表面上看彼此意义相去较远，但实际上仍是互有关联的。如：

⑧齐子归止，其从如云。

齐子归止，其从如雨。

齐子归止，其从如水。(《诗经·齐风·敝笱》)（止：句末语气词。从：随从人员。）

⑨彼采葛兮，一日不见，如三月兮。

彼采萧兮，一日不见，如三秋兮。

彼采艾兮，一日不见，如三岁兮。(《诗经·王风·采葛》)

例⑧，"云""雨""水"词义各不相同，但用在这里无非都是比喻众多。为什么以"云""雨""水"为喻？因为这三者之间互有联系：有云则有雨，有雨则有水，有水则有云。例⑨，"三月""三秋""三岁"虽然时间概念各不相同，但前面分别冠以"三"字，无非是说时间之长。所以，例⑧⑨这类例子，从大处说，也可认为是词义相关、相近的。变换的词语，意义上也可以交错互补，这就是通常所说的"互文"。如：

⑩朝搴阰之木兰兮，夕揽洲之宿莽。(《楚辞·离骚》)（搴：音 qiān，摘取。阰：音 pí，土坡。宿莽：草名，经冬不死。）

⑪枝枝相覆盖，叶叶相交通。(无名氏《焦仲卿妻》)

⑫秋月照层岭，寒风扫高木。(吴均《答柳恽》)

例⑩，"朝"和"夕"交错互补，说"朝"含有"夕"的意思，说"夕"也含有"朝"的意思，这里"朝""夕"并用，就是朝朝晚晚的意思。同理，例⑪，"枝"和"叶"词义交错互补。"枝"是长叶的"枝"，"叶"是有枝的"叶"，说"枝"含"叶"，说"叶"含"枝"，所以诗中的"枝枝""叶叶"切不可分开作机械理解。例⑫，"层岭""高木"也是词义交错互补，"层岭"是长有"高木"的"层岭"，"高木"是长在"层岭"上的"高木"。

某些修辞著作在谈及变换的时候仅限于词义交换，我们觉得这是不够全面的。古代诗歌，有时为了押韵的需要，要变动一下词语的顺序，这种情况也应当包括在变换辞格之中。如：

①夏之日，冬之夜，

　百岁之后，归于其居。

　冬之夜，夏之日，

　百岁之后，归于其室。(《诗经·唐风·葛生》)（居、室：均指坟墓。）

②狼跋其胡，载疐其尾。

　公孙硕肤，赤舄几几。

　狼疐其尾，载跋其胡，

　公孙硕肤，德音不瑕。(《诗经·豳风·狼跋》)（跋：踩。胡：兽类颌颈下下垂的肉。载：句中语气词。疐：音zhì，同"踬"，跌倒。一说践踏。舄：音xì，鞋。）

例①②，"夏之日，冬之夜"和"冬之夜，夏之日"，"跋其胡，疐其尾"和"疐其尾，跋其胡"，意思都是一样的，这里只是变动一下词语的顺序而已。诗句之所以这样变动，主要是为了押韵。如例①，"夜""居"相押，两字一属铎部，一属鱼部，主要元音相同，可通押。又"日""室"相押，两字同属质部。又如例②，"尾""几"相押，一属微部，一属脂部，两部主要元音相近，韵尾相同，可通押。又"胡""瑕"相押，两字同属鱼部。上下韵脚字和谐，读起来朗朗上口，这样才便于内容的表达。但是，我们必须指出，诗句词语顺序这样变动并不是消极的应付，而是一种修辞手段。如例①，《唐风·葛生》是一首妻子悼念亡夫的悼亡诗。诗中女主人的丈夫长期征役，弃亡不返，其妻居家怨思，哀痛欲绝。《葛生》共五章，"夏之日，冬之夜"和"冬之夜，夏之日"各处章首。这里诗人通过词语顺序的变换，把思妇度日如年的痛苦心态表现出来了。总之，像这种词语顺序的变换，对一首诗主题的表达是很有好处的。

变换辞格在古代诗歌语言里具有很好的修辞作用。词语变化了，语序变化了，都会给读者一种新鲜感，使语言表达效果更加丰富多彩，千变万化。这种变化是为了更好地表现内容，不是为变化而变化。如上例⑨，"三月""三秋""三岁"虽然都是形容时间之长，但"月""秋""岁"的时间概念毕竟不同。由"三月"而"三秋"而"三岁"，一层深似一层，把男子对少女的相思之苦、怀念之深表现得很充分，就是今天的读者读起来，仍不能不为诗中的深情所感动。对此，当然先得归功于诗的内容。不过，诗的表现形式的作用也是不能忽视的。

## 2. 变换的基本类型

根据词语变换的特点，我们将变换的基本类型分为五种：

同义变换、近义变换、异义变换、交互变换和语序变换。下面分别叙述一下。

**（1）同义变换**

同义变换就是变换的词语是同义的。如：

①左手执簧，右手秉翟。(《诗经·邶风·简兮》)（翟：雉羽。）

②余既滋兰之九畹兮，又树蕙之百亩。(《楚辞·离骚》)

③人情怀旧乡，客鸟思故林。(王赞《杂诗》)

④清歌且罢唱，红袂亦停舞。(白居易《五弦》)

例①—④，"执""秉"同义；"滋""树"同义；"怀""思"同义；"罢""停"同义。

**（2）近义变换**

近义变换就是变换的词语是近义的。如：

①亦既见止，亦既觏止，我心则说。

　亦既见止，亦既觏止，我心则夷。(《诗经·召南·草虫》)（说：音 yuè，同"悦"。)

②浴兰汤兮沐芳，华采衣兮若英。(《楚辞·九歌·云中君》)

③羁鸟恋旧林，池鱼思故渊。(陶渊明《归园田居》其一)

④去旧国，违旧乡，旧山旧海悠且长。(谢庄《怀园引》)

例①—④，"说""夷"义近；"浴""沐"义近；"恋""思"义近；"国""乡"义近。

**（3）异义变换**

异义变换就是变换的词语意义相去较远，但彼此又互有关联。如：

①殷其靁,在南山之阳。

　殷其靁,在南山之侧。

　殷其靁,在南山之下。(《诗经·召南·殷其靁》)

②相鼠有皮,人而无仪。

　相鼠有齿,人而无止。

　相鼠有体,人而无礼。(《诗经·鄘风·相鼠》)

③于以用之? 公侯之事。

　于以用之? 公侯之宫。(《诗经·召南·采蘩》)

④谁谓雀无角,何以穿我屋?

　谁谓鼠无牙,何以穿我墉? (《诗经·召南·行露》)
(墉:墙。)

⑤采采芣苢,薄言采之。

　采采芣苢,薄言有之。

　采采芣苢,薄言掇之。

　采采芣苢,薄言捋之。

　采采芣苢,薄言袺之。

　采采芣苢,薄言襭之。(《诗经·周南·芣苢》)(掇:
音 duō,拾取。襭:音 xié,把衣襟掖在腰带里来兜东西。)

⑥之子于归,百两御之。

　之子于归,百两将之。(《诗经·召南·鹊巢》)(御:
迎。将:送。)

　例①,"阳""侧""下",表示"南山"的不同方位。
例②,"皮""齿""体",表示"鼠"的不同部位。例③,
"事"指祭祀之事,"宫"指宗庙祭祀,两者一总一分。
例④,"屋""墉"都同住宅建筑有关。例⑤,"采""有"

"掇""捋""袺""襭",除"有"外,都同手的动作有关。例⑥,"御""将",都同"于归"有关,一迎一送,词义相反。

### (4)交互变换

交互变换就是变换的词语在意义上彼此交错互补。如:

①汉之广矣,不可泳思。

江之永矣,不可方思。(《诗经·周南·汉广》)(思:句末语气词。)

②东飞伯劳西飞燕,黄姑织女时相见。(萧衍《东飞伯劳歌》)

③玉关道路远,金陵信使疏。(庾信《寄王琳》)

④大城铁不如,小城万丈余。(杜甫《潼关吏》)

⑤烟笼寒水月笼沙,夜泊秦淮近酒家。(杜牧《泊秦淮》)

例①,"广""永"互文,说"广"含"永",说"永"含"广"。例②,"东""西""伯劳""燕"互文,说"东"含"西",说"西"含"东",说"伯劳"含"燕",说"燕"含"伯劳"。例③,"玉关""金陵"互文,说"玉关"是指从玉关至金陵;说"金陵"是指从金陵至玉关。例④,"大城""小城""铁不如""万丈余"互文。说"大城"含"小城",说"小城"含"大城"。"铁不如",言其坚;"万丈余",言其高。说坚含高,说高含坚。例⑤,"烟""月""寒水""沙"互文。说"烟"是指月光笼罩下的烟雾;说"月"是指烟雾迷蒙中的月光。说"寒水"是指岸沙映衬下的"寒水";说"沙"是指"寒水"拍击下的岸"沙"。总之,交互变换在古代诗歌中是应用比较广泛的一种修辞方式。由于其修辞特点在于意义互补，所以我们阅读作品时应细心体会，不可把诗句理解过死。

**（5）语序变换**

语序变换就是变换原来词语的顺序，以满足修辞的需要。这种变换主要是为了押韵的需要，一般不涉及结构问题。如：

①日居月诸，出自东方。

日居月诸，东方自出。（《诗经·邶风·日月》）

②君子有酒，旨且多。

君子有酒，多且旨。（《诗经·小雅·鱼丽》）

③东方未明，颠倒衣裳。

东方未晞，颠倒裳衣。（《诗经·齐风·东方未明》）

④鹑之奔奔，鹊之彊彊。

鹊之彊彊，鹑之奔奔。（《诗经·鄘风·鹑之奔奔》）（奔奔、彊彊：鸟类雌雄相随而飞的样子。）

例①，"出自东方"和"东方自出"意义完全一样。《邶风·日月》共四章，"日居月诸，出自东方"为三章的头两句。三章的韵脚字用的是阳部字。"日居月诸，东方自出"为四章的头两句。四章的韵脚字用的是物部字。例②，《小雅·鱼丽》共六章。"君子有酒，旨且多"，是首章三、四两句。该章入韵字为歌部字。"君子有酒，多且旨"，是二章三、四两句。该章入韵字为脂部字。同理，例③④，"衣裳"与"裳衣"同义，"裳"属阳部字，"衣"属微部字；"鹑之奔奔，鹊之彊彊"与"鹊之彊彊，鹑之奔奔"意义相同；"彊"属阳部字，"奔"属文部字。这种语序变换不仅《诗经》里有，在后来的诗歌作品里也是广为使用的，有的还涉及结构问题。如：

⑤易阳春草出，踟蹰日已暮。

莲叶尚田田，淇水不可渡。（谢朓《江上曲》）（易阳：易水北岸。）

⑥检书烧烛短，看剑引杯长。

诗罢闻吴咏，扁舟意不忘。（杜甫《夜宴左氏庄》）（引杯长：喝满杯。）

例⑤，"淇水不可渡"就是"不可渡淇水"，"暮""渡"押韵，同属遇韵；例⑥，"扁舟意不忘"就是"意不忘扁舟"，"长""忘"押韵，同属阳韵。

以上是变换辞格的基本类型。

## 3. 变换和反复

古代诗歌语言的变换和反复两种辞格，作用是互补的。变换的作用在于使语言表达更多样化，不会僵硬呆板；反复的作用在于增强感情色彩，强化语势，使诗的语言更富有感染力。变中有复，复中有变，两者互为补充，相得益彰。因此古代诗歌，尤其是《诗经》里，这两种辞格常常是合在一起使用的。如：

①彼狡童兮，不与我言兮。

维子之故，使我不能餐兮。

彼狡童兮，不与我食兮。

维子之故，使我不能息兮。（《诗经·郑风·狡童》）

②蓁兮蓁兮，风其吹女。

叔兮伯兮，倡予和女。

蓁兮蓁兮，风其漂女。

叔兮伯兮，倡予要女。(《诗经·郑风·萚兮》)(萚：音 tuò，草木脱下的树皮或草叶。)

例①，《郑风·狡童》共两章，共三十八个字（词），其中变换的只有四个字（词）。例②，《郑风·萚兮》也是两章，共三十二个字（词），其中变换的也只有四个字（词）。两汉以后，在民歌作品里仍沿袭这种修辞手法。如：

③城中好高髻，四方高一尺。

城中好广眉，四方且半额。

城中好大袖，四方全匹帛。(无名氏《城中谣》)(且：将。)

④宁饮建业水，不食武昌鱼。

宁还建业死，不止武昌居。(《三国志·吴书·陆凯传》)(止：停留。)

⑤巴东三峡巫峡长，猿鸣三声泪沾裳。

巴东三峡猿鸣悲，猿鸣三声泪沾衣。(《水经注·江水》)

一首诗，如果反复的词语多，变换的词语少，就是"复中有变"；反之，就是"变中有复"。这两种情况是不平衡的。在《诗经》等早期作品里，主要是复中有变；在汉代以后的民歌中主要是变中有复。复变结合，可谓善变矣。

# （十）连环

## 1. 什么叫连环

"连环"二字自然是一种比喻。连环辞格有的修辞书又叫"顶真"或"顶针"，但"顶真"或"顶针"都不如"连环"

通俗易懂。所谓连环，就是指处于上句末尾的词、语、句与下句开头部分完全相同的一种修辞格式。如：

①终日望夫夫不归，化为孤石苦相思。（刘禹锡《望夫石》）

②我闻古之良吏有善政，以政驱蝗蝗出境。（白居易《捕蝗》）

③梦里寻秋秋不见，秋在平芜远树。（刘过《贺新郎》）

例①，两个"夫"字，第一个"夫"字是上句的宾语，第二个"夫"字是下句的主语，用字完全相同，犹如环环相扣。这个相同的词（包括语和句），我们给它一个名称，叫连环节。同理，例②③，两个"蝗"字，第一个"蝗"是"驱"的宾语，第二个"蝗"是"出"的主语；两个"秋"字，第一个"秋"是"寻"的宾语，第二个"秋"是"见"的前置宾语。连环节也可以分处于上下两个诗句。如：

④吹我东南行，行行至吴会。

吴会非我乡，安得久留滞？（曹丕《杂诗》其二）

⑤归来见天子，天子坐明堂。（无名氏《木兰诗》）

⑥青青河畔草，绵绵思远道。

远道不可思，宿昔梦见之。（无名氏《饮马长城窟行》）

⑦我欲竟此曲，此曲悲且长。

弃置勿重陈，重陈令心伤。（刘琨《扶风歌》）

连环辞格，从形式上看，由于使用了连环节，就可以使上下诗句首尾蝉联、上递下接，造成一种循环无穷的诗味，使诗人的激情能一贯而下地抒发出来，从而更能引起读者的共鸣。如：

⑧独上江楼思渺然，月光如水水如天。(赵嘏《江楼感旧》)

⑨人人呼为天子镜，我有一言闻太宗。

太宗常以人为镜，鉴古鉴今不鉴容。(白居易《百炼镜》)

例⑧，赵嘏的《江楼感旧》是一首好诗。诗人通过旧地重游，独登江楼赏月这一特定的环境，抒发了无限孤寂的感情。"月光如水水如天"，作者运用连环辞格，把月水一色、江天一体的夜景描绘得那样美丽动人、令人神往。例⑨，连环节为"太宗"，分处不同诗句之内。诗人借助连环辞格，通过连环节"太宗"的重现，突出了唐太宗"以人为镜，可以明得失"的政治家气度和品质。总之，像这些地方都体现了连环辞格的修辞作用以及连环辞格所带来的语言蝉联美。

## 2. 连环的基本类型

根据连环节在诗句中的位置，我们把连环辞格分为两个类型：一是句内连环，二是句外连环。下面就分别谈一谈。

### （1）句内连环

句内连环就是指具有连环关系的两个句子在同一个诗句（诗行）之内。如：

①忆郎郎不至，仰首望飞鸿。(无名氏《西洲曲》)

②抽刀断水水更流，举杯消愁愁更愁。(李白《宣州谢朓楼饯别校书叔云》)

③期君君不至，人月两悠悠。(白居易《城上对月期友人不至》)

④残妆含泪下帘坐，尽日伤春春不知。（白居易《伤春词》）

⑤小头鞋履窄衣裳，青黛点眉眉细长。（白居易《上阳白发人》）

⑥淮西有贼五十载，封狼生貙貙生黑。（李商隐《韩碑》）（貙：音 chū，类似狸的一种猛兽。）

例①—⑥，连环节"郎""水""愁""君""春""眉""貙"，从句子成分上看，都是上句的宾语，又是下句的主语。但是，有的句内连环不是这样。如：

⑦不独善战善乘时，以心感人人心归。（白居易《七德舞》）

⑧弄涛儿向涛头立，手把红旗旗不湿。（潘阆《酒泉子》）

例⑦，连环节"人"是上句的宾语，又是下句的定语。例⑧，连环节"旗"，是上句的宾语（偏正结构的中心成分），又是下句的主语。⑦⑧类型从数量上看不是太多，但它们应列入连环辞格之内。

**（2）句外连环**

句外连环就是指具有连环关系的两个句子处于不同诗句（诗行）之内。也就是说，连环节不在同一个诗句（诗行）之内。句外连环按连环节的结构性质，还可分为三类：

第一，连环节是词的。如：

①河中之水向东流，洛阳女儿名莫愁。

莫愁十三能织绮，十四采桑南陌头。（萧衍《河中之水歌》）

②出门看火伴，火伴皆惊忙。（无名氏《木兰诗》）

③低头弄莲子，莲子青如水。（无名氏《西洲曲》）

④辗转不能寐，披衣起彷徨。

　彷徨忽已久，白露沾我裳。（曹丕《杂诗》其一）

⑤长城何连连，连连三千里。（陈琳《饮马长城窟行》）（连连：连续不断的样子。）

⑥五城何迢迢，迢迢隔河水。（杜甫《塞芦子》）

由例①—⑥可知，连环节是词的这一类，充当连环节的词，多半是上句的宾语、下句的主语（例①—④），也可以同时是上下句的谓语（例⑤—⑥）。

第二，连环节是词组的。如：

①春风动春心，流目瞩山林。

　山林多奇采，阳鸟吐清音。（无名氏《子夜四时歌·春歌》）

②弹冠俟知己，知己谁不然？（曹植《赠徐幹》）

③远游越山川，山川修且广。（陆机《赴洛道中作》）

④我欲渡河水，河水深无梁。（古诗《步出城东门》）

⑤怜其不得所，移放于南湖。

　南湖连西江，好去勿踟蹰。（白居易《放鱼》）

⑥两家求合葬，合葬华山傍。（无名氏《焦仲卿妻》）

⑦拔剑捎罗网，黄雀得飞飞。

　飞飞摩苍天，来下谢少年。（曹植《野田黄雀行》）

⑧忆人莫至悲，至悲空自衰。（孟郊《杂怨》其一）

由例①—⑧可知，连环节是词组的这一类，充当连环节的词组在句中所作的成分较复杂一些：有的是上句的宾语和下句的主语（例①—④）；有的是上句的介词宾语和下句的主语（例⑤）；有的是上句的宾语和下句的谓语（例⑥）；有的

同时是上下句的谓语（例⑦—⑧）。

第三，连环节是句子的。如：

这里说的句子，包括省略主语的不完全句。如：

①力拔山兮气盖世，时不利兮骓不逝。

骓不逝兮可奈何，虞兮虞兮奈若何。（项羽《垓下歌》）

②闻君有他心，拉杂摧烧之。

摧烧之，当风扬其灰。（无名氏《有所思》）

③幽室一已闭，千年不复朝。

千年不复朝，贤达无奈何。（陶渊明《挽歌诗》其三）

④少年不识愁滋味，爱上层楼。

爱上层楼，为赋新词强说愁。（辛弃疾《丑奴儿·书博山道中壁》）

由例①—④可知，连环节是句子的这一类，一般说来不涉及句子的重新组合问题，因为只是把充当连环节的句子再重复一次就可以了。但是，如果充当连环节的句子是另一个句子的组成部分，那情况就不同了。如：

⑤离声断客情，宾御皆涕零。

涕零心断绝，将去复还诀。（鲍照《代东门行》）（宾：送行者。御：驾车者。）

⑥秦家筑城备胡处，汉家还有烽火燃。

烽火燃不息，征战无已时。（李白《战城南》）

例⑤，"涕零"在上句是谓语，在下句是独立的句子。例⑥，"烽火燃"在上句是宾语，在下句也是独立的句子。

古代诗歌连环辞格的基本类型大致如上所述。

### 3. 连环的变化

连环辞格的变化主要体现在连环节的变化上。这种变化主要是三个内容：一是连环节成分的省略，二是连环节成分的变序，三是由句的连环扩展到诗段的连环。下面就分别谈一谈。

#### （1）连环节成分的省略

连环节成分的省略主要有两种情况：

第一，连环节省略修饰语的。如：

①青袍似春草，草长条风舒。（古诗《穆穆清风至》）（条风：调风，立春时的东北风。）

②鸿飞满西洲，望郎上青楼。

楼高望不见，尽日栏杆头。（无名氏《西洲曲》）

③开门郎不至，出门采红莲。

采莲南塘秋，莲花过人头。（无名氏《西洲曲》）

④谁言老泪短，泪短沾衣巾。（孟郊《吊房十五次卿少府》）

⑤宿空房，秋夜长。

夜长无寐天不明。（白居易《上阳白发人》）

⑥忽闻海上有仙山，山在虚无缥缈间。（白居易《长恨歌》）

例①，"草长条风舒"句，"草长"的"草"，前面省去一个"春"字；例②，"楼高望不见"句，"楼高"的"楼"，前面省去一个"青"字。例③—⑥，分析同。

第二，省去中心语的。如：

①兹晨自为美，当避艳阳天。

艳阳桃李节，皎洁不成妍。（鲍照《学刘公幹体五首》其三）

②愿子淹桂舟，时同千里路。

千里既相许，桂舟复容与。（谢朓《江上曲》）（容与：随
波起伏而不进的样子。）

③后宫佳丽三千人，三千宠爱在一身。（白居易《长恨歌》）

例①—③，"艳阳桃李节"句，"艳阳"下省去一个"天"
字；"千里既相许"句，"千里"下省去一个"路"字；"三千
宠爱在一身"句，"三千"下省去一个"人"字。

**（2）连环节成分的变序**

连环节成分的变序，常常与成分省略相结合。如：

①今日大风寒，寒风摧树木，严霜结庭兰。（无名氏《焦
仲卿妻》）

②道狭草木长，夕露沾我衣。

衣沾不足惜，但使愿无违。（陶渊明《归园田居》其三）
（但：只要。）

③羁心积秋晨，晨积展游眺。（谢灵运《七里濑》）

例①，"寒风"是"大风寒"的变序，且又省去一个
"大"字；例②，"衣沾"是"沾我衣"的变序，且又省
去一个"我"字；例③"晨积"是"积秋晨"的变序，且
又省去一个"秋"字。七里濑又叫七里滩，在浙江桐庐富
春江上。《七里濑》这首诗是谢灵运赴永嘉途经七里滩时
所作。诗中叙述了羁旅的艰辛，在景物描写中也寄寓了玄
理。"羁心积秋晨"，这是说在一个深秋的早晨，诗人的羁
旅之心是凝结的，是沉重的。"晨积展游眺"，这是说当诗
人极目远望的时候，秋晨中凝结的羁旅之心舒展开了。由
上下句对比，可知连环节"晨积"就是"积秋晨"的变序
加省略。

**（3）由句的连环扩展到诗段的连环**

所谓诗段的连环，实际也是以连环句为基础的。如果两个或两个以上的诗段的起止处没有连环句，那么诗段的连环也就无从谈起。下面以曹植的《赠白马王彪》一诗为例来说明这个问题。《赠白马王彪》共有七个诗段（章），除第一、第二两个诗段不能连环外，其余六个诗段均可首尾连环。如：

> 太谷何寥廓，山树郁苍苍。
> 霖雨泥我涂，流潦浩纵横。
> 中逵绝无轨，改辙登高冈。
> 修坂造云日，我马玄以黄。
>
> 玄黄犹能进，我思郁以纡。
> 郁纡将何念？亲爱在离居。
> 本图相与偕，中更不克俱。
> 鸱枭鸣衡轭，豺狼当路衢。
> 苍蝇间白黑，谗巧反亲疏。
> 欲还绝无蹊，揽辔止踟蹰。
>
> 踟蹰亦何留，相思无终极。
> 秋风发微凉，寒蝉鸣我侧。
> 原野何萧条，白日忽西匿。
> 归鸟赴乔林，翩翩厉羽翼。
> 孤兽走索群，衔草不遑食。
> 感物伤我怀，抚心长太息。

太息将何为，天命与我违。

奈何念同生，一往形不归。

孤魂翔故域，灵柩寄京师。

存者忽复过，亡没身自衰。

人生处一世，去若朝露晞。

年在桑榆间，影响不能追。

自顾非金石，咄唶令心悲。

心悲动我神，弃置莫复陈。

丈夫志四海，万里犹比邻。

恩爱苟不亏，在远分日亲。

何必同衾帱，然后展殷勤。

忧思成疾疢，无乃儿女仁。

仓卒骨肉情，能不怀苦辛？

苦辛何虑思，天命信可疑。

虚无求列仙，松子久吾欺。

变故在斯须，百年谁能持。

离别永无会，执手将何时。

王其爱玉体，俱享黄发期。

收泪即长路，援笔从此辞。（曹植《赠白马王彪》）（太谷：太谷关。苍蝇：喻奸佞之人。厉：奋。桑榆：喻人将老。疢：音 chèn，一种热病。松子：古仙人名。黄发：高寿的象征。）

　　由以上引例可知，作为诗段的连环节，可以是词、词组或句子。古代诗歌修辞的连环辞格，由句的连环扩展到段的连环，这是一个重大发展。《赠白马王彪》一诗，全诗共八十行，计四百言。如果不计首段，那也是七十行，共三百五十言。这样长的一首诗，由于段与段间使用了连环辞格，使得上下诗意非常连贯，增强了诗的感染力，由此可见连环辞格的作用非同一般。由于段与段之间有了连环节，这样一来诗段之间的界限也是十分清楚的，对诗的结构来说，无疑是个创造。

# （十一）设问

## 1. 什么叫设问

在古代诗歌语言里，设问是应用较广的一种辞格。设问不同于一般的疑问句，而是通过自问自答或自问不答的形式以引起读者积极思考的一种修辞方式。如：

①云谁之思？美孟姜矣。（《诗经·鄘风·桑中》）（云：句中语气词。）

②取妻如之何？匪媒不得。（《诗经·齐风·南山》）（取：娶。）

③采之将何用？持以易糇粮。（白居易《采地黄者》）

④人生到处知何似？应似飞鸿踏雪泥。（苏轼《和子由渑池怀旧》）

例①—④，都是自问自答的设问句。"云谁之思""取妻如之何""采之将何用""人生到处知何似"都是自问；"美孟姜矣""匪媒不得""持以易糇粮""应似飞鸿踏雪泥"都是自答。设问句也有自问不答的。如：

⑤我本泰山人，何为客淮东？（曹植《盘石篇》）

⑥何日平胡虏？良人罢远征。（无名氏《子夜吴歌》）

⑦宣州太守知不知？一丈毯用千两丝。（白居易《红线毯》）

⑧狐假龙神食豚尽，九重泉底龙知无？（白居易《黑潭龙》）

例⑤—⑧，"何为客淮东""何日平胡虏""宣州太守知不知""九重泉底龙知无"都是自问不答的设问句。

我们平时交谈，提问常常是来自对方。但是修辞中的设问句却与此不同：问题总是诗人自己提出来的。因此修辞中的设问句与一般疑问句的最大不同点就是语义表达重点是问而不是答。问只是一种修辞手段，目的在于引导读者去积极思考，使表达更富于变化，至于答或不答，那都是次要的。如例①，《鄘风·桑中》共三章，每章七句，七句之中就有四句采用问答形式，使表达富于变化，没有丝毫呆板之感。如第一章开头就说："爰采唐矣？沫之乡矣。"接着说："云谁之思？美孟姜矣。"这四句诗翻译过来就是："要到哪里采女萝呢？""采女萝要到沫邑的郊野呀。""你在想谁呢？""我在想美丽的姜家大姑娘啊！"《鄘风·桑中》是一首描写古代青年男女约会的情歌，诗写得相当大胆、泼辣。诗中的主人公是从事采摘劳动的几个青年男子。在劳动中，他们通过一问一答的形式把各自与情人约会的情况和盘托出："期我乎桑中，要我乎上宫，送我乎淇之上矣。"诗歌里用不用设问句，表达效果是不一样的。如张衡的《四愁诗》，共四个诗段，每段开头各以"我所思兮在太山""我所思兮在桂林""我所思兮在汉阳""我所思兮在雁门"起句，把所思念的人一下子就说出来，给人的印象就多少有些

平铺直叙之感，这和用设问起句的效果显然是不同的。

设问句在一首诗或一章诗中的位置是不同的，因而它们所起的修辞作用也不完全相同，下面谈基本类型时再作交代。

### 2. 设问的基本类型

根据设问句在诗中的位置，我们将设问辞格分为三种基本类型：诗首设问、诗中设问和诗尾设问。下面就分别说一说。

#### （1）诗首设问

出现在一首诗或一章诗开头的设问辞格就是诗首设问。如：

①所思兮何在？乃在西长安。

何用存问妾？香禮双珠环。

何用重存问？羽爵翠琅玕。

今我兮闻君，更有兮异心。

香亦不可烧，环亦不可沉。

香烧日有歇，环沉日自深。（傅玄《西长安行》）（存问：慰问。禮：音 dēng，香囊。）

例①，傅玄的《西长安行》是一首写负心郎给一位女子带来极大伤害的情诗。全诗分两大部分；头六句写往昔那个男子一再以贵重礼品相赠，这是回忆；后六句写那个男子变心后给这位女子所带来的心理伤害，这是现实。全诗以设问句开头，采用自问自答的形式拉开往昔的回忆。"所思兮何在？乃在西长安"，一开始就紧紧抓住读者的心，让你急着读下去，这就是诗首设问的作用。又如：

②于以采蘩？于沼于沚。(《诗经·召南·采蘩》)（以：
何，何处。）

③张君何为者？业文三十春。(白居易《读张籍古乐府》)

例②③，也都是自问自答的诗首设问句。诗首设问也有
只问不答的。如：

④凉风起天末，君子意如何？

　鸿雁几时到？江湖秋水多。

　文章憎命达，魑魅喜人过。

　应共冤魂语，投诗赠汨罗。(杜甫《天末怀李白》)（魑
魅：传说中的山林妖怪。）

例④，唐肃宗至德二年（757），诗人李白因参与永王李
璘的军事行动而受牵连被捕入狱。肃宗乾元元年（758）被流
放夜郎，次年获赦。《天末怀李白》写于公元759年，可知
当杜甫写作这首诗的时候，李白的处境是十分困难的，因此
《天末怀李白》一开头就说："凉风起天末，君子意如何？"
这里的"君子"，指的就是李白。"意如何"呢？杜甫心中的
答案是清楚的，只是没有直接说出来而已。不说出来比说出
来更好，这样就可以促使读者去思考。一石激起千层浪，随
着诗意的扩展，疑问的涟漪也就逐渐消失了，这不更好吗？
其他如：

⑤谁家起甲第？朱门大道边。(白居易《伤宅》)

⑥避地东村深几许？青山窟里起炊烟。(王庭珪《移居东
村作》)

例⑤⑥，也都是自问不答的诗首设问句。

**（2）诗中设问**

出现在一首诗或一章诗中间的设问辞格就是诗中设问。我们也可以这样说：一首诗或一章诗，凡是不在诗首或诗尾的设问辞格都可归为诗中设问。如：

①奉义至江汉，始知楚塞长。

南关绕桐柏，西途出鲁阳。

寒郊无留影，秋日悬清光。

悲风挠重林，云霞肃川涨。

岁晏君如何？零泪沾衣裳。

玉柱空掩露，金樽坐含霜。

一闻苦寒奏，再使艳歌伤。（江淹《望荆山》）（无留影：喻原野空旷，草木凋落。肃：寒。苦寒、艳歌：即《苦寒行》《艳歌行》，均为曲名。）

例①，"岁晏君如何？零泪沾衣裳"，这是自问自答的设问句。《望荆山》一诗，全诗共十四句，"岁晏君如何"等两句在全诗第九、十两句。我们通读全诗后不难发现："岁晏君如何"等两句诗，在全诗诗意的发展上具有明显的过渡作用。《望荆山》从"奉义至江汉"起，到"云霞肃川涨"止，是对山川景物的描写；从"岁晏君如何"起，到"再使艳歌伤"止，是写因"岁晏"而引发的悲哀之苦。一前一后两个层次，就是由"岁晏君如何？零泪沾衣裳"来过渡的。由此，我们不难看出诗中设问与诗首设问、诗尾设问相比，具有十分明显的不同的修辞作用。又如：

②采之欲遗谁？所思在远道。（古诗《涉江采芙蓉》）

③借问叹者谁？言是宕子妻。（曹植《七哀》）

例②③，也都是自问自答的诗中设问句。诗中设问也有自问不答的。如：

④坎坎伐檀兮，置之河之干兮，

河水清且涟猗。

不稼不穑，胡取禾三百廛兮？

不狩不猎，胡瞻尔庭有县貆兮？

彼君子兮，不素餐兮。（《诗经·魏风·伐檀》）（廛：同"缠"，捆，束。县：同"悬"，悬挂。）

例④，《魏风·伐檀》是一首反映古代劳动者怒斥统治者贪鄙的诗歌。全诗共三章，每章各以赋法起句。"坎坎伐檀兮，置之河之干兮，河水清且涟猗"，诗人先从劳动者伐木写起，这是这章诗的第一个层次。接着诗人陡然一问："不稼不穑，胡取禾三百廛兮？不狩不猎，胡瞻尔庭有县貆兮？"这两句诗中设问，突然掀起波澜，在诗意发展上起着重要的过渡作用。接下去，诗人说："彼君子兮，不素餐兮"，这既是痛斥，也是结论。这个结论不是凭空而来的，是由诗中设问发展而来的，再一次证明诗中设问具有明显的承上启下作用。其他如：

⑤同出而异流，君看何所似？（白居易《和分水岭》）

⑥昨朝持入库，何事监官怒？（文同《织妇怨》）

例⑤⑥，也都是自问不答的句中设问句。

### （3）诗尾设问

出现在一首诗或一章诗结尾部分的设问辞格就叫诗尾设问。诗尾设问也是分为两类：一类是自问自答的，一类是自

问不答的。自问自答的如：

①何以赠之？路车乘黄。(《诗经·秦风·渭阳》)(乘黄：四匹黄马。)

②何用赠分手？自有北堂萱。(吴均《酬别江主簿屯骑》)

③扁舟一棹归何处？家在江南黄叶村。(苏轼《书李世南所画秋景》)

例①，《秦风·渭阳》是一首送别诗，是为秦康王送别舅父晋文公（公子重耳）而作。全诗共两章，每章各以设问句结尾："何以赠之？路车乘黄""何以赠之？琼瑰玉佩"，诗至结尾而又生波澜，这对深化、揭示诗的主题很有帮助。例②③道理相同，分析从略。

但是，我们必须指出，古代诗歌诗尾设问句中的自问自答类和自问不答类相比，自问自答类的出现频率是远不如自问不答类那样高。这道理是极简单的：自问不答比自问自答更富有启发性。答案与其诗人自己说出，还不如留给读者，让他们自己去思考回味。这样一来，诗的含蓄性增强了，言有尽而余味无穷。如：

④八年十二月，五日雪纷纷。

竹柏皆冻死，况彼无衣民。

回观村闾间，十室八九贫。

北风利如剑，布絮不蔽身。

唯烧蒿棘火，愁坐夜待晨。

乃知大寒岁，农者尤苦辛。

顾我当此日，草堂深掩门。

褐裘覆絁被，坐卧有余温。

幸免饥冻苦，又无垄亩勤。

念彼深可愧，自问是何人？（白居易《村居苦寒》）（綀：音 shī，一种粗绸。）

例④，白居易的《村居苦寒》，写的是唐宪宗元和八年（813）十二月一场大雪给贫苦农民带来的灾难。少有的"大寒岁"，连"竹柏皆冻死"，更何况那些"无衣民"呢！当时诗人退居渭村私宅，过着"褐裘覆綀被，坐卧有余温"，既无"饥冻苦"、"又无垄亩勤"的生活。诗人把自己的优渥生活同贫苦农民做了对比之后，深深地陷入了自责和惶惑之中。"念彼深可愧，自问是何人"，这句诗尾设问显得十分有力，深深地震撼了读者的心！它留给读者的思考是无穷无尽的："回观村闾间，十室八九贫"，究竟是谁造成这种情况的呢？是诗人吗？当然不是。那么是谁呢？诗中没有回答，也没有必要回答，这就是诗尾设问的好处。又如：

⑤扬之水，不流束薪。

彼其之子，不与我戍申。

怀哉怀哉，曷月予还归哉？（《诗经·王风·扬之水》）（申：一个姜姓小国。）

例⑤，《王风·扬之水》（请注意《诗经》另有《郑风·扬之水》和《唐风·扬之水》）是一首写远戍异地的士卒厌战怀乡、思念亲人的诗篇。全诗共三章，每章均以设问句结尾："怀哉怀哉，曷月予还归哉"，反复咏唱，使人充分感受到士卒怀乡思亲的情之笃、意之切、怨之深。由以上分析可以看出，诗尾设问句中的自问自答类和自问不答类的修辞

作用显然是不同的。

## 3. 设问和反问

设问和反问是两种不同辞格，有时容易混淆，需要辨别一下。如：

①于以盛之？维筐及筥。(《诗经·召南·采蘋》)( 筥：音 jǔ，圆形的盛东西的竹器。)

②借问女安居？乃在城南端。( 曹植《美女篇》)( 安：何。)

③悠悠苍天，曷其有所？(《诗经·唐风·鸨羽》)

④不知张韦与皇甫，私唤我作何如人？( 白居易《雪中晏起偶咏所怀……》)

例①—④，这些都是设问句。又如：

⑤岂曰无衣？与子同袍。(《诗经·秦风·无衣》)

⑥男儿在他乡，焉得不憔悴？( 无名氏《古歌》)( 焉得：怎能。)

⑦汎泊徒嗷嗷，谁知壮士忧？( 曹植《鰕鮰篇》)

⑧眼前一杯酒，谁论身后名？( 庾信《拟咏怀》其十一 )

例⑤—⑧，这些都是反问句。由对比我们不难发现，设问辞格和反问辞格是很不同的，它们的区别主要有两点：

第一，从意义上看，设问本身既不表示肯定什么，也不表示否定什么，它只是提出问题，目的是促使读者自己去思考，如例①—④，"于以盛之""借问女安居""曷其有所""私唤我作何如人"等，都是重在提出问题，至于有无答案，那是次要的。说到反问，情况就不同了。反问所表达的内容总是确定

的，或肯定什么，或否定什么，两者必居其一。如例⑤—⑧，"岂曰无衣""焉得不憔悴"，这是表示肯定内容；"谁知壮士忧""谁论身后名"，这是表示否定内容。

第二，从形式上看，设问可以自问自答或自问不答，而反问只能自问不答，不可能出现自问自答形式。这其中的道理也是很简单的：因为答案已经包含在反问句中，不需要另作答案。

有关反问辞格的具体内容，下面我们还要专门谈，这里就先不说了。

# （十二）反问

## 1. 什么叫反问

反问也叫反诘，是以反问句的形式来表达确定内容的一种修辞手法。如：

①世并举而好朋兮，夫何茕独而不予听？（《楚辞·离骚》）

②昼短苦夜长，何不秉烛游？（古诗《生年不满百》）

③心非木石岂无感？吞声踯躅不敢言。（鲍照《拟行路难》其四）（踯躅：音 zhí zhú，徘徊不进的样子。）

④座中何人，谁不怀忧？（无名氏《古歌》）

例①—④，以上这些反问句都是以否定的形式表达了肯定的内容。例①，"世并举而好朋兮，夫何茕独而不予听"，这是女嬃责怪屈原的话，意思是说世人都喜欢成群结伙、拉帮结派，你为什么却一味孤独下去而不听我的劝告呢？这话的意思是说，屈原不该孤独下去、应听女媭的劝告。同理，例②，"何不秉烛游"就是应当秉烛游的意思；例③，"心非木石岂无感"就是人心不是木石，应当有感触的意思；例④，"谁不怀忧"就是谁都怀忧的意思。又如：

⑤留灵修兮憺忘归，岁既晏兮孰华予？（《楚辞·九歌·山鬼》）（灵修：这里指"恋人"。憺：音 dàn，安心。晏：迟，晚，年龄大了。华予：使我重新年轻。）

⑥时事一朝异，孤绩谁复论？（鲍照《代东武吟》）（孤绩：独有的功绩。）

⑦长夜缝罗衣，思君此何极？（谢朓《玉阶怨》）（极：终极。）

⑧无情尚不离，有情安可别？（无名氏《古绝句四首》其三）

例⑤—⑧，以上这些反问句都是以肯定形式表达了否定的内容。例①，"留灵修兮憺忘归，岁既晏兮孰华予"，这两句是山鬼对灵修的表白，意思是说我为了让恋人留下而安心等待，甚至忘记了回去，我的年龄大了，有谁能使我再变得年轻？"孰华予"就是谁也不能"华予"的意思。同理，例⑥，"孤绩谁复论"就是我的独有的战功谁也不会再提起的意思；例⑦，"思君此何极"就是我思念你没有尽头的意思；例⑧，"有情安可别"就是有情之人不可轻别离的意思。

由以上分析我们可以看出，反问辞格的构成也是极简单的：否定句（谓语前有否定词）加反问语气就等于肯定内容；肯定句（谓语前无否定词）加反问语气就等于否定内容。其

实，这也就是否定加否定（反问）等于肯定；肯定加否定（反问）等于否定。

反问辞格在古代诗歌里得到广泛的应用。由于反问辞格曲折地表示了肯定或否定的内容，所以反问辞格的主要修辞作用在于使诗的语言表达更富于变化，避免直来直去。请比较：

①羁旅无终极，忧思壮难任。（王粲《七哀诗》其二）（壮难任：特别难以承受。）

②人生有情泪沾臆，江水江花岂终极？（杜甫《哀江头》）（臆：胸。）

例①，"羁旅无终极"，这是一个以否定形式出现的一般陈述句。此句连同下句，这是说长期寄居他乡的生活无止无休，那种思乡怀归的感情真是难以承受的。"无终极"，有就是有，无就是无，给人的印象是明确的，直来直去。但是，例②就不同了。"江水江花岂终极"，这是以肯定形式出现的反问句，肯定加否定（反问），结果还是否定，"岂终极"就是无终极。此句连同上句，这是说人总是有感情的，忆往昔热泪湿胸，然而那曲江池水仍奔流不息，曲江池畔的野花照开如故，永无终极。"岂终极"是以反问的形式表现出来，和"无终极"的意思是一样的，语气却委婉多了，可使读者体会到诗歌语言的变化之美。

## 2. 反问的基本类型

同设问辞格一样，反问辞格根据在诗中的位置，可分为诗首反问、诗中反问和诗尾反问三种类型，下面就分别说明一下。

**（1）诗首反问**

诗首反问就是出现在一首诗或一章诗开头的反问辞格。如：

①莫读书，莫读书，惠施五车今何如？

请君为我焚却《离骚赋》，我亦为君劈碎《太极图》。

揭来相就饮斗酒，听我仰天歌乌乌。

深衣大带讲唐虞，不如长缨系单于。

吮毫搦管赋《子虚》，不如快鞭跃的卢。

君不见前年贼兵破巴渝，今年贼兵屠成都。

风尘滇洞兮豺虎塞途，杀人如麻今流血成湖。

眉山书院嘶哨马，浣花草堂巢妖狐……（乐雷发《乌乌歌》）（搦：音 nuò，握。滇洞：弥漫无边的样子。）

例①，乐雷发，南宋诗人，他的《乌乌歌》全诗充满激愤之情，批评的矛头主要指向那些在国家危亡之时毫无作为的道学家们。"莫读书，莫读书，惠施五车今何如"，诗一开始，这突如其来的反问，一下子就把人问住了：在学而优则仕的古代社会，公然呼喊"莫读书"，这不是反叛吗？其实不然，"惠施五车今何如"这一反问是十分有力的。惠施是战国时代宋国人，名家代表人物，"五车"是形容他读书多，学问大，语出《庄子·天下》："惠施多方，其书五车。"在宋代，那些道学儒士们也自认为读书多、学问大，然而面对外族的侵略，他们毫无作为，这就不能不使诗人发出"惠施五车今何如"的责难。由此看来，首句反问用得好，能发挥较强的修辞作用，可以一下子抓住读者，引起注意，使他们急

于读下去。又如：

②厌浥行露，岂不夙夜？（《诗经·召南·行露》）（厌浥：潮湿。）

③式微式微，胡不归？（《诗经·邶风·式微》）（式：语气词。）

④从军十年余，能无分寸功？（杜甫《前出塞》其九）

例②—④，都是以否定形式出现的反问句，表达的都是肯定的内容。"岂不夙夜"，就是应当早点夜行；"胡不归"，就是应当回来；"能无分寸功"，就是应当有分寸功，表达的都是肯定的内容。又如：

⑤国无人莫我知兮，又何怀乎故都？（《楚辞·离骚》）

⑥大雅久不作，吾衰竟谁陈？（李白《古风》其一）

⑦荆蛮非我乡，何为久滞淫？（王粲《七哀诗》其二）（淫：久留。）

⑧十室几人在？千山空自多。（杜甫《征夫》）

例⑤—⑧，都是以肯定形式出现的反问句，表达的都是否定的内容。"又何怀乎故都"，就是不必怀念故都；"吾衰竟谁陈"，是说长久以来《诗》道衰落，我已年老，又有谁能去振兴呢？"竟谁陈"，就是无人去振兴的意思。"何为久滞淫"，就是不要久留；"十室几人在"，就是没几人在。这些诗句所表达的内容都是否定的。

在反问辞格的三种基本类型中，诗首反问数量最少，诗中反问较多，诗尾反问最多。反问辞格最主要的修辞作用就在于加强语气，使表达富于变化。试想，如果一首诗或

一章诗一开始就把这种肯定的或否定的内容全盘端出，这对下面的感情抒发往往是不利的，因此诗人们用反问辞格，诗首反问用得最少是有道理的。当然，话又不能说得绝对了。用得好，也还是可以用的，如上面举的《乌乌歌》就是一例。

**（2）诗中反问**

诗中反问就是出现在一首诗或一章诗中间的反问辞格。如：

①子惠思我，褰裳涉溱。

子不我思，岂无他人？

狂童之狂也且。(《诗经·郑风·褰裳》)（褰：音 qiān，提起。且：音 jū，句末语气词。）

例①，《郑风·褰裳》是一首女子戏谑男子的情诗。这首诗是说：你要是爱我、想我，就提起衣襟渡过溱河来，你要是不想我，难道我就没有别的意中人吗？唉，你这个疯疯癫癫的小伙子啊也真够傻的。"岂无他人"一句位于一章之中，将全章分为前后两个部分，因此它具有明显的转折、过渡作用。其他如：

②吾君在位已五载，何不一幸于其中？（白居易《骊宫高》）

③人固已惧江海竭，天岂不惜河汉干？（王令《暑旱苦热》）

④官仓岂无粟？粒粒藏珠玑。(郑獬《采兔葵》)

例②—④，都是以否定形式出现的反问句，表达的都

是肯定的内容。"何不一幸于其中",是说唐宪宗已在位五年,还没有在骊山上的宫殿中住过,是应当在里面住一住的;"天岂不惜河汉干",是说天旱苦热,连上天也担心天河会枯干;"官仓岂无粟",是说官仓中是有粮食的,不仅有,而且还是"粒粒藏珠玑"。以上表达的都是肯定的内容。又如:

⑤岂敢爱之?畏我父母。(《诗经·郑风·将仲子》)

⑥父母且不顾,何言子与妻?(曹植《白马篇》)

⑦洪波浩荡迷旧国,路远西归安可得?(李白《梁园吟》)

⑧謇谔无一言,岂得为直士?(王禹偁《对雪》)(謇谔:大胆直言,忠言直谏。謇,音jiǎn。)

例⑤—⑧,都是以肯定形式出现的反问句,表达的都是否定的内容。"岂敢爱之",是说不爱惜杞树;"何言子与妻",是说更谈不到孩儿和妻子了;"路远西归安可得",是说路程遥远,西回长安是不可能的;"岂得为直士",连同上句,是说如果连一句大胆直言的话都没有,就不能算是正直之士。以上表达的都是否定的内容。

**(3)诗尾反问**

诗尾反问就是出现在一首诗或一章诗末尾的反问辞格。如:

①谁家玉笛暗飞声?散入春风满洛城。

此夜曲中闻折柳,何人不起故园情?(李白《春夜洛城闻笛》)(折柳:即《折杨柳》,曲名。)

例①,《春夜洛城闻笛》为李白于开元二十三年(735)旅居洛阳时所作,诗中描写的是因春夜闻笛而引起的乡愁哀思。"此夜曲中闻折柳,何人不起故园情",诗以反问句结尾,显得十分含蓄有力。诗人不说自己的感受,而是用了一个否定式的反问句:"何人不起故园情"。人人如此,诗人自己也不例外。"何人不起"比直接说我如何如何委婉得多。虽说两种说法意思一样,但前种说法避免了直来直去,是饶有趣味的。其他如:

②既见君子,云何不乐?(《诗经·唐风·扬之水》)(云:句中语气词。)

③岂不尔思?畏子不敢。(《诗经·王风·大车》)

④仓卒骨肉情,能不怀苦辛?(曹植《赠白马王彪》)

例②—④,都是以否定形式出现的反问句,表达的是肯定的内容。"云何不乐",是说应当快乐;"岂不尔思",是说我总是在想你;"能不怀苦辛",连同上句,是说片刻之后兄弟就要分别了,此时此刻内心不怀悲伤是不可能的。以上表达的都是肯定的内容。又如:

⑤思九州之博大兮,岂唯是其有女?(《楚辞·离骚》)

⑥君怀良不开,贱妾当何依?(曹植《七哀》)

⑦滔滔不可测,一苇讵能航?(阴铿《渡青草湖》)(讵:音 jù,岂。)

⑧高山安可仰?徒此揖清芬。(李白《赠孟浩然》)

例⑤—⑧,都是以肯定形式出现的反问句,表达的是否定的内容。"岂唯是其有女",连同上句,是说想来九州是很

大的，难道只有楚国才有美女吗？意思是说不仅仅是楚国才有美女。"贱妾当何依"，是说贱妾我没有依傍的对象；"一苇讵能航"，是说青草湖水烟波浩渺，一叶小舟是不能渡过去的；"高山安可仰"，连同下句，是说诗人孟浩然的清高芳洁的品格像高山那样高不可及，我这样写诗来赞美他也是徒劳的。以上表达的都是否定的内容。

## 3. 反问和反语

有关反语的内容后面还要专门谈，这里只是把有关内容提前说一说，以便和反问辞格进行对比。

反问和反语是两种不同的修辞格式，主要区别在于：

第一，从意义上看，反问是个语气问题，而反语则是个词义或语义问题。请比较：

①岂不尔思？子不我即。（《诗经·郑风·东门之墠》）

②六龙安可顿？运流有代谢。（郭璞《游仙诗》其四）（顿：止。）

③对酒当歌，人生几何？（曹操《短歌行》）

例①—③，这些都是反问句，它们是以否定形式或肯定形式出现的，而所表达的内容或肯定或否定。至于反语，同句子语气是无关的，它只涉及词义问题。如：

④人事固已拙，聊得长相从。（陶渊明《咏贫士》其六）

⑤荣华诚足贵，亦复可怜伤。（陶渊明《拟古》其四）

⑥名岂文章著，官应老病休。（杜甫《旅夜书怀》）

例④—⑥，这里的"拙""贵""老病"都是反语，也

就是诗人们说的都是反话。例④，"人事固已拙"，这话表面是说拙于人事，但实际上并不是"拙"，陶渊明要说的无非是如何坚持操守罢了。例⑤，"荣华诚足贵"，这也是说反话。这话表面是说一个人的荣华富贵确实是宝贵的，但实际上是反语正说，含有讽刺意味。例⑥，"官应老病休"，这话表面是说自己因为年老多病应辞官告退了，而实际上杜甫去官并非"老病"的缘故，而是由于政治上受到排斥，所以诗中说的"老病"云云，也是反话正说。

第二，从句型上看，反问辞格用的是疑问句，而反语却经常使用在陈述句或描写句里。

第三，从修辞上看，反问的修辞作用主要是为了加强语气，使表达更有变化，借助反问形式来表达肯定或否定的内容，促使读者去积极思考，使诗的语言更有余味。而反语的修辞作用主要是为了表达不愿或不便明说的内容，借助正话反说或反话正说的形式把它说出来，这样可使诗的语言变得更加含蓄有力。

# （十三）反复

## 1. 什么叫反复

为了强调某种意思，增强某种感情色彩，有意将诗歌中某些词语句加以重复使用的一种修辞格式就叫反复。如：

①扬之水，不流束薪。
彼其之子，不与我戍申。

怀哉怀哉，曷月予还归哉？

扬之水，不流束楚。
彼其之子，不与我戍甫。
怀哉怀哉，曷月予还归哉？

扬之水，不流束蒲。
彼其之子，不与我戍许。
怀哉怀哉，曷月予还归哉？（《诗经·王风·扬之水》）

例①，《王风·扬之水》共三章七十八个字，这里没有重复使用的字仅有六个。这首诗写的是远征士卒厌战怀乡、思念亲人的痛苦感情。每章各以"扬之水，不流束薪""扬之水，不流束楚""扬之水，不流束蒲"起兴，通过词语句的反复运用，起到增强语势，加强印象，激发感情和突出主题的作用。又如：

②钱钱何难得，令我独憔悴。（无名氏《剌巴郡守诗》）
③捕蝗捕蝗谁家子，天热日长饥欲死。（白居易《捕蝗》）
④忆远曲，郎身不远郎心远。
　沙随郎饭俱在匙，郎意看沙那比饭？（元稹《忆远曲》）

例②，无名氏《剌巴郡守诗》是一首东汉桓帝时代穷苦民众痛斥地方官吏横征暴敛的诗歌。官吏选择夜间追逼赋款，致使主人"披衣出门应"，可见追逼次数之多。全诗矛盾集中在一个"钱"字上：一方要钱，一方没钱。拖欠赋款的乡民请求改日交款，可是"吏怒反见尤"；他要向邻居借钱，可是"邻人已言匮"。正是在这种走投无路的情况下，他才发出"钱钱何难得"这种近乎绝望的呼喊。诗人在这里借助"钱"字的重复，突出了矛盾，强调了这位农民身陷绝境的痛苦心情。例③，白居易的《捕蝗》是一首描写唐德宗时代一次蝗灾给人民带来无限痛苦的诗歌。据史书记载，唐德宗兴元元年（784）秋天，螟蛾蔽野，草木无遗。次年四月又值关中大饥，谷价腾涌，灾民只好捕蝗而食。"捕蝗捕蝗谁家子，天热日长饥欲死"，写的正是这种悲惨情景。诗人在这里把"捕蝗"这一动宾词组重复一次，不仅是为了满足七言形式的需要，更重要的是突出灾民在"天热日长饥欲死"的情况下，为不饿死而去捕蝗的非人遭遇。例④，元稹的《忆远曲》是一首描写一个女子婚后屡遭歧视的诗歌。这位女子婚后不为丈夫所爱，只是一个供人驱使的奴隶而已。"忆远曲，郎身不远郎心远"等句，诗人在这里一连用了四个"郎"字，集中展示了那个不知"夜夜醉何处"的"郎"给这位妇人心灵所造成的巨大创伤。

总之，由以上分析可以看出，反复辞格在古代诗歌语言里是一种积极的修辞方式。反复不等于重复。有的修辞书把这种辞格称为"重复"，似不妥。"重复"一词容易使人产生误解。反复是修辞上的需要，而重复则是语言上的累赘。

说到这里，有个问题顺便提一下，那就是反复与排比的关系问题。

什么是排比，前面我们已经讲过。排比固然要借助词语（标志语）的反复，但总的来说，排比辞格是着重上下语句的结构相似、句意相近或相关，而反复辞格所强调的是词语句的反复使用，两者是不同的。请比较：

① 野有蔓草，零露漙兮。

有美一人，清扬婉兮。

邂逅相遇，适我愿兮。

野有蔓草，零露瀼瀼。

有美一人，婉如清扬。

邂逅相遇，与子偕臧（《诗经·郑风·野有蔓草》）

（漙：音 tuán，露水盛多的样子。臧：友善。）

② 城中好高髻，四方高一尺。

城中好广眉，四方且半额。

城中好大袖，四方全匹帛。（无名氏《城中谣》）

例①，用的反复辞格，例②，用的是排比辞格。反复辞格强调的只是词语句的反复出现，在结构方面没什么要求。如例①的"野有蔓草""零露""有美一人""邂逅相遇"这些语句在一、二两章中都出现了。有的词语虽然也重复使用，但句中结构已发生了变化，如"清扬婉兮"和"婉如清扬"就属于这种情况。排比辞格强调的是除一部分标志语要重复使用外，还要上下语句结构相似，句意相近或相关。如例②，"城中好""四方"这些标志语，诗中各反复三次；全诗除"四方且半额"外，结构基本相当；从意义上，全诗六句，两两一组，内容相近。《城中谣》见于《后汉书·马援传》所附的《马廖传》中。这首民歌辛辣地讽刺了西汉地方都邑模仿京城打扮的不良风气，真可谓"上行下效"。当然，话又说回来，如果单从词语的使用角度来看，例②也可认为是反复辞格，只是观察问题的角度需要改变一下而已。

149

## 2. 反复的基本类型

根据反复的语言单位不同，反复辞格可分为词的反复、语的反复和句子的反复三类。下面就分别说一说。

### （1）词的反复

为了表达需要，特意将句中某个词重复一下就叫词的反复。词的反复可以是连续的，也可以是间隔的。词的连续反复就是处于同一诗句（诗行）中的某个词重复一次并上下相连。如：

①骓不逝兮可奈何，虞兮虞兮奈若何。（项羽《垓下歌》）
②君兮君兮愿听此，欲开壅蔽达人情，先向歌诗求讽刺。（白居易《采诗官》）

例①②，"虞兮虞兮""君兮君兮"都是连续反复。例①，《垓下歌》是项羽被围垓下（今安徽固镇东北），身陷绝境时所唱的一首歌。全诗悲壮有力，抒发了英雄末路的慨叹。"虞兮虞兮奈若何"，这里通过"虞兮虞兮"的反复形式，表达了项羽在四面楚歌中无限悲凉的心情，连陪他南征北战的虞姬也顾不上了，情景何其悲壮啊！例②，白居易的《采诗官》是他写的新乐府诗五十篇中的最后一篇。全诗的宗旨是希望唐代帝王能以历史乱亡为鉴，不要杜绝讽议，以除"君耳唯闻堂上言，君眼不见门前事。贪吏害民无所忌，奸臣蔽君无所畏"的弊端，达到"言者无罪闻者诫，下流上通上下泰"的目的。"君兮君兮愿听此"，这里把"君"这个词连续重复一次，充分表达了诗人要求君主"开壅蔽，达人情"的强烈感情。词的间隔反复就是指不处于同一诗句（诗行）中的某个词的重复使用。如：

③朝发黄牛，暮宿黄牛。

　　三朝三暮，黄牛如故。（无名氏《三峡谣》）（黄牛：黄牛滩。）

④朝上东坡步，夕上东坡步。

　　东坡何所爱？爱此新成树。（白居易《步东坡》）

例③④，"黄牛""东坡"同一词分处于不同诗行之中，重复使用并为其他词语隔开，这就是间隔反复。词的连续反复多为名词，但是有些名词反复以后产生一种新的语法意义，这种现象不仅是修辞问题，也涉及语法问题。如：

⑤花花自相对，叶叶自相当。（宋子侯《董娇饶》）
⑥仰头相向鸣，夜夜达五更。（无名氏《焦仲卿妻》）
⑦山山白鹭满，涧涧白猿吟。（李白《秋浦歌》其十）

例⑤—⑦，"花花""叶叶""夜夜""山山""涧涧"，这些词从修辞角度来看是属于词的反复，通过反复，起到强调的作用；这些词从语法角度来看又是语法问题，通过重叠，表示事物的周延性，如"花花""叶叶"就是每朵花，每片叶的意思。余例分析同。

除名词外，代词和动词也经常用于反复辞格。不过，所用的代词多为间隔反复，而动词则是连续反复、间隔反复兼而有之。如：

①我徂东山，慆慆不归。

　　我来自东，零雨其濛。

　　我东曰归，我心西悲。（《诗经·豳风·东山》）（慆慆：长久的样子。）

②圜则九重, 孰营度之?

　惟兹何功, 孰初作之?(《楚辞·天问》)(圜: 同"圆"。)

③冬无复襦, 夏无单衣。(无名氏《孤儿行》)

例①②,"我""孰"都是代词, 属于间隔反复。例
③,"无"是动词, 属于间隔反复。不过, 有的反复的动词虽
然同处于一个诗句(诗行)之内, 但明显是两个句子, 这也
得算是间隔反复。如:

④海水梦悠悠, 君愁我也愁。(无名氏《西洲曲》)

另外, 处于同一个诗句(诗行)之内的连环句, 尽管充
当连环节的词是属于不同句子的不同成分, 但它们是紧紧相
连的, 所以仍可视为连续反复。如:

⑤忆郎郎不至, 仰首望飞鸿。(无名氏《西洲曲》)

⑥我闻古之良吏有善政, 以政驱蝗蝗出境。(白居易《捕
蝗》)

⑦年年采珠珠避人, 今年采珠由海神。(元稹《采珠行》)

例⑤—⑦,"忆郎"和"郎不至","以政驱蝗"和
"蝗出境","年年采珠"和"珠避人"等, 实际上都是两
个句子, 而反复的词"郎""蝗""珠"同时各自充当上
句的宾语和下句的主语, 两两相连, 所以应视为词的连续
反复。

由于反复辞格是用来表示强烈感情的, 所以诗歌中有些
语气词也常常用于反复。如:

①俟我于著乎而, 充耳以素乎而,

尚之以琼华乎而。(《诗经·齐风·著》)(著:宫室的门屏之间。)

②陟彼北芒兮，噫！

顾瞻帝京兮，噫！

宫阙崔巍兮，噫！

民之劬劳兮，噫！

辽辽未央兮，噫！(梁鸿《五噫歌》)(劬:音 qú，劳苦。)

例①②，"乎而""兮""噫"都是用于间隔反复的语气词。古代诗歌中也有副词用于反复的，但为例不多，这里就略而不谈了。

**(2) 语的反复**

为了表达的需要，特意将诗句中某一词组重复一下就叫语的反复。如：

①两人对酌山花开，一杯一杯复一杯。

我醉欲眠卿且去，明朝有意抱琴来。(李白《山中与幽人对酌》)

例①，《山中与幽人对酌》一诗，写的是诗人李白与山中隐士饮酒的情景。全诗语言质朴，意境淡雅，表现了诗人为人放达、淡漠于世的豪迈性格。"两人对酌山花开，一杯一杯复一杯"，这里通过"一杯"这个词组的反复使用，就把李白那种狂放不羁的性格完全表现出来了。语的反复也有连续反复和间隔反复两种。如：

②乐土乐土，爰得我所。(《诗经·魏风·硕鼠》)

③采薇采薇，薇亦作止。(《诗经·小雅·采薇》)（止：句末语气词。）

④官牛官牛驾官车，浐水岸边驱载沙。(白居易《官牛》)

例②—④，"乐土乐土""采薇采薇""官牛官牛"，这些都是连续反复。间隔反复的如：

⑤何其处也，必有与也。

何其久也，必有以也。(《诗经·邶风·旄丘》)（与、以：赐予。）

⑥巴东三峡巫峡长，猿鸣三声泪沾裳。

巴东三峡猿鸣悲，猿鸣三声泪沾衣。(无名氏《巴东三峡歌》)（巴东：古郡名。）

⑦巫山夹青天，巴水流若兹。

巴水忽可尽，青天无到时。(李白《上三峡》)

例⑤—⑦，"何其""必有""巴东三峡""猿鸣三声""巴水"，这些词组都是间隔反复。如果上下两句是连环句，那么充当连环节的两个词组尽管是分属于不同诗句（诗行），还是作为连续反复处理较好。如：

⑧健儿须快马，快马须健儿。(无名氏《折杨柳歌辞》)

⑨立部又退何所任，始就乐悬操雅音。

雅音替坏一至此，长令尔辈调宫徵。(白居易《立部伎》)

⑩七月七日一相见，相见故心终不移。(元稹《古决绝词》)

例⑧—⑩，"快马""雅音""相见"虽各处于不同诗句（诗行）之内，但它们是连环节，所以仍可视为连续反复。

## （3）句的反复

为了表达需要，特意将某一诗句重复一下就叫句子的反复。句子的反复多为间隔反复。连续反复的也有，但为数不多。连续反复的两个诗句，多数是分属于两个诗行。如：

①行路难，行路难，
　多歧路，今安在？（李白《行路难》其一）

②牡丹芳，牡丹芳，
　黄金蕊绽红玉房。（白居易《牡丹芳》）

处于同一诗行中的也有，但为数极少。如：

③董逃董逃董卓逃，揩铿戈甲声劳嘈。（元稹《董逃行》）

例③，"董逃董逃董卓逃"句，"董逃"是"董卓逃"之省。如果上下诗句是连环句，那么充当连环节的句子也应视为句子的连续反复。如：

④幽室一已闭，千年不复朝。
　千年不复朝，贤达无奈何。（陶渊明《拟挽歌辞》）

属于间隔反复的如：

①夜如何其？夜未央。
　庭燎之光。
　君子至止，鸾声将将。

　夜如何其？夜未艾。
　庭燎晰晰。
　君子至止，鸾声哕哕。

夜如何其? 夜乡晨。

庭燎有辉。

君子至止,言观其旂。(《诗经·小雅·庭燎》)(艾:尽,止。晣晣:音 zhé,明亮的样子。哕哕:音 huì,车铃声。乡:通"向"。)

②魂兮归来,东方不可以托些!

长人千仞,惟魂是索些。

十日代出,流金铄石些。

彼皆习之,魂往必释些。

归来兮,不可以托些。

魂兮归来,南方不可以止些!

雕题黑齿,得人肉以祀,

以其骨为醢些。

蝮蛇蓁蓁,封狐千里些。

雄虺九首,往来倏忽,

吞人以益其心些。

归来兮,不可以久淫些……(《楚辞·招魂》)(代:更替,轮番。释:被熔化。雕题:额头刺上花纹。醢:音 hǎi,肉酱。封狐:大狐。雄虺:大毒蛇。倏忽:很快的样子。)

例①②,"夜如何其""君子至止""魂兮归来""归来兮",这都是间隔反复。由于间隔反复是同一诗句在不同地方出现,这样就可以给读者不断加深印象,唤起他们的共鸣,以达到不断深化主题的作用。如例①,《小雅·庭燎》是一首歌颂周宣王勤政早朝的诗歌。全诗共三章,每章各以"夜如何其"起句，这样就不断地突出了时间观念，借以达到歌颂宣王勤政早朝的目的。又如例②，诗人屈原借助"魂兮归来""归来兮"这些诗句的反复运用，以巫阳的口气描述了上下四方的环境都是十分险恶的，那里是"不可以托""不可以止"的，呼唤着楚怀王的灵魂返回故居，表达了对楚怀王的深切悼念和对楚国的一片忠心。通过以上分析，我们会发现诗句的连续反复和间隔反复的修辞作用是不同的。

## 3. 反复的发展

上面说过，反复辞格的基本类型分为词的反复、语的反复和句子的反复。反复的发展，就体现在基本类型的变化上。

首先应当指出，从诗体角度来说，反复辞格只能用在古体诗，是不能用在近体诗的。在古体诗里，尤其是在《诗经》里，反复辞格是用得最为普遍的。《诗经》中词的反复、语的反复和句子的反复都可以用，这同《诗经》的章体形式是有很大关系的。如：

①羔羊之皮，素丝五紽。
退食自公，委蛇委蛇。

羔羊之革，素丝五緎。
委蛇委蛇，自公退食。

羔羊之缝，素丝五总。
委蛇委蛇，退食自公。(《诗经·召南·羔羊》)( 紽、

絨、总：均为古代丝缕的计量单位，五丝为紽，四紽为絨，
四絨为总。委蛇：音 wēi yí，从容自得的样子。）

②凯风自南，吹彼棘心。
棘心夭夭，母氏劬劳。

凯风自南，吹彼棘薪。
母氏圣善，我无令人。

爰有寒泉，在浚之下。
有子七人，母氏劳苦。

睍睆黄鸟，载好其音。
有子七人，莫慰母心。（《诗经·邶风·凯风》）（凯风：
南风，和风。令：善，善待。睍睆：音 xiàn huǎn，美丽的样
子。载：句中语气词。）

例①，《召南·羔羊》是一首抨击古代官吏饱食终日、
无所用心的讽刺诗。诗中通过"羔羊之……""素丝五……"
"委蛇委蛇""退食自公"等词语句的反复，使我们好像看到
那些官僚们穿着华贵的衣服，在公所或朝中饱餐一顿以后正
扬扬得意地出发回家。例②，《邶风·凯风》是《诗经》中少
有的歌颂母爱的诗篇。全诗共四章，一、二两章均以"凯风
自南"起句，以"凯风"比母爱，接着"吹彼""母氏"等词
语各反复一次，突出了"母氏"的辛劳和圣洁以及对"七子"
的百般宠爱。三、四两章又通过"有子七人"一句的反复，
进一步表现了母爱的无私和伟大。母亲对待孩子就像和煦的

南风吹动枣树的幼苗一样，使之茁壮成长。这种爱是不图回报的：虽有"七子"，但照旧操劳；虽有"七子"，但无一人能宽慰母亲的心。以上这些地方都充分体现了反复辞格的修辞作用。

其次，我们也应当看到，随着《诗经》章体形式的消失，到了汉代和汉代以后的古体诗中反复辞格就比较少了，尤其是句子的反复这一类，就更少见了。如：

①枯桑知天风，海水知天寒。（无名氏《饮马长城窟行》）
②凄凄复凄凄，嫁娶不须啼。（无名氏《白头吟》）
③秋风萧萧愁杀人，出亦愁，入亦愁。（无名氏《古歌》）
④离家日趋远，衣带日趋缓。（无名氏《古歌》）
⑤衣不如新，人不如故。（无名氏《古艳歌》）

例①—⑤，"知""凄凄""愁""日趋""不如"等，这些都是词语的反复。这种情况在白居易的新乐府诗里还能见到一些。如：

⑥华原磬，华原磬，古人不听今人听。
泗滨石，泗滨石，今人不击古人击。（白居易《华原磬》）
⑦上阳人，苦最多。
少亦苦，老亦苦，少苦老苦两如何？（白居易《上阳白发人》）
⑧昆明春，昆明春，春池岸古春流新。（白居易《昆明春》）

句子的反复，在汉代和汉代以后的古体诗里已经不多见了，但有一种情况是例外的，那就是这种句子充当连环节的时候，如连环辞格中提到的"力拔山兮气盖世，时不利兮骓不逝。骓不逝兮可奈何，虞兮虞兮奈若何"一类例子，读者自可参看，这里就不重复了。不过，我们应当知道，这种情况即便在连环辞格中也不是很多。

总之，随着《诗经》章体形式的消失，在汉代和汉代以后的古体诗里就很少出现句子反复的这种修辞格式了，而词的反复和语的反复，在一些古体诗里仍照样使用着。这种情况后来又随着排比辞格的产生而得到加强，随着排比辞格的衰败而趋于消亡。自从近体诗产生以后，不论是反复辞格，还是排比辞格又都消失了。以上所谈的，就是古代诗歌反复辞格发展的大致内容。

# （十四）对比

## 1. 什么叫对比

把内容相反或相关的两种事物放在一起相互比较，相互对照，这种修辞方式就叫对比。如：

①不见复关，泣涕涟涟。既见复关，载笑载言。（《诗经·卫风·氓》）（复关：地名，"氓"的住地。）

②或忠信而死节兮，或訑谩而不疑。（《楚辞·九章·惜往日》）（訑：音 tuó，通"詑"，欺诈。）

③亲戚或余悲，他人亦已歌。（陶渊明《拟挽歌辞》）

④朱门酒肉臭，路有冻死骨。（杜甫《自京赴奉先县咏怀五百字》）

例①，这是弃妇回忆婚前与"氓"相爱的情况。"不见复关，泣涕涟涟"和"既见复关，载笑载言"，把见没见到"氓"的两种心态、表情进行了对比。一则以喜，一则以伤，喜则"载笑

载言"，伤则"泣涕涟涟"，两种情况截然相反，是对立的。例②，这是把历史上的"贞臣"和"谗人"的不同命运进行对比：一是"贞臣"尽节尽忠而结果往往是身遭厄运；一是"谗人"蔽晦欺谩而结果又往往是见信无疑，这两种情况也是对立的。例③，这是把与死者关系密切的"亲戚"和关系一般的"他人"的不同态度进行对比。例④，这是把两种不同生活进行对比，所对比的情况也都是对立的。对立双方可以是两种不同的事物，也可以是同一事物的两个不同方面。如：

⑤憎愠惀之修美兮，好夫人之慷慨。（《楚辞·九章·哀郢》）（愠惀：音 yǔn lǔn，心中郁结又不善表达的样子。此处用作名词，指具有这种品德的人。）

⑥举世皆浊我独清，众人皆醉我独醒。（《楚辞·渔父》）

例⑤，一憎一好，表现了楚王对"愠惀"美德和口是心非的"慷慨"陈词的不同态度。"憎"和"好"都是由楚王同一个人表现出来的，是同一事物的两个不同方面。例⑥，"清"与"浊"，"醒"与"醉"，表现了诗人屈原和目光短浅的世人在思想、道德方面的对立。

修辞上讲的"对比"不必仅仅局限于两种事物或一个事物两个方面在性质或内容方面的对立。凡内容相关，虽然不具有对立性质的两种事物或一个事物的两个方面，只要作者是对照陈述、描写的，也应该列入"对比"辞格。如：

⑦旦则号泣行，夜则悲吟坐。（蔡琰《悲愤诗》）
⑧新人工织缣，故人工织素。（古诗《上山采蘼芜》）

例⑦，两句概括地描写了蔡琰被俘，身在匈奴的日夜痛苦情景。"号泣行"和"悲吟坐"本身并不具有对立性质，两事

是相关的。但是，作者这里是从"日"和"夜"两个方面对照来写的，因此"号泣行"和"悲吟坐"就具有了对比性质。同理，例⑧的"工织缣"和"工织素"两个方面也不具有对立性质，但是作者这里是从"新人"和"故人"两个角度对照来写的，因此也就具有了对比性质。现在一些修辞书，一讲"对比"辞格，总是局限于事物的矛盾与对立，我以为这是不全面的。

在诗歌语言中，对比可以使人物形象或事物性质、状态、特征更加鲜明，更加突出。如例①，把"不见复关"和"既见复关"两种情况对比描写，使人物性格非常鲜明地呈现在读者眼前。"不见复关，泣涕涟涟"，思之切也；"既见复关，载笑载言"，爱之深也。正是通过这样的对比描写，我们对弃妇的内心世界才有了更深刻的理解，对她的不幸遭遇才更加同情，对"氓"的不道德行为才更加痛恨。总之，在古代诗歌语言中对比是行之有效的一种修辞方式，是揭示诗歌主题的重要手段。

## 2. 对比的基本类型

林东海先生曾将我国古代诗歌所用的"对比手法"分为四类：描述对比、比喻对比、旁衬对比和推理对比。(《诗法举隅》，第68—78页，1981年，上海文艺出版社）引例如：

①朱门酒肉臭，路有冻死骨。（杜甫《自京赴奉先县咏怀五百字》）

②桃花开东园，含笑夸白日。

偶蒙春风荣，生此艳阳质。

岂无佳人色，但恐花不实。

宛转龙火飞，零落早相失。

讵知南山松，独立自萧瑟。（李白《古风》其四十七）

③女萝亦有托，蔓葛亦有寻。

伤哉客游士，忧思一何深。（陆机《悲哉行》）

④垅上扶犁儿，手种腹长饥。

窗下掷梭女，手织身无衣。（于濆《辛苦吟》）

例①，是"把两种完全相反的景象或心情描写陈述出来，形成鲜明的对照"，用的是描述对比。例②，以桃花和松树对比，"意在比喻小人得志于一时，而君子则独立于一世"，用的是比喻对比。例③，"以女萝有托和游客无托对比，以女萝衬托游客的漂泊；又以蔓葛之可理和客愁之难理对比，以蔓葛衬托游客的忧思"，用的是旁衬对比。例④，"扶犁种地的理应有饭吃，实际却挨饿；织女理应有衣穿，实际却无衣穿"，用的推理对比。我们觉得从写作手法上说，这种分类法是可以的。如果从修辞学角度来看，四类的划分标准并不一致。第一类用的标准是内容，第二、第三类用的标准是手法，第四类用的标准是推理。尤其是第四类，被比对象没有出现，作为一种修辞格式是有困难的。因此，我认为划分对比辞格的类型，还是用一条标准较好，这就是从内容上将对比辞格分为两类：一是相反对比，二是相关对比。下面就分别说一说。

**（1）相反对比**

相反对比就是构成对比关系的诗句在内容上是相反的，是对立的。如：

①朱门酒肉臭，路有冻死骨。（杜甫《自京赴奉先县咏怀五百字》）

例①，这两句诗是家喻户晓的名句。大诗人杜甫正是借助这种对比手法把唐代上层统治者的豪华奢侈和下层劳动者

的极度贫困都原原本本地摆在读者面前，从而深刻地揭露了安史之乱前夕业已存在的尖锐的社会矛盾，使人们认识到社会的不公和潜在的危机。这种对比是强烈的、鲜明的，因而给人的感染力也是极大的。又如：

②未见君子，忧心忡忡。

既见君子，我心则降。(《诗经·小雅·出车》)(降：平静，欢悦。)

③众踥蹀而日进兮，美超远而逾迈。(《楚辞·九章·哀郢》)(踥蹀：音 qiè dié，努力奔走钻营的样子。)

④新人从门入，故人从阁去。(古诗《上山采蘼芜》)(阁：旁门。)

⑤古来圣贤皆寂寞，唯有饮者留其名。(李白《将进酒》)

⑥去年米贵缺军食，今年米贱大伤农。(杜甫《岁晏行》)

例②，"未见君子"和"既见君子"是对立的，"忧心忡忡"和"我心则降"也是对立的。例③，"众"(谗人)和"美"(贤者)是对立的，而谗人"日进"，贤者"逾迈"也是对立的。例④，"新人"和"故人"是对立的，而新人"从门入"，故人"从阁去"也是对立的。例⑤，"圣贤"和"饮者"在处世态度上是对立的，而"圣贤"反倒寂寞于世，"饮者"反而留其芳名也是对立的。例⑥，"去年"和"今年"是对立的，而去年"米贵"和今年"米贱"也是对立的。总之，相反对比在诗句内容上是对立的、互相排斥的。

**（2）相关对比**

相关对比就是把内容相关的两个事物放在一起对照来写，使人读后印象十分清晰，一目了然。如：

①冬无复襦，夏无单衣。(无名氏《孤儿行》)

例①，"冬"和"夏"是对立的，"复襦"和"单衣"也是对立的，但整个诗句内容并不存在对立，只是相关：由"冬无复襦"联想到"夏无单衣"。不论是相反对比还是相关对比，都是要借助联想的。一个人冬穿棉，夏穿单，这是正常的生活，但《孤儿行》中的"孤儿"却是"冬无复襦，夏无单衣"，这种生活是反常的。诗人借助相关对比手法就把兄嫂虐待"孤儿"的丑行完全揭露出来了。其他如：

②俯视清水波，仰看明月光。(曹丕《杂诗》其一)

③生时不识父，死后知我谁？(孔融《杂诗》其二)

④去者余不及，来者吾不留。(阮籍《咏怀》其三十二)

例②，"俯视"和"仰看"是对立的，但是"俯视清水波"和"仰看明月光"是相关的，不具有对立性质。例③，"生时"和"死后"是对立的，但从整个诗句内容来看只是相关，不是对立。《杂诗》(其二)是一首悼儿诗。诗人远行，岁暮来归。久别重逢本来是一件高兴的事，但是"入门望爱子，妻妾向人悲"。"生时不识父，死后知我谁"，这是诗人从爱子孤魂的"心理"变化角度来说这番话的，无非是说爱子连活着的时候都不认得自己的父亲，更何况是死后呢！因此，把上下诗句联系起来看，它只能是相关对比而不是相反对比。同理，例④，"去者"和"来者"均指时间而言，是对立的，但整个上下句的内容是相关的，是说过去的时间我是追不上了，而未来的时间我也留不住。

由以上分析可以看出，我们分析相关对比的诗句应着眼于整个诗句内容，而不要把眼睛只盯住一两个词语进行比较。这是辨别相反对比和相关对比时应特别注意的问题。

### 3. 对比和对偶

对比和对偶两种辞格既有联系，又有区别。联系主要体现在内容方面，区别主要体现在形式方面。如：

①谷则异室，死则同穴。(《诗经·王风·大车》)(谷：生。)

例①，这两个诗句既是对比，也是对偶。这只是观察问题的角度不同而已。如果重内容，那么它们就是对比辞格："谷"和"死"是对立的，"异室"和"同穴"也是对立，"谷则异室"和"死则同穴"当然也是对立的。如果既重内容又重形式，那么它们又是对偶辞格："谷"对"死"，"则"对"则"，"异室"对"同穴"，上下两句各为四言。但是，有的诗句只能看成是对偶，不能看成是对比。如：

②青青河畔草，郁郁园中柳。(古诗《青青河畔草》)

例②，上下两个诗句只是把两种事物并列地摆在一起，并不包含对比关系。而有的诗句，我们又只能看成是对比，不能看成是对偶。如：

③亲戚或余悲，他人亦已歌。(陶渊明《拟挽歌辞》)

例③，上下两个诗句在内容上是对立的，而结构上相差较远。总之，辨别对比和对偶两种辞格必须从内容和形式两大方面同时入手。具体说，应当是：

第一，从内容上看，对比辞格要比对偶辞格窄得多。

譬如前面我们讲对偶辞格分类的时候，在内容上曾把对偶辞格分为正对、反对和串对三类。串对的一类，就是对比辞格所不能包容的。

第二，从形式上看，对比辞格和对偶辞格的区别就更明显了。首先，由于对比是强调内容的对照比较，所以一首诗具有对比关系的单位就不仅限于句子，有时也包括诗段和诗段或层次和层次的对比，而对偶辞格仅限于句子和句子的两两相对。如：

①池塘生春草，园柳变鸣禽。（谢灵运《登池上楼》）
②喧鸟覆春洲，杂英满芳甸。（谢朓《晚登三山还望京邑》）

例①②，都是对偶句。而具有对比关系的语言单位不一定都是句子。如：

③华山高憧憧，上有高高松。

　株株遥各各，叶叶相重重。

　槐树夹道植，枝叶俱冥蒙。

　既无贞直干，复有胃挂虫。（元稹《松树》）（冥蒙：幽暗不明。胃挂虫：槐枝上吐丝而悬垂着的虫子。）

例③，从"华山高憧憧"到"叶叶相重重"是一个层次，从"槐树夹道植"到"复有胃挂虫"又是一个层次。前一个层次是诗人以华山松自比，后一个层次是以槐树比朋党。诗人通过前后两个层次的对比，展示了自己的品德与朝中朋党的丑行的对立。由上例可知，用于对比辞格的语言单位是可以超出句子的。

其次，用于对比辞格的诗句或诗段，是不求字数、句数相等的，而用于对偶辞格的诗句通常是两句，并且字数一般也是相等的。如：

①父母在时，乘坚车，驾驷马。

父母已去，兄嫂令我行贾。（无名氏《孤儿行》）

②雁引愁心去，山衔好月来。（李白《与夏十二登岳阳楼》）

例①，用的是对比辞格。前面是三句，描写的是父母在世时的孤儿的优裕生活；后面是两句，写的是父母死后兄嫂虐待孤儿的情况。例②，用的是对偶辞格，上下两句字数相等。

最后，具有对比关系的诗句或诗段，在结构上是没什么限制的，而对偶辞格在结构上必须是相同或相近的。如：

①今人不见古时月，今月曾经照古人。（李白《把酒问月》）

②世乱郁郁久为客，路难悠悠常傍人。（杜甫《九日》）

例①，用的是对比辞格。诗人李白这里通过"今人""古人"和"古时月""今月"的对比，说明生命短暂和日月长存的道理。因此，例①，上下两个诗句内容上形成对比，而结构上不太相同。例②，用的是对偶辞格，所以结构上也是相对的。"世乱"对"路难"，是主谓结构对主谓结构。"郁郁"对"悠悠"，是谓语对谓语，"郁郁"和"悠悠"意思相同，都是指内心悒郁、忧愁。"久"对"常"，都是状语对状语。"为客"对"傍人"，都是动宾结构对动宾结构。

# （十五）曲达

## 1. 什么叫曲达

要说的话不直接说出来，而是采取委曲婉转的形式把它表达出来，这种修辞方式就叫曲达。如：

①自伯之东，首如飞蓬。(《诗经·卫风·伯兮》)（之：
往。）

②相去日已远，衣带日已缓。（古诗《行行重行行》）

③遥望是君家，松柏冢累累。

　　兔从狗窦入，雉从梁上飞。

　　中庭生旅谷，井上生旅葵。（古诗《十五从军征》）（窦：
洞。旅：自生的，野生的。）

④方宅十余亩，草屋八九间。

　　榆柳荫后檐，桃李罗堂前。

　　暧暧远人村，依依墟里烟。

　　狗吠深巷中，鸡鸣桑树颠。（陶渊明《归园田居》其一）
（暧暧：迷蒙隐约的样子。依依：轻柔的样子。）

　　例①，《卫风·伯兮》写的是妻子对远征在外的丈夫的
怀念。"首如飞蓬"，这是说"自伯之东"之后，这位征人
的妻子就无心打扮了，以致头发乱蓬蓬的，犹如"飞蓬"一
般。我们透过这种形象的描写，就会发现这位妇人内心深处
的痛苦之情。然而，诗人对这种思念和痛苦并不是直接说出
来的，而是借助形象描写把它体现出来的，这正是诗歌语言
的妙处所在。例②，"相去日已远，衣带日已缓"两句，也
是采用的这种表现手法。《行行重行行》一诗写的是妻子对
远行在外的丈夫的深切思念。"衣带日已缓"，说明人已消
瘦了。人为什么瘦了？还不是苦苦思念的结果吗？但是，作
者并没有直接去描写这位妻子的内心是如何如何痛苦的，而
是借物达意，通过对服饰的侧面描写来表现一个人的内心活
动。这就是诗歌语言的含蓄之处。例③，《十五从军征》是

一首叙事诗。诗中通过一个"十五从军征，八十始得归"的老兵的叙述，揭露了残酷的战争给人民生活带来的巨大灾难和不幸。这首诗一共十六句，而作者却用了六句来描写这位老兵到家后所见到的凄惨景象：荒冢累累，屋垣破败，庭院荒芜，禽兽出入。在这里，诗人没有一句话是正面痛斥战争的。诗贵旁出。作者的爱、作者的恨，已完全融于景物描写之中了，再说别的已是多余。寓情于景是古代诗歌语言的含蓄所在。例④，《归园田居》是组诗，共五首，是诗人辞去彭泽令归隐后的作品。《归园田居》（其一）共二十句，写出了诗人告别官场、退隐后的喜悦心情。读者会注意到，这二十句中有八句是描写诗人居住环境的。这不是偶然的。诗人正是通过对田园风光的描写，才显示出他的高贵情操以及理想信念。

古代诗歌的曲达辞格，不仅仅表现在内容上，还表现在语言形式上。如：

⑤正见当垆女，红妆二八年。（李白《江夏行》）（二八年：十六岁。）

⑥千里草，何青青。

十日卜，犹不生。（《三国志·魏书·董卓传》）

例⑤，"二八年"就是十六岁。不直说"十六"，而说"二八"，这就如同猜谜只说谜面，而将谜底留给读者一样。例⑥，"千里草"就是"董"字，"十日卜"就是"卓"字。这里不直说"董卓"，而是把"董""卓"两字拆开，说成"千里草""十日卜"，同样是把字谜的谜底留给了读者。

曲达辞格是古代诗歌中应用得十分广泛的一种修辞方式。

曲达最主要的修辞作用就在于避免诗的语言直来直去，要想方设法地增强语言的含蓄力。刘勰说："隐也者，文外之重旨者也，……隐以复意为工。"（《文心雕龙·隐秀》）刘勰说的"隐"，也就是我们今天常说的委婉含蓄。这里说的"重旨""复意"，也都是指在诗句的表面意义下隐藏着的言外之意。深文隐蔚，余味曲包。曲达辞格使诗歌语言增强了无限的表现力，迂回曲折，言尽而意远。

## 2. 曲达的基本类型

根据内容和形式两大特征，曲达辞格可分为三种基本类型：婉言、讳饰和谜语。下面分别叙述一下。

### （1）婉言

把话说得委婉含蓄，在表面词句下面隐含着另外的意思，这种修辞方式就叫婉言。古代诗歌的婉言，细分主要有两类：一是借物达意；二是寓情于景。前者如：

①吴中细布，阔幅长度。

　我有一端，与郎作裤。（无名氏《安东平》）（端：两丈。）

②打杀长鸣鸡，弹去乌白鸟。

　愿得连冥不复曙，一年都一晓。（无名氏《读曲歌》）（都：只。）

③明月不归沉碧海，白云愁色满苍梧。（李白《哭晁卿衡》）

④花间一壶酒，独酌无相亲。

　举杯邀明月，对影成三人。（李白《月下独酌》其一）

例①，"我有一端，与郎作裤"，这不是在讨论用多少布可以做衣做裤。诗人要说的是通过"与郎作裤"这一事实，借物达意，表现一位女子对自己情人的深沉的爱。例②，"打杀长鸣鸡，弹去乌臼鸟"，诗中的主人为什么要迁怒于鸡鸟呢？因为时有昼夜更迭，年有四季交替，金鸡报晓，乌臼迁徙，都是时间变化的象征。"打杀长鸣鸡，弹去乌臼鸟"，诗中的主人痛恨时间过得太快，欢爱之不足，所以希望"连冥不复曙，一年都一晓"。统观全诗四句，无一处说到情爱，但又无一处无情爱。诗作者就是通过这种借物达意的办法，非常含蓄地表达了男女间的绵绵深情。例③，《哭晁卿衡》是诗人李白误以为日人晁衡遇难而作。晁卿衡就是晁衡，又作朝衡，日名为阿倍仲麻吕。唐玄宗开元五年（717），晁衡年仅二十，作为遣唐学生随日本遣唐使来中国留学。学成后留居中国，仕于唐。天宝十二年（753），晁衡随遣唐使团回国，途中不幸遇大风，误传遇难。诗人李白就是在这种情况下写下了这首感人肺腑的诗篇。例③的"明月不归"等两句，不是在写景，而是借物达意。"明月"喻晁衡，"白云"暗指诗人自己。两句诗意蕴深邃，意境幽远，充分表现了诗人李白对晁衡的深厚情谊。例④，"举杯邀明月，对影成三人"两句，诗人以丰富的想象，构筑出诗人与明月、自己身影"三人"交杯痛饮的优美意境。这两句诗表面上看去很是热烈，而实际上在文字的背面却隐藏着无限的孤独和凄凉，抒发了作者由于政治上不得意而郁结于心的忧愤。

婉言的另一种常用的表达形式是寓情于景。也就是说，诗人在描写景物时，往往寄寓了自己的真情。因此，

理解这类诗句，应把握住作者的身世、写作背景和社会环境。如：

①轻阴阁小雨，深院昼慵开。

坐看苍苔色，欲上人衣来。（王维《书事》）（阁：搁，停止。慵：懒惰，懒得。）

②黄四娘家花满蹊，千朵万朵压枝低。

留连戏蝶时时舞，自在娇莺恰恰啼。（杜甫《江畔独步寻花七绝句》其六）

③淡月照中庭，海棠花自落。

独立俯闲阶，风动秋千索。（韩偓《效崔国辅体四首》其一）

④一道残阳铺水中，半江瑟瑟半江红。

可怜九月初三夜，露似真珠月似弓。（白居易《暮江吟》）

例①，《书事》这首小诗写得十分活泼可爱。一开始，诗人王维就为读者描绘出一个幽静的环境：天气轻阴，小雨初停，深院宁静，院门紧锁。但静中有动："坐看苍苔色，欲上人衣来"，一个"上"字极为传神，给雨后的青苔赋予了无限的生命力。"苍苔色"是不会动的，诗人这里写的无非是自己对清幽恬静生活的一种感受。例②，杜诗中像《江畔独步寻花七绝句》这类欢快的小诗是不多的。诗人杜甫选定通往"黄四娘家"的小路这一特定场景，把充满生机的大好春光写得活灵活现。在饱经安史之乱的痛苦之后，诗人杜甫于唐肃宗上元元年（760）定居成都草堂。生活上的暂时安定，给诗人带来无限的宽慰。这首诗反映的就是诗人当时的心情。例③，诗人韩偓通过对春夜庭院的景色描写，表现了闺人幽怨和儿女情思。例④，诗人白居易借助残阳西落，新月东升的

景物描写，倾注了自己对大自然的无限热爱。总之，寓情于景是一切景物描写的灵魂。有景有情，方可构成诗歌语言委婉含蓄的真正内涵。

**（2）讳饰**

把忌讳、不愿明说的内容通过婉转的形式表达出来，这种修辞格式就叫讳饰。如：

①冬之夜，夏之日。

百岁之后，归于其室。（《诗经·唐风·葛生》）

②卧龙跃马终黄土，人事音书漫寂寥。（杜甫《阁夜》）

③行行至斯里，叩门拙言辞。（陶渊明《乞食》）

④天寒身上犹衣葛，日高瓿中未拂尘。（白居易《醉后狂言酬赠萧殷二协律》）（衣：穿。）

⑤杨花雪落覆白蘋，青鸟飞去衔红巾。（杜甫《丽人行》）

⑥近侍归京邑，移官岂至尊？（杜甫《至德二载，甫自金光门出……》）

例①②，"百岁之后""终黄土"都是"死"的代称。例③④，因贫困而无衣食对读书人来说，常常是难以启齿的。因此，"拙言辞"就是难以开口的委婉说法，"瓿中未拂尘"是家无饮食的委婉说法。例⑤，"杨花雪落"两句，诗人杜甫借用历史故事和神话传说，来暗喻杨国忠和虢国夫人的情事丑行。例⑥，不说"贬官"而说"移官"，这也是一种讳饰。

**（3）谜语**

只提供供人猜测的语言文字条件（谜面），而把根据这些条件推导出的结果（谜底）隐藏起来，让读者去猜

想，这种修辞方式就叫谜语。谜语实质是一种隐语。我们
这里说的谜语包括一般修辞著作所说的藏词、析字和谐音。
如：

①三五明月满，四五蟾兔缺。（古诗《孟冬寒气至》）
②登店卖三葛，郎来买丈余。
　　合匹与郎去，谁解断粗疏？（无名氏《读曲歌》）
③藁砧今何在？山上复有山。
　　何当大刀头，破镜飞上天。（无名氏《古绝句四首》其一）
④石阙生口中，衔碑不得语。（无名氏《读曲歌》）

例①，"三五"，隐指农历十五日；"四五"，隐指农
历二十日。例②，"三葛"为布名，质量"粗疏"；"买丈
余"，意谓不是整匹，乃零头，必须从整匹上扯断下来。因
此，"卖三葛"就隐含一个"疏"字，"疏"就是疏远；"买
丈余"就隐含一个"断"字，"断"就是断绝彼此的爱情关
系。"疏"和"断"都是不吉利的，因此下文才说"合匹与
郎去，谁解断粗疏"。例③，"藁"是禾秆，"砧"是垫板。
古代处死罪人，令其以"藁"为席，伏在"砧"上，然后
行刑者以"鈇"（铡刀）斩之。"藁""砧"均为刑具，两字
便隐含一个"鈇"字。"鈇""夫"音同，后以"藁砧"为
妇女称丈夫的隐语。"山上复有山"，这是将"出"字作了
字形分析（按：依甲骨文、金文、小篆字形，"出"字实际
不是两"山"重叠），因此这句就隐含一个"出"字。"何
当大刀头"，"大刀头"是个环形，"环"谐音"还"。"破镜
飞上天"，"破镜"就是半圆，半圆就是半月，半月就是月
半，因此这句话隐含着一个时间概念，就是月半之时。统观

上下四句，无非是问："现在丈夫何处？"答曰："现已外出。"又问："何时当还？"答曰："当在月半。"例④，"阙"是古代宫殿、宗庙、墓门前立的石柱子，"石阙"就是下文提到的"衔碑"的"碑"。"石阙生口中"，这是谜面；"衔碑不得语"，这是谜底。"碑""悲"音同，因此"碑"又谐音"悲"。由例①—④可知，构成谜语修辞格式的要素是多方面的：词义、语音、字形。我们分析时应当格外注意这些条件。

### 3. 曲达的发展

曲达不仅是一种修辞格式，而且也是一种语言风格。作为一种修辞格式，曲达的发展也有个过程。关于这个问题，我想可以从两个角度来认识：

第一，从曲达辞格和其他辞格的关系来看，曲达辞格实际是一种综合性的辞格。大家知道，曲达辞格最主要的修辞作用即在于使语言表达富有含蓄性。而造成语言委婉含蓄的手段是多种多样的，如比喻、借代、比拟、双关等多种辞格都是构成语言委婉含蓄的重要手段。这方面的例子是很多的，这里就略而不提了。

第二，从曲达辞格的自身发展来看，它也是有个过程的。现以曲达辞格中的婉言类为例来说说这个问题。

上面说过，婉言的主要表现形式有两种：一是借物达意，二是寓情于景。先说借物达意。在早期的诗歌作品里，如在《诗经》《楚辞》里，借物达意往往要借助比喻形式。如：

①采葑采菲，无以下体。德音莫违，及尔同死。(《诗经·邶风·谷风》)

②荃不察余之中情兮，反信谗而齌怒。(《楚辞·离骚》)

例①，"葑""菲"均菜名，这种菜主要吃根部。"无以下体"，就是不用根部，也就是不吃根部。这是被遗弃的妻子埋怨丈夫对待自己不以品德为主，不看主流。例②，"荃"是一种香草，这里用来比喻楚君。再往后，到了汉代，诗歌中的借物达意也往往采用这种办法。如：

③兰有秀兮菊有芳，怀佳人兮不能忘。(刘彻《秋风辞》)

④橘柚垂华实，乃在深山侧。闻君好我甘，窃独自雕饰。(古诗《橘柚垂华实》)

例③，"兰""菊"喻佳人；例④，"橘柚垂华实"两句喻怀才不遇。这种表现手法再往后发展，就逐渐形成了咏物诗。如骆宾王的《咏蝉》，元稹的《松树》《芳树》《雉媒》《大嘴乌》，白居易的《感鹤》《紫藤》《慈乌夜啼》《青石》等，都是有名的咏物诗。从诗歌发展史上看，咏物诗先秦已有之，如《楚辞·九章》中的《橘颂》，已开咏物诗之先河。不过，总的来看，咏物诗在先秦并不发达，只能算作源头滥觞而已。

现在再说寓情于景。在《诗经》《楚辞》时代，没有专门描写景色的诗歌，寓情于景的表现手法大概起源于《诗经》"兴"的艺术手法。"兴"就是见物起兴，所描写的景物与诗的主题不一定有什么直接关系。如：

①园有桃，其实之肴。心之忧矣，我歌且谣。(《诗经·魏

风·园有桃》)

例①，"园有桃，其实之肴"两句就是"兴"，与下文要表达的"心之忧矣，我歌且谣"并没什么直接联系。这种情况在汉代及汉代以后的诗歌里也是存在的。如：

②青青陵上柏，磊磊涧中石。人生天地间，忽如远行客。（古诗《青青陵上柏》）

③河中之水向东流，洛阳女儿名莫愁。（萧衍《河中之水歌》）

例②③，"青青陵上柏"两句，"河中之水向东流"一句，它们与下文的内容没有什么直接联系。再往后发展，诗中的景物描写就往往作为一种衬托，与全诗的主题表现融合为一体。如谢灵运《登池上楼》的开头四句和江淹《望荆山》的前半部分都是属于这种情况。再往下发展，就是情景完全融为一体，情中有景，景中有情，于是就出现了田园诗和山水诗。在这方面，陶渊明的《归园田居》五首，谢灵运的《石壁精舍还湖中作》，谢朓的《晚登三山还望京邑》，王维的《渭川田家》等都是有名的代表诗作。

至于曲达辞格中的另外两类"讳饰""谜语"，由于它们古今变化不多，也不那么重要，这里就略而不谈了。以上就是曲达辞格发展的大致情况。

# （十六）双关

## 1. 什么叫双关

所谓双关，就是指不直陈本意，而是借助谐音或谐义的办法将原意暗示出来的一种修辞格式。如：

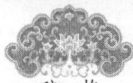

①置莲怀袖中，莲心彻底红。（无名氏《西洲曲》）

②著以长相思，缘以结不解。（古诗《客从远方来》）

③合匹与郎去，谁解断粗疏。（无名氏《读曲歌》）

④记得小蘋初见，两重心字罗衣。（晏几道《临江仙》）

⑤月没星不亮，持底明侬绪？（无名氏《读曲歌》）（底：何。）

⑥霄汉瞻佳士，泥涂任此身。（杜甫《送陵州路使君赴任》）

例①，"置莲怀袖中"句，"莲"谐音"怜"。同理，"莲心彻底红"句，"莲心"谐音"怜心"。"怜"，就是爱；"怜心"就是爱心。所以，这两句诗表面是说"莲""莲心"，而实际是说"爱"和男女"相爱之心"。例②，"著以长相思"句，"思"谐音"丝"。因为该诗上两句是"文采双鸳鸯，裁为合欢被"，可知"思"即谐音"丝"。例③，"合匹与郎去"句，表面是布匹之"匹"，实则是匹配之"匹"。因为该诗上两句是"登店卖三葛，郎来买丈余"，可知"匹"实际指匹配之"匹"。例④，"两重心字罗衣"句，"心字"表面上是说"心字香"（一种状如"心"字的香），实际是暗指心中的情意。《临江仙》是作者为怀念歌女"小蘋"而作，所以这首词下三句才说"琵琶弦上说相思，当时明月在，曾照彩云归。"例⑤，"月没星不亮"句，"星不亮"谐音"心不谅"，"谅"就是谅解。"持底明侬绪"句，"明"表面是明亮之"明"，实则谐义表明之"明"。例⑥，"霄汉瞻佳士"句，"霄汉"表面是说"路使君"身居刺史高位，实则谐义品德高洁。《送陵州路使君赴任》一诗，是杜甫写给赴任前的"路使君"的赠别诗，因此诗中多有勉励的话。当时安史之乱虽然已平息，但整个国

家仍是"战伐乾坤破，疮痍府库贫"，杜甫特别嘱咐"路使君"要注意"众寮宜洁白，万役但平均"。"霄汉瞻佳士"两句，正是由这两句引发出来的，意谓希望"路使君"做一个受人敬仰、为官清廉、品德高洁的好刺史。

在古代诗歌里，双关辞格主要运用在古体诗，再具体说，主要用在近乎民歌的作品。近体诗很少运用这一辞格。即便用也多半用谐义类，而不用或极少用谐音类。所以宋代洪迈说："自齐、梁以来，诗人作乐府《子夜四时歌》之类，每以前句比兴引喻，而后句实言以证之"，如"高山种芙蓉，复经黄檗坞。未得一莲时，流离婴辛苦"之类。（《容斋随笔》卷十六）这里说的"引喻"，指的就是双关。唐代诗人也喜欢用双关辞格，如李商隐等人，不过这终究是个别现象。双关在古代诗歌语言里是一种积极修辞。双关的使用，可以使语言更加含蓄，饶有风趣，富于表现力。

## 2. 双关的基本类型

按构成双关的语音、语义条件，双关辞格可以分为谐音双关和谐义双关两类，下面就分别谈一下。

### （1）谐音双关

利用音同或音近的条件，造成两个词语的临时语义交叉，这就是谐音双关。谐音双关再细分，还可分为两类：

第一，双关词语是异形异义的。如：

①无油何所苦，但使天明侬。（无名氏《读曲歌》）
②风吹黄檗藩，恶闻苦篱声。（无名氏《石城乐》）
③雾露隐芙蓉，见莲不分明。（无名氏《子夜歌》）

④春蚕到死丝方尽，蜡炬成灰泪始干。(李商隐《无题》)

例①，"无油何所苦"句，"油"谐音"由"。例②"恶闻苦篱声"句，"篱"谐音"离"。例③，"雾露隐芙蓉"句，"芙蓉"谐音"夫容"；"见莲不分明"句，"莲"谐音"怜"。例④，"春蚕到死丝方尽"句，"丝"谐音"思"。

第二，双关词语是同形异义的。如：

①理丝入残机，何悟不成匹。(无名氏《子夜歌》)
②水落鱼龙夜，山空鸟鼠秋。(杜甫《秦州杂诗》其一)
③合昏尚知时，鸳鸯不独宿。(杜甫《佳人》)
④夜饮东坡醒复醉，归来仿佛三更。(苏轼《临江仙·夜归临皋》)

例①，"何悟不成匹"句，布匹之"匹"，谐音匹配之"匹"；例②，两句的地名，"鱼龙""鸟鼠"谐音动物鱼龙、鸟鼠；例③，"合昏尚知时"句，植物名"合昏"(即合欢)谐音男女婚配的"合昏"("昏"同"婚")；例④，"夜饮东坡醒复醉"句，地名"东坡"谐音人物"东坡"(即苏轼)。同形异义类的双关词语和异形异义类的双关词语一样，都是利用同音条件而造成了临时性的语义交叉。

**(2)谐义双关**

谐义双关就是利用词的多义性所造成的两个词语的意义交叉。如：

①黄檗万里路，道苦真无极。(无名氏《读曲歌》)
②何惜微躯尽，缠绵自有时。(无名氏《作蚕丝》)
③百鸟啼园林，道欢不离口。(无名氏《读曲歌》)

④遥见千幅帆，知是逐风流。(无名氏《三洲歌》)

例①，"道苦真无极"句，道路之"道"谐义道语之"道"；例②，"缠绵自有时"句，蚕丝的"缠绵"不断谐义爱情的"缠绵"悱恻；例③，"道欢不离口"句，欢快的"欢"谐义欢爱的"欢"(句中的"欢"引申作名词用，指女子的情人)；例④，"知是逐风流"句，风力流水的"风流"谐义风情乐事的"风流"。例①—④都是一词多义关系。由此可知，造成谐义双关的语义条件就是词的多义性，所以构成谐义双关的词都是多义词。

## 3. 双关和比喻

在这里，我们想谈一谈双关辞格和比喻辞格的关系。双关和比喻的关系，主要纠缠在谐义双关和借喻的关系上。至于谐音双关，一般不会产生这类问题。在前面比喻辞格里，我们已经谈了什么叫借喻。下面再看看几个比较典型的例子。如：

①硕鼠硕鼠，无食我苗。(《诗经·魏风·硕鼠》)
②鸷鸟之不群兮，自前世而固然。(《楚辞·离骚》)
③北山有鸱，不洁其翼。(朱穆《与刘伯宗绝交诗》)
④清池养神蔡，已复长虾蟆。(元稹《芳树》)(神蔡：神龟。)

例①—④，"硕鼠""鸷鸟""鸱""神蔡""虾蟆"都是借喻。其中"硕鼠"，比喻残酷剥削人民的统治者；"鸷鸟"，屈原自比；"鸱"就是"鸱鸮"，比喻处于尊位的刘伯宗；"神蔡"，比喻君子；"虾蟆"，比喻小人。由例①—④，我们不难看出，比喻(包括借喻在内)的喻体和

本体之间在意义上并没有固定的联系。比如"硕鼠"一定得比喻统治者,"鸱"一定得比喻刘伯宗,是不能这样认识的。喻体和本体之间之所以发生联系,是由两个事物之间某个或某些相同的属性造成的,而不是词义发展变化的结果。与借喻相反,谐义双关构成的词义基础是一词多义,也就是说,修辞中的谐义双关只不过是把词汇学中的多义词在修辞学里加以变化运用而已。以上说的是谐义双关和借喻构成的不同条件。

从上下语言环境也是极易区分谐义双关和借喻的。也可以这样说:凡是谐义双关都有表里两层含义,表面的意思是次要的,作者真正要说的是隐藏在表面意思下的另一层意思。而要想读者能把表面意思和言外之意区分开来,就必须先造成一个语言条件。只要读者细心领会,是很容易由这个"语言条件"辨别出谐义双关的两层意思来的。如前面提到的"黄檗万里路,道苦真无极"这类句子,"黄檗万里路"就是"道"的双关条件;同理,"遥见千幅帆"就是"风流"的双关条件。说到这里,回过头来我们再想一想,借喻是否也具备这些特殊条件呢?显然没有。所以我们说谐义双关和借喻是根本不同的两种修辞方式。

# (十七)反语

## 1. 什么叫反语

反语就是指用与本意相反的词语句去表达本意的一种修辞方式。换句话说,反语就是通常所说的"说反话"。如:

①许身一何愚，窃比稷与契。（杜甫《自京赴奉先县咏怀五百字》）（稷：后稷，周的祖先。契：商的祖先。）

②取笑同学翁，浩歌弥激烈。（杜甫《自京赴奉先县咏怀五百字》）

③河南长吏言忧农，课人昼夜捕蝗虫。（白居易《捕蝗》）（课：督促。）

④莫读书，莫读书，惠施五车今何如？（乐雷发《乌乌歌》）

例①，"许身一何愚"句，"愚"表面意思是愚蠢、蠢笨，实际是反语。"许身一何愚，窃比稷与契"，这两句话是杜甫回忆自己早年的抱负。自命"稷与契"，表面上是杜甫自责"许身"之"愚"，实际这正表现了他忧国忧民的远大抱负和强烈的社会责任感。例②，"取笑同学翁"句，"同学翁"也是反语。这两句诗的上两句是"穷年忧黎元，叹息肠内热"。这说明诗人杜甫即使处于困境之中，仍然关心国家和人民的前途。但是，杜甫的这一崇高思想，不仅那些"蝼蚁辈"不能理解，就是"同学翁"也要取笑他。"同学翁"是指杜甫的同辈人。"翁"本是对老年男人的一种尊称，用在这里显然是有讽刺意味的。人老阅历多，本该是通达事理的，而这些"同学翁"却要取笑杜甫，这不是可悲的吗？例③，"河南长吏言忧农"句，这个"忧"字也是反语，包含着强烈的讽刺意味。据《旧唐书·德宗纪》记载："兴元元年，是秋螟蝗蔽野，草木无遗。贞元元年四月，时关东大旱，赋调不入，由是国用益窘，关中饥民蒸蝗虫而食之。五月癸卯，分命朝臣祷群神以祈雨。蝗自海而至，飞蔽天，每下则草木及畜毛无复孑遗，谷价腾踊。七月，关中蝗虫食草木都尽。"由

这段史料记载不难看出，这么严重的蝗灾，还要饥民昼夜捕捉蝗虫，这根本是杯水车薪，所以"河南长吏言忧农"的这个"忧"字也是假的。自古以来，天灾和人祸是常常连在一起的。诗人认为治灾之根本是要有"善政"："我闻古之良吏有善政，以政驱蝗蝗出境。又闻贞观之初道欲昌，文皇仰天吞一蝗。一人有庆兆民赖，是岁虽蝗不为害。"例④，这条例句前面出现过，也是比较典型的反语例句。所谓"莫读书，莫读书"，并不是真的读书无用，诗人只是感慨在国家危急的关头，以道学家为首的一批书生们真是百无一用而已。这句话以反语形式表达出来就更有力。因为反语给人的感觉常常是一种逆反心理，逆反心理就是反常的，反常就会引起人们格外注意，所以反语辞格用得好，也会收到很好的表达效果。

总的来看，反语辞格在古代诗歌里用得不是很多，这大概是受表达内容的限制。刘勰说："深文隐蔚，余味曲包"（《文心雕龙·隐秀》），反语的运用会使诗的语言变得更加含而不露、饶有余味。由于这一修辞手法常常和讽刺联系在一起，所以诗人们用起来格外谨慎。

## 2. 反语的基本类型

根据反语的修辞作用，其基本类型主要有两种：一是讽刺反语，二是委婉反语。下面就分别叙述一下。

### （1）讽刺反语

讽刺反语就是具有讽刺意味的反语。如：

①举秀才，不知书。

察孝廉，父别居。

寒素清白浊如泥，高第良将怯如鸡。（无名氏《举秀才》）

②府吏谓新妇，贺卿得高迁。（无名氏《焦仲卿妻》）

③太行之路能摧车，若比君心是坦途。

巫峡之水能覆舟，若比君心是安流。（白居易《太行路》）

例①，这首童谣见于葛洪的《抱朴子·审举》，诗题是本书后加的。诗的内容是讽刺汉代桓帝、灵帝时的选官制度。所谓"秀才""孝廉"等，都是当时的选举科目。"秀才"是指文才出众的人，"孝廉"是指品德出众的人。但这首诗反映的内容显然具有强烈的讽刺意味。"举秀才，不知书"，这是说被推举为"秀才"的人却大字不识；"察孝廉，父别居"，这是说被荐举为"孝廉"的人却把父母抛开不管；"寒素清白浊如泥，高第良将怯如鸡"，这是说从寒门推举来的"清白"之人却污浊如泥，从高门大族推举来的"良将"却胆小如鸡。诗人正是通过这些讽刺反语，把东汉时代由豪门贵族把持的选官制的虚伪性和腐败性彻底揭露出来，从中我们不难领悟出反语辞格的妙用。例②，"府吏谓新妇，贺卿得高迁"，"高迁"也是反语。当焦仲卿得知分手后的刘氏为母兄所逼，另嫁太守的"第五郎"时，以为刘氏违约变心才说出"贺卿得高迁"这番话。这条反语的运用，与其说是讽刺刘氏，倒不如说是为了表现焦仲卿痛苦的内心。例③，"太行之路能摧车，若比君心是坦途；巫峡之水能覆舟，若比君心是安流"，这里的"坦途""安流"也都是反语。唐宪宗

元和四年（809），诗人白居易任左拾遗时写下了著名的新乐府五十首，凡九千二百五十二言，《太行路》就是其中之一。这五十首诗可以说篇篇切中时弊。白居易说："其辞质而径，欲见之者易谕也；其言直而切，欲闻之者深诫也；其事核而实，使采之者传信也；其体顺而肆，可以播于乐章歌曲也。总而言之，为君、为臣、为民、为物、为事而作，不为文而作也。"（《新乐府序》）从这一段话里，我们可以充分地看出白居易与新乐府的目的。《太行路》一诗，诗人自注云："借夫妇以讽君臣之不终也"，因此有人认为此诗的写作可能同唐宪宗怒白居易不逊，欲逐之出翰林一事有关。以夫妇喻君臣，屈原的《离骚》已开其端。太行山的山路是艰险的，但与"君心"相比也算是"坦途"了。巫峡之水深险湍急，但与"君心"相比也算是"安流"了。所以诗人说："行路难，难于山，险于水，不独人家夫与妻，近代君臣亦如此"（《太行路》）。诗人正是借助"坦途""安流"这些讽刺反语，把帝王善使权术、居心叵测的内心世界揭示得明明白白。

由以上例子可知，我们判断反语，应注意分析上下语言环境及写作背景，要注意作者使用这些词语句的弦外之音。

**（2）委婉反语**

委婉反语就是具有委婉语气的反语。委婉反语与讽刺反语不同，它不具有讽刺力、批判力，只是在表达方式上采用委婉的说法，不直陈本意而已。如：

①常善粥者心，深念蒙袂非。（陶渊明《有会而作》）
②开荒南野际，守拙归园田。（陶渊明《归园田居》其一）

③曲直吾不知，负暄候樵牧。（杜甫《写怀二首》其一）
（负暄：晒太阳。）

④杜陵有布衣，老大意转拙。（杜甫《自京赴奉先县咏怀
五百字》）

例①，"常善粥者心"两句都是反语。例①两句是引典。
《礼记·檀弓下》云："齐大饥，黔敖为食于路，以待饿者而
食之。有饿者蒙袂辑屦，贸贸然来。黔敖左奉食，右执饮，
曰：'嗟来食！'扬其目而视之，曰：'予唯不食嗟来之食，
以至于斯也！'从而谢焉，终不食而死。""常善粥者心，深
念蒙袂非"两句表面意思是我常常感到施舍者的心地是善良
的，也深深感到那个"蒙袂辑屦"的饿者拒绝"嗟来之食"
是不对的。陶渊明是中国古代伟大的诗人之一，他的诗歌表
现出高尚的情操。正是因为不肯和黑暗的社会合作，陶渊明
才决心长期过躬耕隐居生活。可想而知，按照陶渊明的思想，
说"粥者"善，"饿者"非是不合情理的，所以"常善粥者
心"两句实际都是反语。例②，"守拙归园田"句，"守拙"
也是反语。"守拙"表面是说抱守愚拙的性格，而实际是说要
坚守自己美好的情操，不涉足污浊的官场生活。例③"曲直
吾不知"一句，显然也是反语。如果我们以为杜甫不知是非
曲直，那显然是不合情理的。例④，"老大意转拙"句，"转
拙"也是反语。"转拙"，表面是说杜甫随着年龄的增长，
反而不懂事理，竟"窃比稷与契"，这难道不是很"愚拙"
吗？实际上，杜甫是说自己越活越顽强，越来越关心国家的
命运。

### 3. 反语和隐语

反语和隐语是两种不同辞格。反语和隐语虽然都是不直陈本意，但两者有明显区别：反语是正话反说或反话正说，而隐语就没有这种表达特点。隐语有许多种，其中的讳饰类容易和反语相混，特提出来辨别一下。如：

①欢作沉水香，侬作博山炉。（无名氏《读曲歌》）
②杨花雪落覆白蘋，青鸟飞去衔红巾。（杜甫《丽人行》）
③汉皇重色思倾国，御宇多年求不得。（白居易《长恨歌》）
④欲填沟壑惟疏放，自笑狂夫老更狂。（杜甫《狂夫》）（疏放：无拘无束。）

例①—④，都是隐语。例①两句，通过比喻的形式，非常隐晦地说出来青年男女幽会、欢合的情况。沉水香又名沉香，是一种香木，放在炉中燃烧后，其烟极香。例②两句也都是隐语。"杨花雪落覆白蘋"句，表面是描写景物，实际是揭露杨国忠和他从妹虢国夫人通奸的丑行，用"杨花"谐音双关杨氏兄妹，用"覆白蘋"喻兄妹丑合。旧说杨花入水可以化为水草，所以"杨花"与"蘋"虽是两物，实为一体，故诗人以杨花、水草为喻。"青鸟飞去衔红巾"句，也是暗喻杨国忠和虢国夫人的来往关系。"青鸟"是神话传说中西王母的使者，诗中的"青鸟"实为"红娘"角色。另外，这两句诗也暗引了历史上北魏胡太后威逼杨白花私通的故事。杨氏惧祸逃走，改名杨华。胡太后思之甚切，作《杨白花歌》云："秋去春来双燕子，愿衔杨花入窠里"。例③，"汉皇重色思倾国"句，"汉皇"暗指唐玄宗，不便明说。例④，"欲填沟壑惟疏

放"句，"填沟壑"也是隐语。这里不愿明说"死"字，故以"填沟壑"代之。

由以上分析可知，所谓隐语无非是从表达上换个委婉说法而已，它不涉及正话反说或反话正说的问题。隐语的实质是把忌讳的话题换个说法，这和反语是不同的。

# （十八）映衬

## 1. 什么叫映衬

为了突出主体的人物或事物，用客体的人物或事物陪衬，这种修辞格式就叫映衬。如：

①日出东南隅，照我秦氏楼。

秦氏有好女，自名为罗敷。

罗敷喜蚕桑，采桑城南隅。

青丝为笼系，桂枝为笼钩。

头上倭堕髻，耳中明月珠。

缃绮为下裙，紫绮为上襦。

行者见罗敷，下担捋髭须。

少年见罗敷，脱帽着帩头。

耕者忘其犁，锄者忘其锄。

来归相怨怒，但坐观罗敷。（无名氏《陌上桑》）（倭堕髻：东汉后期流行的一种发式，又叫堕马髻。帩头：包头发的纱巾。帩，音 qiào。但坐：只因。）

例①，《陌上桑》是一首古代很有名的叙事诗。诗的主题是歌颂一位美貌女子拒绝"使君"的戏弄而忠于爱情、藐视

权贵的反抗精神。《陌上桑》共三解（章），这里是摘引其中的一解。这一诗段重点描写了罗敷如何美丽，但诗中所用的手法是不同的。"头上倭堕髻，耳中明月珠。缃绮为下裙，紫绮为上襦"，这是从服饰角度来描写罗敷的美。"行者见罗敷"句以下，是从"行者""少年""耕者""锄者"等人物的角度来描写罗敷的美。人的美离不开长相、身材，作者却没有从此着笔，而是从服饰、旁观者的角度去描写，这就是以宾拱主的陪衬写法。这种写法是高明的，不落俗套。如果从整首诗角度来看，一解也是为二、三解服务的，所以这也是陪衬。又如：

②黄云城边乌欲栖，归飞哑哑枝上啼。

机中织锦秦川女，碧纱如烟隔窗语。

停梭怅然忆远人，独宿孤房泪如雨。（李白《乌夜啼》）

③回乐峰前沙似雪，受降城外月如霜。

不知何处吹芦管，一夜征人尽望乡。（李益《夜上受降城闻笛》）

例②，"黄云城边乌欲栖，归飞哑哑枝上啼"，这是用归乌哑啼来衬托"机中织锦秦川女""独宿孤房泪如雨"的凄苦心情和对丈夫的无限情思。例③，《夜上受降城闻笛》是一首抒写戍边战士厌战思乡的诗歌。这首诗开头两句是写景，写凄凉的月光，写月下的沙地，给人的感觉是冷酷的，没有半点暖意。但是，如果把全诗连贯起来，我们就会知道，这些气氛制造、环境描写，都是为"不知何处吹芦管，一夜征人尽望乡"服务的。"不知何处吹芦管"一句，静中有动，在凄凉寂静的夜色中，传来声声芦管，就显得更加凄苦悲凉

了。再往下，"一夜征人尽望乡"是一个主体句。这句写的是情。月色凄凉，乐音撩心，在远离故土的一片荒漠之中，征人怎能不产生思乡之情呢？这首诗前三句都是为最后一句服务的。

映衬在古代诗歌里是应用十分广泛的一种修辞格式。映衬的主要修辞作用在于通过客体人物或事物的衬托，使主体的人物或事物更加突出，这对加强诗歌主题的表达是十分有用的。常言道：好花也要绿叶扶。没有绿叶的衬托，花再美也显得孤单。写诗也是一样，不是所有的诗句都是用力如一，其中有主有次。清人王夫之说："唐人《少年行》云：'白马金鞍从武皇，旌旗十万猎长杨。楼头少妇鸣筝坐，遥见飞尘入建章。'想知少妇遥望之情，以自矜得意，此善于取影者也。"（《姜斋诗话》卷一）这里说的"唐人"，指的是王昌龄。这首诗是从"少妇"的视角来描写她的丈夫是如何显贵、英武的，这就是王氏所谓的"取影"法。不写主体本身，而去写主体的"影子"，用"影子"来显示主体，这实际就是衬托。我们举的例①，实际就是"取影"法。如果一首诗里有景有情，那么写景总是为写情服务的。所以王夫之又说："无论诗歌与长行文字，俱以意为主，意犹帅也。无帅之兵，谓之乌合。……烟云泉石，花鸟苔林，金铺锦帐，寓意则灵。"（《姜斋诗话》卷二）我们上面举的例②③，就足以说明这个问题，这里就不再分析了。

## 2.映衬的基本类型

根据主客体内容相近和相反的原则，映衬辞格可分为两类：一是正衬，二是反衬。下面分别叙述一下。

（1）正衬

正衬就是客体的人物或事物从正面去衬托主体的人物或事物。正衬，有的修辞著作叫"烘托""旁衬"等。诗歌中的正衬，主要有两种类型：一是人事衬托；二是景物衬托。前者如：

①驱车上东门，遥望郭北墓。

白杨何萧萧，松柏夹广路。

下有陈死人，杳杳即长暮。

潜寐黄泉下，千载永不寤。

浩浩阴阳移，年命如朝露。

人生忽如寄，寿无金石固。（古诗《驱车上东门》）（杳杳：幽暗的样子。）

②古冢狐，妖且老，化为妇人颜色好。

头变云鬟面变妆，大尾曳作长红裳。

徐徐行傍荒村路，日欲暮时人静处。

或歌或舞或悲啼，翠眉不举花钿低。

忽然一笑千万态，见者十人八九迷。

假色迷人犹若是，真色迷人应过此。（白居易《古冢狐》）

例①，"驱车上东门"起，至"千载永不寤"止，这些都是人事衬托，作者借"郭北墓"中的"陈死人"，说明生命短暂、人生如寄。因此，这首诗从"浩浩阴阳移"句以下，才是作者要表达的真意。例②，从"古冢狐"起，至"见者十人八九迷"止，都是人事衬托，为的是揭露"真色迷人"的祸害之深。

2

属于景物衬托的如：

①彼黍离离，彼稷之苗。

行迈靡靡，中心摇摇。（《诗经·王风·黍离》）

②伐柯如何？匪斧不克。

取妻如何？匪媒不得。（《诗经·豳风·伐柯》）

③蒹葭苍苍，白露为霜。

所谓伊人，在水一方。

溯洄从之，道阻且长。

溯游从之，宛在水中央。（《诗经·秦风·蒹葭》）

④前有毒蛇后猛虎，溪行尽日无村坞。

江风萧萧云拂地，山木惨惨天欲雨。

女病妻忧归意速，秋花锦石谁复数？

别家三月一得书，避地何时免愁苦？（杜甫《发阆中》）

⑤犬吠水声中，桃花带露浓。

树深时见鹿，溪午不闻钟。

野竹分青霭，飞泉挂碧峰。

无人知所去，愁倚两三松。（李白《访戴天山道士不遇》）

⑥适与野情惬，千山高复低。

好峰随处改，幽径独行迷。

霜落熊升树，林空鹿饮溪。

人家在何许？云外一声鸡。（梅尧臣《鲁山山行》）

例①②，头两句都是兴中带比，这种景物描写都是为后两句服务的。例③④，"蒹葭苍苍"等两句，"前有毒蛇后猛虎"等四句，这种景物描写都是渲染气氛的。例⑤⑥，"犬吠

水声中"等六句，"适与野情惬"等六句，这种景物描写具有暗示作用。

### （2）反衬

反衬就是用客体的人物或事物从反面去衬托主体的人物或事物。反衬如细分，也可分为两类，一是人事衬托，二是景物衬托。前者如：

①天可度，地可量，唯有人心不可防……

海底鱼兮天上鸟，高可射兮深可钓。

唯有人心相对时，咫尺之间不能料。（白居易《天可度》）

②穷阴苍苍雪雾雾，雪深没胫泥埋轮。

东家典钱归碍夜，南家赊米出凌晨。

我独何者无此弊，复帐重衾暖若春。

怕寒放懒不肯动，日高睡足方频伸。（白居易《雪中晏起偶咏所怀……》）（赊：音 shì，赊欠。）

例①，"天可度""海底鱼"等四句是衬托下文的，但意思相反。例②，"穷阴苍苍雪雾雾"等四句也是衬托下文的，意思也相反。由此可知，反衬辞格的主客体，在意思上是相反的。

反衬辞格中属于景物衬托的例子是不太多的，但是也有。如：

①烟开兰叶香风暖，岸夹桃花锦浪生。

迁客此时徒极目，长洲孤月向谁明？（李白《鹦鹉洲》）（迁客：被贬谪、流放到外地的人，这里是作者自指。）

②江碧鸟逾白，山青花欲燃。

　　今春看又过，何日是归年？（杜甫《绝句二首》其二）

　　例①，"烟开兰叶香风暖"等两句，作者以鹦鹉洲的美丽春色来反衬自己报国无门的苦闷心情。例②，"江碧鸟逾白"等两句，作者也是以山青花红、江碧鸟白的春色来反衬自己漂泊异乡的孤独之感。由例①②可知，充当客体的人物或事物与主体的人物或事物在意思上是相反的。正因为如此，反衬在烘托主题上往往比正衬来得更鲜明、更强烈，会收到更好的艺术效果。

## 3. 映衬和对比

　　映衬和对比是两种不同的修辞格式。但有时候两者也容易混淆不清，这主要表现在映衬中的反衬和对比的关系上。

　　反衬与对比的最大不同即在于反衬有主次之分，而对比则是两种不同的人物或事物进行比较，关系是并列的，没有主次之分。请比较：

　　①泪湿罗巾梦不成，夜深前殿按歌声。

　　红颜未老恩先断，斜倚薰笼坐到明。（白居易《后宫词》）

　　②桂布白似雪，吴绵软于云。

　　布重绵且厚，为裘有余温。

　　朝拥坐至暮，夜覆眠达晨。

　　谁知严冬月，支体暖如春。

　　中夕忽有念，抚裘起逡巡。

丈夫贵兼济，岂独善一身？

安得万里裘，盖裹周四垠。

稳暖皆如我，天下无寒人。（白居易《新制布裘》）

③北山有鸱，不洁其翼。

飞不正向，寝不定息。

饥则木揽，饱则泥伏。

饕餮贪污，臭腐是食。

填肠满嗉，嗜欲无极。

长鸣呼凤，谓凤无德。

凤之所趋，与子异域。

永从此诀，各自努力。（朱穆《与刘伯宗绝交诗》）

④燕昭延郭隗，遂筑黄金台。

剧辛方赵至，邹衍复齐来。

奈何青云士，弃我如尘埃。

珠玉买歌笑，糟糠养贤才。

方知黄鹤举，千里独徘徊。（李白《古风》其十五）

例①②是反衬例，例③④是对比例。例①，"泪湿罗巾梦不成"等两句，主要是写"前殿"的君主在深夜寻欢作乐，用以反衬后宫失宠宫女的哀怨和凄苦。全诗表达的重点是后两句，前两句是陪衬。例②，"桂布白似雪"等八句，是写作者自己在难熬的"严冬月"，仍然过着锦被裘袍的优裕生活，用以反衬天下"寒人"的艰难岁月。不过，应补充说明一句，作者这里并不是直接描写"寒人"生活，而是在抒发自己的"兼济"思想中暗示出来的，所以把上下诗句连起来看，例②仍属反衬例。例③，"北山有鸱"等十二句，是用来比喻刘伯

— 197 —

宗的；"凤之所趋"等四句，是作者自比。《与刘伯宗绝交诗》通过"鸱""凤"对比，暗示刘伯宗与作者在处世哲学上严重对立。这首诗前后两个形象是并列的，因此例③用的是对比辞格，而不是反衬。例④，"燕昭延郭隗"等四句，是写战国时代的燕昭王招纳贤士、广罗人才的美德，用以对比当时的"青云士"专揽朝政、践踏人才的卑劣行径。这首诗前后所表现的两种做法是对立的，而关系又是并列的，所以这里用的仍是对比辞格，而不是反衬。

掌握上述的分析方法，反衬和对比两种辞格就不难区分了。

# （十九）引用

## 1. 什么叫引用

在诗歌语言中，凡是引用历史上的典故或别的诗歌、散文作品中词语句的，都叫引用辞格。如：

①吾慕鲁仲连，谈笑却秦军。（左思《咏史》其三）
②献岁发，吾将行。（鲍照《代春日行》）
③丹青不知老将至，富贵于我如浮云。（杜甫《丹青引》）

例①，属引典。齐人鲁仲连舌战辛垣衍，使赵国采取不帝秦政策，终解邯郸之围，事见《战国策·赵策三》。例②③，属引语句。例②，"献岁发"，引自《楚辞·招魂》。原句是："献岁发春兮，汩吾南征。"引文省去"春"字。例③，"不知老将至"和"富贵于我如浮云"两句，均引自《论语·述而》。原句是："其为人也，发愤忘食，乐以忘忧，不

知老之将至云耳"，又"不义而富且贵，于我如浮云。"引文"不知老将至"一句，省去"之"字。引文"富贵于我如浮云"一句，省去"不义""而""且"诸词语。

"引用"作为一种辞格，在古代诗歌作品和散文作品中都可以用。但是，两者的作用并不相同。在散文作品里，引用是为作者论点服务的，引经据典是为了更好地阐发作者观点，达到使人乐于接受的目的。在诗歌作品里，情况不太一样。诗歌作品里的引用，并不是为了加强说明作者的论点，而是为塑造一首诗的整体形象服务。引用可以使整首诗意义的承载量加大，读后会使人产生种种联想。所以，作为辞格的引用，在诗歌语言中并不是消极的东西。古人视引用（主要指引用别的诗歌的词语句）为"蹈袭"，为"偷"，这种看法是不正确的。

## 2. 引用的基本类型

古代诗歌语言的引用，主要有两种类型：一是引用典故类；二是引用语句类。下面分别叙述一下。

### （1）引用典故类

典故往往是历史上的一段故事，原文都比较长。诗歌语言引用典故不可能引用原文，只能是将原意用新的诗句表现出来。如：

①感子漂母意，愧我非韩才。（陶渊明《乞食》）

②郢人逝矣，谁与尽言。（嵇康《赠秀才入军》其十四）

③马上少年今健否？过瓜时见雁南归。（贺铸《夜捣衣》）

例①，用"漂母饭信"典，事见《史记·淮阴侯列传》。

原事大意是：淮阴侯韩信初为"布衣"之时，因"贫而无行"，所以"不得推择为吏"，他本人又不会做买卖，只好向人乞讨，时间一长，许多人都讨厌他。正当韩信面临饥饿威胁的时候，有一个在水边漂洗衣物的老妇人搭救了他，一连数十日给他吃的。后来韩信对"漂母"说，将来一定要重重地报答她。陶渊明引用这一典故，意在说明感谢主人的馈赠留饮，但自己的才能又不能同韩信相比。例②，用"匠石斫垩"典，事见《庄子·徐无鬼》。原事大意是：一次庄子从惠子墓边经过，向从者讲一个寓言故事。故事是说有个楚国人鼻尖沾上一点儿苍蝇翅膀大的白土，让匠石用斧子把它砍掉。匠石技术高超，挥斤成风，一下子就把那一丁点儿的白土砍净了，而"郢人"更是面不改色，鼻子一点儿没受伤。后来有人让匠石再表演一次，匠石说，与他合作的"郢人"已经死了，再也找不到合作的伙伴了。庄子在惠子墓讲这个故事的用意，是说自惠子死后，他再也找不到辩论的对手了。嵇康在这首诗里引用此典，意思稍有变化：是说自其兄嵇喜"入军"之后，又有谁能同他尽言"游心太玄"那种快乐呢。例③，用"及瓜而代"典，事见《左传·庄公八年》。原事大意是：齐侯派连称、管至父两个人去葵丘戍守。两个人走的时候，正是瓜熟之时。齐侯说待来年瓜熟的时候派人接替他们。后来把任职期满，需人代替叫"瓜代"。贺铸这首词引用此典，意思是说"马上少年"已经服役期满，但无人接替，仍不能回乡与家人团聚。

由以上三例我们看出，"引用"作为一种辞格，在诗歌语言里并不是消极的东西。用得好，会使诗句增加不少生动感。

用典的根本目的是增加表现力，而不是使语言变得晦涩难懂。因此，典故应是一般人都比较熟悉的。诗歌语言是十分忌讳用生僻之典的。关于这个问题，袁枚有过生动的论述。他说："用典如水中着盐，但知盐味，不见盐质。用僻典如请生客入座，必须问名探姓，令人生厌。"（《随园诗话》卷七，引自郭绍虞辑注《续诗品注》，第 151 页，1981 年，人民文学出版社）所以上乘的引典，应当是只知"盐味"，不见"盐质"的。

**（2）引用语句类**

在古代诗歌语言里，除了引用典故外，还有另一种引用形式，就是引用别人作品的词语句。这里又有几种情况，现分述如下：

第一，引原文成句的。

引原文成句，不变动，作为新的诗句或诗句的一部分，这种情况不是太多。如：

①青青子衿，悠悠我心。

但为君故，沉吟至今。

呦呦鹿鸣，食野之苹。

我有嘉宾，鼓瑟吹笙。（曹操《短歌行》）

②燕人美兮赵女佳，其室则迩兮限层崖。（傅玄《吴楚歌》）

例①，"青青子衿，悠悠我心"是引自《诗经·郑风·子衿》的成句，"呦呦鹿鸣"等四句，是引自《诗经·小雅·鹿鸣》的成句。例②，"其室则迩"是引自《诗经·郑风·东门之墠》的成句。引用成句在宋词里也是常有的事。因为词的句子长短不齐，富于变化，是极适合引用成句的。如：

①欲知方寸，共有几许新愁，芭蕉不展丁香结。（贺铸《石州引》）

②鸳鸯相对浴红衣，短棹弄长笛。（廖世美《好事近·夕景》）

③清露晨流，新桐初引，多少游春意。（李清照《念奴娇》）

例①，"芭蕉不展丁香结"句，引自李商隐《代赠》诗，原文作："芭蕉不展丁香结，同向春风各自愁。"例②，"鸳鸯相对浴红衣"句，引自杜牧《齐安郡后池绝句》诗，原文作："尽日无人看微雨，鸳鸯相对浴红衣。"例③，"清露晨流，新桐初引"句，引自《世说新语·赏誉》，原文作："于时清露晨流，新桐初引。"

这种成句，也可以作为新的诗句的一部分。如：

④天寒山色有无中，野外一声钟起送孤篷。（周邦彦《虞美人》）

⑤惹报布帆无恙，着两行亲札。（吕渭老《好事近》）

例④，"天寒山色有无中"句，"山色有无中"是新句的一部分，引自王维《汉江临泛》诗，原文作："江流天地外，山色有无中。"例⑤，"惹报布帆无恙"句，"布帆无恙"是新句的一部分，引自《世说新语·排调》，原文作："行人安稳，布帆无恙。"

第二，基本是引原文成句的。

所谓基本是引原文成句，是说所引的原文成句要适当变换一下：或增字，或减字，或改字，或适当变换句式。

增字的，如：

①天意从来高难问，况人情老易悲难诉。（张元幹《贺新郎·送胡邦衡待制》）

②回首夕阳红尽处，应是长安。（张舜民《卖花声·题岳阳楼》）

例①，两句引自杜甫《暮春江陵送马大卿公恩命追赴阙下》诗。原文作："天意高难问，人情老易悲。"两者比较，例①多出"从来""况""难诉"等词语。例②，两句引自白居易《题岳阳楼》诗。原文作："春岸绿时连梦泽，夕阳红处近长安。"（"阳"一作"波"。）两者比较，例②多出"回首""尽""应"等词语（将"近"换"是"，为改字）。

减字的，如：

①四十无闻，斯不足畏。（陶渊明《荣木》）

②忧来如寻环，匪席不可卷。（秦嘉《留郡赠妇诗》其一）

例①，两句引自《论语·子罕》。原文作："四十五十而无闻焉，斯亦不足畏也已。"两者比较，例①少"五十""而""焉""亦""也""已"等词语。例②，"匪席不可卷"句，引自《诗经·邶风·柏舟》。原文作："我心匪席，不可卷也。"两者比较，例②少"我心""也"等词语。

改字的，如：

①我醉拍手狂欢，举杯邀月，对影成三客。（苏轼《念奴娇·中秋》）

②恨登山临水，手寄七弦桐，目送归鸿（贺铸《六州歌头》）

例①，"对影成三客"引自李白《月下独酌》诗。原文作："举杯邀明月，对影成三人。"两者比较，例①改"人"为"客"字。例②，"手寄七弦桐，目送归鸿"句，引自嵇康《赠秀才入军》诗。原文作："目送归鸿，手挥五弦。"两者比较，引文次序变动，又改"挥"为"寄"字，改"五"为"七"字，并增一"桐"字。

变换句式的，如：

①一咏一觞谁共？负平生书册。（吕渭老《好事近》）
②谩赢得青楼，薄幸名存。（秦观《满庭芳》）

例①，"一咏一觞"句，引自王羲之《兰亭集序》。原文作："一觞一咏，亦足以畅叙幽情。"两者比较，引文将原文次序作了颠倒。例②，两句引自杜牧《遣怀》诗。原文作："十年一觉扬州梦，赢得青楼薄幸名。"两者比较，引文除增"谩""存"两字外，主要是将原文分作两句。

第三，摘引原文词语的。

摘引原文词语是指古代诗歌某些作品摘引别的诗歌或散文中的词语作为本诗词语的一部分。所引的原文词语，在意义上多半要发生点儿变化。如：

①代耕非本望，所业在田桑。（陶渊明《杂诗》其八）
②与子结终始，折约在金兰。（无名氏《那呵滩》）
③寡妻群盗非今日，天下车书正一家。（杜甫《题桃树》）
④锦瑟华年谁与度？月台花榭，琐窗朱户，只有春知处。（贺铸《青玉案》）（谁与：与谁。）

例①，"代耕非本望"句，"代耕"一语引自《孟子·万章下》。原文作："下士与庶人在官者同禄，禄足以代其耕

也。""代耕"即"代其耕"之省。"代耕"原意是代替亲自耕作的意思，引文指做官。例②，"折约在金兰"句，"金兰"一语引自《周易·系辞上》。原文作："二人同心，其利断金；同心之言，其臭如兰。""金兰"原意指金属之物和兰花。引文指结交甚合，友情如金之坚，如兰之香。例③，"天下车书正一家"句，"车书"一语引自《礼记·中庸》。原文作："今天下车同轨，书同文。"这里的"车""书"都是用的本义。唐平息安史之乱以后，国家又趋于统一，所以杜甫说"天下车书正一家"。例④，"锦瑟华年谁与度"句，"锦瑟华年"一语引自李商隐《锦瑟》诗。原文作："锦瑟无端五十弦，一弦一柱思华年。"这里的"锦瑟""华年"用的也是本义，引文"锦瑟华年"是美好青春的意思。摘引原文词语例，多数只摘引原文个别词语，不包含引典的意思。但是，个别诗篇所引的原文词语也有包含引典的。这种引用，如果不知道历史故事，是不易弄清作者原意的。如：

⑤黄犬空叹息，绿珠成衅雠。（李白《古风》其十八）

例⑤，"黄犬空叹息"句，"黄犬"一词引自《史记·李斯列传》。原文作："二世二年七月，具斯五刑，论腰斩咸阳市。斯出狱，与其中子俱执，顾谓其中子曰：'吾欲与若复牵黄犬俱出上蔡东门逐狡兔，岂可得乎？'"所以后来"黄犬"就成为有罪被杀，死前有所悔恨的代名词。"绿珠成衅雠"句，"绿珠"也是用典。"绿珠"本晋富豪石崇歌妓。时司马伦宠臣孙秀欲求绿珠，不许。加上孙秀和石崇早有私怨，所以后来孙秀假司马伦之手把石崇杀掉，绿珠也跳楼身亡。事见《晋书·石崇传》，原文不再引证。

第四，只引原意，原文已重新改写的。

古代诗歌不少引文只是引用原来词句的意思，而具体词句是经过作者重新改写的。这种引用属于引用的高级形式。如：

①诗人感木瓜，乃欲答瑶琼。（秦嘉《留郡赠妇诗》其三）
②淮海变微禽，吾生独不化。（郭璞《游仙诗》其四）
③滔滔不可测，一苇讵能航？（阴铿《渡青草湖》）（讵：岂。）
④长恨此身非我有，何时忘却营营。（苏轼《临江仙·夜归临皋》）

例①，两句暗引自《诗经·卫风·木瓜》诗。原文作："投我以木瓜……报之以琼瑶。"例②，两句暗引自《国语·晋语九》。原文作："雀入于海为蛤，雉入于淮为蜃，鼋鼍鱼鳖，莫不能化，惟人不能。"例③，两句暗引自《诗经·卫风·河广》。原文作："谁谓河广，一苇杭之。"例④，两句暗引自《庄子·知北游》。原文作："汝身非汝有也，汝何得有夫道？"

以上是古代诗歌语言引用辞格基本类型的主要情况。

## 3. 引用和蹈袭

我们这里所说的"引用"，概括起来就是以下四类：引用成句的，引用半成句的，引用词语的和引用大意的。在前人的诗话作品中，多半认为头两类是"蹈袭"。"蹈袭"这个词当然不是褒义词，我们认为这种看法是不客观的。

引用，作为一种修辞格式，无论是在古代散文作品里，

还是在古代诗歌作品里都是存在的。刘勰在《文心雕龙》的《事类》和《通变》中都谈到了引用问题，看法比较客观。诗歌作品中的引用之所以容易引起误解，是因为有些人没有弄清诗歌作品的引用和散文作品的引用的区别。散文作品的引用，重在为作者的论点服务，因此引用多半忠实原文原意。而诗歌作品的引用则不然：诗歌作品的引用重在为塑造整首诗的形象服务，因而所引用的成句、半成句乃至词语或大意，都是一首诗歌的有机组成部分，并且在意义上多有变化。赵翼《陔余丛考》卷二十四有云："古今人往往有诗句相同者。《庚溪诗话》云：'唐僧诗"河分冈势断，春入烧痕青。"一僧嘲其蹈袭，云："河分冈势司空曙，春入烧痕刘长卿。不是师兄偷古句，古人诗句犯师兄。"'盖皆以剽窃为戒。"（郑子瑜《中国修辞学史稿》，第441页，1984年，上海教育出版社）其实这位"唐僧"的诗句还是很生动的，算不得什么"剽窃"。就是唐代的著名诗人，在他们的作品中也不难找到引用前人诗句而又加以翻新改造的例子。如：

①借问大将谁，恐是霍嫖姚。（杜甫《后出塞》其二）
②忽见陌头杨柳色，悔教夫婿觅封侯。（王昌龄《闺怨》）

例①，两句是套用郭璞《游仙诗》（其二）的两句诗。原文作："借问此为谁？云是鬼谷子。"杜甫在这首诗里，只是借用结构形式而已，句子内容完全是新的，两首诗的主题也不相干。例②，两句是套用李频《春闺怨》的两句诗。原文作："自怨愁容长照镜，悔教征戍觅封侯。""悔教征戍觅封侯"，按意思显然不如"悔教夫婿觅封侯"。"征戍"是指"征戍"之人。征戍之人多为普通士卒。而普通士卒想借助征戍去"觅封侯",这似乎也是不着边际的话。相比之下,王昌龄的诗句更合理些,所以说是有改造,有新意,不能认为是蹈袭。至于说到那种只引其意,不取旧诗的引用就更不能认为是蹈袭了。如:

③结绂生缠牵,弹冠去埃尘。(左思《招隐》其二)

④可笑灵均楚泽畔,离骚憔悴愁独醒。(欧阳修《啼鸟》)

⑤归来三径重扫,松竹本吾家。(叶梦得《水调歌头》)

⑥明月几时有?把酒问青天。(苏轼《水调歌头》)

例③④,均是暗引屈原《渔父》中的句子。原文作:"新沐者必弹冠,新浴者必振衣,安能以身之察察,受物之汶汶者乎?"又作:"举世皆浊我独清,众人皆醉我独醒。"例⑤,两句暗引自陶渊明的《归去来兮辞》。原文作:"三径就荒,松竹犹存。"两者比较可知,"归来三径重扫"就是"三径就荒"的意思;"松竹本吾家"就是"松竹犹存"的意思。例⑥,两句暗引自李白的《把酒问月》。原文作:"青天有月来几时?我今停杯一问之。"两者比较可知,"明月几时有"就是"青天有月来几时"的意思;"把酒问青天"就是"我今停杯一问之"的意思。这些句子正如刘勰所说:"虽引古事,而莫取旧辞"(《文心雕龙·事类》),是不能看作"蹈袭"的。

总之,纯粹的抄袭行为,我们当然是反对的。但是,修辞中的引用并不属于这种情况。刘勰说:"事类者,盖文章之外,据事以类义,援古以证今者也。"(《文心雕龙·事类》)"类义"和"证今",讲的就是引用的作用,这是应当肯定的。

# （二十）摹拟

## 1. 什么叫摹拟

摹拟就是模仿，诗歌语言中用一些象声词来模仿人、动物或其他物体所发出的各种声音的修辞方式就叫摹拟。如；

①伐木丁丁，鸟鸣嘤嘤。（《诗经·小雅·伐木》）
②坎坎伐檀兮，寘之河之干兮。（《诗经·魏风·伐檀》）
③河梁幸未坼，枝撑声窸窣。（杜甫《自京赴奉先县咏怀五百字》）（窸窣：音 xī sū，象声词，摩擦声。）
④夜听籁籁窗纸鸣，恰似铁马相磨声。（陆游《弋阳道中遇大雪》）

例①，"丁丁"是形容伐木的声音，"嘤嘤"是形容鸟叫的声音。例②，"坎坎"是形容伐檀的声音。例③，"窸窣"是形容桥动发出的声音。例④，"籁籁"是形容风吹窗纸发出的声音。

由例①—④可知，这里说的摹拟就是指用象声词直接模仿人或物发出的声音。在古代诗歌语言里，表现声音不一定都采用象声词描写的办法，也可以用比喻的形式去描写。如：

①为君发清韵，风来如叩琼。（白居易《答桐花》）
②月色满床兼满地，江声如鼓复如风。（元稹《江楼月》）

例①②，"如叩琼""如鼓""如风"，这些都是用比喻的形式来描写风声或江声，从修辞上说，用的是比喻辞格而不是摹拟辞格。有时这种比喻形式用的完全是一个句子，而不用比喻词"如"字。如：

③银瓶乍破水浆迸, 铁骑突出刀枪鸣。(白居易《琵琶行》)

例③, 上下两个诗句, 实际是由四个单句组成, 都是用来形容琵琶女弹琵琶时发出的声音。显然, 这用的也是比喻辞格而不是摹拟辞格。

诗歌语言使用摹拟辞格, 会给读者营造一种突出的音像效果, 犹如听到声音, 看到形象, 身临其境一般。这种视听效果会造成积极的心理感应, 所以刘勰说;"诗人感物, 联类不穷。"(《文心雕龙·物色》)人们的听觉和视觉都是相通的。诗歌作品通过对各种声音的描写, 很容易在读者头脑中产生出各种形象来。摹拟作为一种辞格, 在古体诗和近体诗里都常用, 我想原因即在于此吧。

## 2. 摹拟的基本类型

按摹拟辞格所摹拟的对象, 摹拟可以分为以下几种类型:

### (1) 人物类

人物类是属于摹拟人物声音的。如:

①伐木许许, 酾酒有藇。(《诗经·小雅·伐木》)(许许: 音 hǔ。酾: 音 shī, 滤酒。藇: 音 xù, 美。)

②岂知贫家儿, 呱呱瘦于鬼。(许棐《泥孩儿》)

例①, "许许"是形容人们劳动时共同发出的号子声。例②, "呱呱"是形容小孩因饥饿而发出的啼哭声。人物因感叹、惊愕而发出的声音也应包括在内。如:

③唧唧复唧唧, 木兰当户织。(无名氏《木兰诗》)

④自顾非金石, 咄唶令心悲。(曹植《赠白马王彪》)(咄

— 210 —

嗟：音 duō jiè。）

⑤俯仰生荣华，咄嗟复凋枯。（左思《咏史》其八）

⑥噫吁嚱，危乎高哉，

蜀道之难，难于上青天。（李白《蜀道难》）

例③—⑥，"唧唧""咄唶""咄嗟"都是叹息声，"噫吁嚱"是惊愕声。这一类也包括摹拟人物动作的声音。如：

⑦肃肃兔罝，椓之丁丁。（《诗经·周南·兔罝》）（罝：音 jū，捕兽的网。）

⑧施罛濊濊，鳣鲔发发。（《诗经·卫风·硕人》）（罛：音 gū，大鱼网。濊：音 huò。）

⑨二之日凿冰冲冲，三之日纳于凌阴。（《诗经·豳风·七月》）（凌阴：冰窖。）

⑩小弟闻姊来，磨刀霍霍向猪羊。（无名氏《木兰诗》）

⑪打麦打麦，彭彭魄魄。（张舜民《打麦》）

例⑦，"丁丁"是钉杙（木橛子）的声音。例⑧，"濊濊"是撒网入水的声音。例⑨，"冲冲"是凿冰的声音。例⑩，"霍霍"是磨刀的声音。例⑪，"彭彭魄魄"是打麦子的声音。

### （2）动物类

动物类是属于摹拟动物声音的。如：

①关关雎鸠，在河之洲。（《诗经·周南·关雎》）

②呦呦鹿鸣，食野之苹。（《诗经·小雅·鹿鸣》）

③喃喃教言语，一一刷毛衣。（白居易《燕诗示刘叟》）

④萧萧窗竹影，碟碟水禽声。（陆游《三月二十五夜达旦不能寐》）

例①，"关关"是雎鸠的鸣叫声。例②，"呦呦"是鹿的鸣叫声。例③，"喃喃"是燕子的鸣叫声。例④，"磔磔"是水禽的鸣叫声。摹拟动物的动作所发出的声音也该属于这一类。如：

⑤施罛濊濊，鳣鲔发发。(《诗经·卫风·硕人》)

⑥虫飞薨薨，甘与子同梦。(《诗经·齐风·鸡鸣》)

⑦跋跋黄尘下，然后别雌雄。(无名氏《折杨柳歌辞》)

⑧倾篮写地上，拨剌长尺余。(白居易《放鱼》)(写：泻。)

例⑤，"发发"是鱼落网之声。例⑥，"薨薨"是虫飞之声。例⑦，"跋跋"是马蹄踏地声。例⑧，"拨剌"是鱼跳跃声。

### (3) 器物类

器物类是属于摹拟器物声音的。如：

①将翱将翔，佩玉将将。(《诗经·郑风·有女同车》)(将：音 qiāng。)

②君子至止，鸾声哕哕。(《诗经·小雅·庭燎》)(鸾：通"銮"，车铃铛。哕：音 huì。)

③击鼓其镗，踊跃用兵。(《诗经·邶风·击鼓》)

④车班班，入河间。(无名氏《城上乌谣》)

⑤纤纤擢素手，札札弄机杼。(古诗《迢迢牵牛星》)

⑥大弦嘈嘈如急雨，小弦切切如私语。

嘈嘈切切错杂弹，大珠小珠落玉盘。(白居易《琵琶行》)

例①，"将将"是佩玉相撞之声。例②，"哕哕"是车铃之声。例③，"镗"是击鼓之声。例④，"班班"是行车之声。例⑤，"札札"是织布之声。例⑥，"嘈嘈""切切"是琵琶之声。

### （4）自然类

自然类是属于摹拟自然界声音的。如：

①河水洋洋，北流活活。（《诗经·卫风·硕人》）

②一之日觱发，二之日栗烈。（《诗经·豳风·七月》）（觱发：音 bì bō。）

③亭亭山上松，瑟瑟谷中风。（刘桢《赠从弟》）

④烈烈悲风起，泠泠涧水流。（刘琨《扶风歌》）

⑤不闻爷娘唤女声，但闻黄河流水鸣溅溅。（无名氏《木兰诗》）

⑥皇穹窃恐不照余之忠诚，雷凭凭兮欲吼怒。（李白《远别离》）

⑦雨声飕飕催早寒，胡雁翅湿高飞难。（杜甫《秋雨叹》其三）

例①，"活活"是流水之声。例②，"觱发"是大风吹物所发之声。例③，"瑟瑟"是风声。例④例⑤，"泠泠""溅溅"也是流水声。例⑥，"凭凭"是雷声。例⑦，"飕飕"是雨声。

## 3. 摹拟的变化

古代诗歌的摹拟辞格的变化主要表现为三个方面：一是象声词音节结构的变化问题，二是象声词的词形变化问题，三是摹拟辞格和它所描写对象的关系问题。下面就分别谈一谈。

### （1）象声词音节结构的变化

象声词是构成摹拟辞格的最主要的词类。古代象声词绝大部分都是双音节的，并且是同一个音节的叠用。但是，有些象声词也可以以单音节的形式出现。请比较：

①伐木丁丁，鸟鸣嘤嘤。(《诗经·小雅·伐木》)

②嘤其鸣矣，求其友声。(《诗经·小雅·伐木》)

例①②，同是形容鸟叫，一个用"嘤嘤"，一个用"嘤"。大家知道，象声词具有形容词性质，因此"嘤嘤"和"嘤"在句中充当的成分是不同的：一个是做谓语，一个是做状语。"嘤其鸣矣"，就是嘤嘤地叫起来的意思，"其"是个助词，表示前面成分是修饰或限制后面动词的。因为《诗经》主要是四言，"嘤"加"其"同样起到双音节词的作用。这种用法在后代的诗歌中也有。如：

③花深叶暗耀朝日，日暖众鸟皆嘤鸣。(欧阳修《啼鸟》)

由例③可知，这里用"嘤"不用"嘤嘤"，主要是受七言的限制。又如，同是形容击鼓的声音，一个用"坎坎"，一个用"坎"；同是形容雷声，一个用"殷殷"，一个用"殷"。请比较：

④坎坎鼓我，蹲蹲舞我。(《诗经·小雅·伐木》)(蹲蹲：音 cún，跳舞的样子。)

⑤坎其击鼓，宛丘之下。(《诗经·陈风·宛丘》)

⑥雷殷殷而响起兮，声象君之车音。(司马相如《长门赋》)

⑦殷其靁，在南山之阳。(《诗经·召南·殷其靁》)(靁：打雷。)

　　例④⑤，一个用"坎坎"，一个用"坎"，这也是由它们充当不同的句子成分所决定的。"坎坎鼓我，蹲蹲舞我"，这两句都是变序句，实际是说"我鼓坎坎，我舞蹲蹲"，因求上下句押韵而倒置。所以，"坎坎"在句中仍是谓语成分，而"坎"加"其"在句中是状语成分。例⑥⑦，同是形容雷声，一个用"殷殷"，一个用"殷"，这也是由它们充当不同句子成分所决定的。"殷殷"在句中是谓语，而"殷"加"其"，在句中做状语。由以上论述可知，象声词的音节结构同它们在诗句中充当什么样的成分是很有关系的。

### （2）象声词的词形变化

　　由于汉字本身不能直接记音，致使用于摹拟辞格的象声词的词形也是千变万化的。有些象声词本来就是一个词，由于历史或方言原因，造成了字形分歧，给我们观察问题带来不便。如：

　　①君子至止，鸾声将将（《诗经·小雅·庭燎》）
　　②肃肃仆夫征，锵锵扬和铃。（秦嘉《留郡赠妇诗》其三）

　　例①②，"将将"和"锵锵"意思一样，都是形容铃声。"将将"作"锵锵"在《诗经》中已经出现。如：

　　③四牡彭彭，八鸾锵锵。（《诗经·大雅·烝民》）（牡：公马。）

　　在《诗经》中，"将将"还写作"玱玱""鸧鸧"。如：

　　④约軝错衡，八鸾玱玱。（《诗经·小雅·采芑》）（軝：音 qí，车毂。）
　　⑤约軝错衡，八鸾鸧鸧。（《诗经·商颂·烈祖》）

例③—⑤，"锵锵""玱玱""鸧鸧"都是用来形容铃声的，而字形却不相同。又如：

①鳣鲔发发，葭菼揭揭。(《诗经·卫风·硕人》)
②今来净渌水照天，游鱼鲅鲅莲田田。(白居易《昆明春》)

例①②，"发发"就是"鲅鲅"，都是形容鱼跳跃的声音。又如：

③南山烈烈，飘风发发。(《诗经·小雅·蓼莪》)
④南山律律，飘风弗弗。(《诗经·小雅·蓼莪》)

例③④，"发发""弗弗"意思相同，都是形容刮风的声音。上古"发""弗"声母相同，都是帮母字，韵部也十分相近，一个是月部字，一个是物部字，都是入声字。

有时象声词的这种变化，其字形相去较远，但只要语音、词义还有联系，我们都可以视其为同一词的不同变化。如：

①交交黄鸟，止于棘。(《诗经·秦风·黄鸟》)
②集于灌木，其鸣喈喈(《诗经·周南·葛覃》)

例①②，"交交""喈喈"都是形容黄鸟的叫声，但字形相去较远。尽管如此，其音义的联系还是十分明显的。"交""喈"古音同属见母，只是韵部不同，一个是宵部字，一个是脂部字。"喈喈"也可以用来形容鸡叫声。如：

③风雨凄凄，鸡鸣喈喈。(《诗经·郑风·风雨》)

鸡叫声又可以用"胶胶"来形容：

④风雨潇潇，鸡鸣胶胶。(《诗经·郑风·风雨》)

例③④，"嗜"是见母脂部字，"胶"是见母幽部字，两字声母相同。另外，鸥鹑的叫声"哓哓"，凤凰的叫声"啾啾"，在音义上同"交交""嗜嗜""胶胶"也是有联系的。如：

⑤风雨所漂摇，予维音哓哓。(《诗经·豳风·鸥鹑》)

⑥凤凰鸣啾啾，一母将九雏。(无名氏《陇西行》)(将：带领。)

例⑤⑥，"哓"古音为晓母宵部字，"啾"是精母幽部字。到后来，这类词所描写的对象发生了很大的变化：由禽类转到兽类、畜类，如马鸣叫"啾啾"，猿鸣叫"嗷嗷"等。但它们的音义仍同前面提到那些词有联系，如：

⑦嗷嗷夜猿鸣，溶溶晨雾合。(沈约《石塘濑听猿》)

⑧不闻爷娘唤女声，但闻燕山胡骑鸣啾啾。(无名氏《木兰诗》)

例⑦⑧，"嗷"古音为见母宵部，"啾"为精母幽部。

总之，古代有些象声词，其音义虽有联系，但字形变化较大，我们应当突破字形的限制，从音义角度去考虑，这样才能更好地掌握、运用摹拟辞格。

**（3）摹拟辞格和它所描写对象的关系**

摹拟辞格用什么声音去描写什么对象，其关系并非是绝对的。具体说，我们应当注意以下三个问题。

第一，同一对象可以用同一象声词去描写。

用什么象声词去描写什么对象，对某些象声词来说也有一定的稳定性。如：

①呦呦鹿鸣，食野之苹。(《诗经·小雅·鹿鸣》)

②呦呦山头鹿，毛角自媚好。（陆游《山头鹿》）

例①②，"呦呦"都是形容鹿叫声。又如"嗷嗷"最初是用来形容大雁的哀鸣声。如：

③鸿雁于飞，哀鸣嗷嗷。（《诗经·小雅·鸿雁》）

④披轩临前庭，嗷嗷晨雁翔。（左思《杂诗》）

到后来"嗷嗷"这个词也可以用来描写人的哀号。如：

⑤万方哀嗷嗷，十载供军食。（杜甫《送韦讽上阆州录事参军》）

⑥索钱多门户，丧乱纷嗷嗷。（杜甫《遣遇》）

又如"哑哑"这个词也常用来形容乌鸦的叫声。如：

⑦黄云城边乌欲栖，归飞哑哑枝上啼。（李白《乌夜啼》）

⑧慈乌失其母，哑哑吐哀音。（白居易《慈乌夜啼》）

这些都说明象声词具有一定的稳定性。

第二，同一象声词也可以描写不同的对象。如：

①河水洋洋，北流活活。（《诗经·卫风·硕人》）（活：音 guō。）

②所向泥活活，思君令人瘦。（杜甫《九日寄岑参》）

例①②，同是"活活"，一个是形容流水声，一个是形容在泥泞的路上行走时发出的声音。又如：

③鸿雁于飞，肃肃其羽。（《诗经·小雅·鸿雁》）

④秋风肃肃晨风飔，东方须臾高知之。（无名氏《有所思》）（晨风：鸟名。飔：迅疾。）

例③④，同是"肃肃"，一个是形容鸟羽声，一个是形容秋风声。又如：

⑤飞鸟绕树翔，嗷嗷鸣索群。（曹植《杂诗》其三）（嗷：音 jiào。）

⑥乃悟羡门子，噭噭今自嗤。（阮籍《咏怀》其十五）

例⑤⑥，同一个"噭噭"，一个是形容鸟哀鸣声，一个是形容人笑声。又如：

⑦座中有一远方士，唧唧咨咨声不已。（白居易《五弦弹》）

⑧暗虫唧唧夜绵绵，况是秋阴欲雨天。（白居易《闻虫》）

⑨虫鸣催岁寒，唧唧机杼声。（欧阳修《虫鸣》）

例⑦—⑨，同是一个"唧唧"，一个是形容叹息声，一个是形容虫鸣声，一个是形容机杼声。又如：

⑩江草日日唤愁生，巫峡泠泠非世情。（杜甫《愁》）

⑪泠泠声满耳，郑卫不足听。（白居易《答桐花》）

例⑩⑪，同一个"泠泠"，一个是形容江水声，一个是形容乐器声。类似的例子还有许多，就不一一列举了。

第三，同一个对象也可以用不同象声词去描写。如：

①喓喓草虫，趯趯阜螽。（《诗经·召南·草虫》）

②草虫咿咿鸣复咽，一秋雨多水满辙。（张耒《海州道中》其二）

例①②，同是草虫鸣叫，一个用"喓喓"去描写，一个用"咿咿"去描写。又如：

③风雨凄凄，鸡鸣喈喈。(《诗经·郑风·风雨》)
④喔喔十四雏，罩缚同一樊。(白居易《赎鸡》)

例③④，同是鸡鸣声，一个用"喈喈"去描写，一个用"喔喔"去描写。又如：

⑤大车槛槛，毳衣如菼。(《诗经·王风·大车》)
⑥隐隐何甸甸，俱会大道口。(无名氏《焦仲卿妻》)
⑦齐纨鲁缟车班班，男耕女桑不相失。(杜甫《忆昔》其二)
⑧牛车辚辚载宝货，磊落照市人争传。(陆游《估客乐》)

例⑤—⑧，同是车声，可以用"槛槛""隐隐""甸甸""班班""辚辚"这些不同的象声词去描写。

以上就是我们掌握摹拟辞格时应特别注意的几个问题。

# （二十一）音律

## 1. 什么叫音律

作为一种修辞格式，这里讲的音律是一个比较宽泛的概念。什么叫音律？所谓音律就是指通过字的声韵调的协调和变化借以增强诗歌语言音乐美的一种修辞手段。如：

①爱而不见，搔首踟蹰。(《诗经·邶风·静女》)
②羌灵魂之欲归兮，何须臾而忘反？(《楚辞·九章·哀郢》)(羌：句首语气词。)
③驱马悠悠，言至于漕。(《诗经·鄘风·载驰》)
④采采芣苢，薄言采之。(《诗经·周南·芣苢》)(芣苢：

车前子。）

⑤秋来相顾尚飘蓬，未就丹砂愧葛洪。

痛饮狂歌空度日，飞扬跋扈为谁雄。（杜甫《赠李白》）

例①，"踟蹰"两字古代声母相同，此为双声。例②，"须臾"两字古代韵部相同，此为叠韵。例③，"悠悠"是一个词，由同一个音节重叠构成，此为叠音。例④，"采采"也是一个词，意思是茂盛的样子。例⑤，《赠李白》为七言绝句，整首诗每个字的平仄都有一定的格式。这首诗的标准平仄格式是属于首句入韵的平起平收式。验证可知，全诗共二十八个字，仅一个"相"字平仄不合，但此处按律诗要求可平可仄。由例①—⑤可知，字的双声、叠韵、叠音等都是为了求得音节的和谐与变化。字的声调（平仄）的调配是为了使诗歌语言形成更为鲜明的节奏。如果说旋律、节奏与和声是音乐表现力的三大要素的话，那么鲜明的节奏和字音的和谐，对诗歌语言来说恐怕是最重要的了。诗的语言有音乐美，这正是诗歌语言区别于散文语言的关键所在。诗的音乐性除了上面提到的双声字、叠韵字、叠音字和字的叠用而外，就是由字的平仄所形成的节奏和句末的用韵了。如：

⑥绿蚁新醅酒，红泥小火炉。

晚来天欲雪，能饮一杯无？（白居易《问刘十九》）

例⑥，这是一首写得相当洒脱，富有情味的好诗。刘十九是诗人贬到江州后结识的好友，具体身世不详。《问刘十九》是五言绝句，全诗仅二十个字，但诗中所蕴含的淳朴情意却深深地打动了读者的心。首句写诗人准备好了新酿制的米酒。新酒初成，还未经过滤，浮糟漂在上面如蚁，诗人无拘无束，拿这样的酒款待好友，其深情厚谊可想而知。二句是点明季节，小火炉烧得正红，这正是两位挚友痛饮一场的绝好机会。三句是接着二句写的，点明了具体时间，写出了邀请朋友开怀对饮的客观条件。黄昏降临，寒气阵阵，一场风雪即将来临，在这种情况下，自然要引起人们对酒的渴望。四句是直接写出了诗人对朋友的盛情邀请。"能饮一杯无"，全诗以疑问句来收尾，语气显得十分含蓄和委婉，没有半点强人所难的意思，但是隐藏在诗人心中的真情却溢于言表。现在我们要说的是，如果这首小诗缺乏节奏和用韵，那诗味也就没了。全诗从平仄类型上看，是属于首句不入韵的仄起仄收式。具体格式是：仄仄平平仄，平平仄仄平。平平平仄仄，仄仄仄平平。验证可知，全诗仅第三句"晚"字和第四句"能"字平仄不合，但按格律要求，这两处均可平可仄。一般说来，近体诗的两个平声字和两个仄声字是交替出现的，这样就形成了节奏，而这样的节奏一般又与意义单位是一致的，所以读起来朗朗上口，十分惬意。再说这首诗的用韵。这首诗首句没有入韵，全诗韵脚字只有两处，一个是"炉"字，一个是"无"字。从诗韵角度来说，白居易这里用韵较宽。诗人在这里不拘一格，正是大手笔所在。

由以上分析可以看出，音律作为一种修辞手段或表现形式，其修辞作用是十分明显的。刘勰说："标情务远，比音则近""声得盐梅，响滑榆槿"。(《文心雕龙·声律》)刘勰的意思是说，诗文抒写情志应力求深远，只要音律配合得当就很容易做到这一点。诗文有了声律，就好比烹调中有了食盐和

酸梅等调味品一样，变得有滋有味了；也好比粥汤中有了榆槿树皮一样，变得更加滑润了。我想，刘勰的比喻是足以说明问题的。

## 2. 音律的基本类型

### （1）双声

双声就是两个字的声母相同。如：

①一之日觱发，二之日栗烈。(《诗经·豳风·七月》)
②佩缤纷其繁饰兮，芳菲菲其弥章。(《楚辞·离骚》)
③无为守穷贱，轗轲长苦辛。(古诗《今日良宴会》)
④顾看空室中，仿佛想姿形。(秦嘉《留郡赠妇诗》其三)

例①—④，"觱发"为双声，音 bì bō，两字同属帮母字；"栗烈"为双声，两字同属来母字；"轗轲"为双声，两字同属溪母字；"仿佛"为双声，两字同属滂母字。

说到双声字，辨别它们是否为双声，是以古代语音为根据的。有些字按今音并非是双声，但古代是，如例①的"觱发"，例②的"缤纷"就是这样。又如：

⑤乘骐骥以驰骋兮，来吾导夫先路。(《楚辞·离骚》)
⑥时不可兮再得，聊逍遥兮容与。(《楚辞·九歌·湘君》)

例⑤，"驰骋"今音为双声，但古代不是，"驰"为定母字，"骋"为透母字，读音只是十分接近而已。例⑥"容与"今音不是双声，古代却是，两字同属喻母字。

从词类角度来看，诗歌中的双声字多数为状态形容词，其次是名词，动词最少。如属于状态形容词的有：

①参差荇菜，左右流之。(《诗经·周南·关雎》)

②憎愠惀之修美兮，好夫人之慷慨。(《楚辞·九章·哀郢》)

③繁华有憔悴，堂上生荆杞。(阮籍《咏怀》其三)

④见说蚕丛路，崎岖不易行。(李白《送友人入蜀》)(见说：听说。蚕丛路：入蜀的道路。)

⑤元气淋漓障犹湿，真宰上诉天应泣。(杜甫《奉先刘少府新画山水障歌》)

⑥含情凝睇谢君王，一别音容两渺茫。(白居易《长恨歌》)

例①—⑥，"参差"两字同属初母字；"慷慨"两字同属溪母字；"憔悴"两字同属从母字；"崎岖"两字同属溪母字；"淋漓"两字同属来母字；"渺茫"两字同属明母字。属于名词的如：

①螮蝀在东，莫之敢指。(《诗经·鄘风·螮蝀》)(螮蝀：音 dì dōng，虹。)

②抚长剑兮玉珥，璆锵鸣兮琳琅。(《楚辞·九歌·东皇太一》)(琳琅：美玉名。)

③黄鹄游四海，中路将安归？(阮籍《咏怀》其八)

④洞庭张乐地，潇湘帝子游。(谢朓《新亭渚别范零陵》)

⑤蟾蜍蚀圆影，大明夜已残。(李白《古朗月行》)

⑥寻声暗问弹者谁？琵琶声停欲语迟。(白居易《琵琶行》)

例①—⑥，"螮蝀"两字同属端母字；"琳琅"两字同属来母字；"黄鹄"两字同属匣母字；"潇湘"两字同属心母字；

"蟾蜍"两字同属禅母字；"琵琶"两字同属並母字。属于动词的如：

①余虽好修姱以鞿羁兮，謇朝谇而夕替。(《楚辞·离骚》)（鞿羁：名词用作动词，指被约束。谇：音suì，谏。替：废。)

②荡涤放情志，何为自结束？（古诗《东城高且长》)

③邻人满墙头，感叹亦歔欷。（杜甫《羌村三首》其一)

例①—③，"鞿羁"两字同属见母字；"荡涤"两字同属定母字；"歔欷"两字同属晓母字。

以上是双声字情况。

**（2）叠韵**

叠韵就是两个字的韵母相同。在上古时代，两个字的韵部相同即为叠韵。如：

①舒窈纠兮，劳心悄兮。(《诗经·陈风·月出》)（窈纠：体态轻盈优美的样子。)

②春日载阳，有鸣仓庚。(《诗经·豳风·七月》)（仓庚：黄莺。)

③心婵媛而伤怀兮，眇不知其所蹠。(《楚辞·九章·哀郢》)（蹠：音zhí，同"跖"，踏，踩。)

④灵连蜷兮既留，烂昭昭兮未央。(《楚辞·九歌·云中君》)（连蜷：宛转徘徊的样子。)

例①—④，"窈纠"两字同属幽部字；"仓庚"两字同属阳部字；"婵媛"两字同属元部字；"连蜷"两字也同属元部字。

如同辨认双声字一样，辨认叠韵字也是以古代语音为根

据的。有些字今音是叠韵字，古代却不是。如：

①桑之未落，其叶沃若。(《诗经·卫风·氓》)(沃若：润泽的样子。)

②采薜荔兮水中，搴芙蓉兮木末。(《楚辞·九歌·湘君》)(搴：音 qiān，摘取。)

③雄虺九首，倏忽焉在?(《楚辞·天问》)(倏忽：形容时间短暂。)

例①—③，"沃若"两字一个是药部字，一个是铎部字；"薜荔"两字一个是支部字，一个是脂部字；"倏忽"两字一个是觉部字，一个是物部字。这种情况在两汉以后的诗歌中也是存在的。如：

④生事本澜漫，何用独精坚? (鲍照《拟古八首》其四)

⑤孟夏草木长，绕屋树扶疏。(陶渊明《读山海经》)

⑥江上小堂巢翡翠，苑边高冢卧麒麟。(杜甫《曲江二首》其一)

⑦是何意态雄且杰，骏尾萧梢朔风起。(杜甫《天育骠骑歌》)(萧梢：萧条，凄凉。)

⑧赵叟抱五弦，宛转当胸抚。(白居易《五弦》)

例④—⑧，"澜漫"两字是一个上平声十四寒韵，一个是去声十五翰韵；"扶疏"两字一个是上平声七虞韵，一个是上平声六鱼韵；"翡翠"两字一个是去声五未韵，一个是去声四寘韵；"萧梢"两字一个是上平声二萧韵，一个是上平声三肴韵；"宛转"两字一个是上声十三阮韵，一个是上声十六铣韵。像这种情况，严格地说，都不能算是叠韵字，至多当作"准叠韵

字"。

同双声字一样，古代诗歌中的叠韵字大部分也是状态形容词。除此而外，有一部分是属于名词和动词的，但为数较少。属于状态形容词的例子如：

①窈窕淑女，君子好逑。(《诗经·周南·关雎》)(逑：配偶。)

②苟余情其信姱以练要兮，长顑颔亦何伤？(《楚辞·离骚》)(顑颔：音 kǎn hàn，面黄肌瘦的样子。)

③带长铗之陆离兮，冠切云之崔嵬。(《楚辞·九章·涉江》)

④路远莫致倚逍遥，何为怀忧心烦劳？(张衡《四愁诗》)

⑤婀娜随风转，金车玉作轮。(无名氏《焦仲卿妻》)

⑥明月出天山，苍茫云海间。(李白《关山月》)

例①—⑥，"窈窕"两字，一属幽部，一属宵部，语音相近；"顑颔"两字同属侵部字；"崔嵬"两字同属微部字；"逍遥"两字同属宵部字；"婀娜"两字同属歌部字；"苍茫"两字同属下平声七阳韵字。属于名词、动词的例子如：

①燕婉之求，蘧篨不鲜。(《诗经·邶风·新台》)(蘧篨：音 qú chú，喻指鸡胸者。)

②万里桥西一草堂，百花潭水即沧浪。(杜甫《狂夫》)(沧浪：水名。)

③枭骑战斗死，驽马徘徊鸣。(无名氏《战城南》)

④双珠玳瑁簪，用玉绍缭之。(无名氏《有所思》)

⑤彷徨忽已久，白露沾我裳。(曹丕《杂诗》其一)

⑥孤魂游穷暮，飘飘安所依？（孔融《杂诗》其二）

例①—⑥，"篷篼"两字同属鱼部，"篷篼"是名词；"沧浪"两字同属下平声七阳韵字，"沧浪"是名词；"徘徊"两字同属微部，"徘徊"是动词；"绍缭"两字同属宵部，"绍缭"是动词；"彷徨"两字同属下平声七阳韵字，"彷徨"是动词；"飘飘"两字同属宵部，"飘飘"是动词。古代诗歌的叠韵字有个别用例属于副词者。如：

⑦羌灵魂之欲归兮，何须臾而忘反？（《楚辞·九章·哀郢》）

例⑦，"须臾"两字同属侯部，"须臾"是副词。

以上是叠韵字的基本情况。古代诗歌语言中有少数字是双声兼叠韵者，如"辗转"之类，因为这类例子不是很多，我们就不专门立类来谈了。

### （3）叠音

叠音就是指单纯词内的叠音词。古代诗歌，尤其是《诗经》中，使用了大量的叠音词。叠音词实际是特殊形式的双声叠韵。叠音的使用，对增强诗歌语言的音乐美、表现力起到了很好的作用。如：

①出自北门，忧心殷殷。（《诗经·邶风·北门》）
②揽茹蕙以掩涕兮，沾余襟之浪浪。（《楚辞·离骚》）（掩：拭。浪浪：泪流不止的样子。）
③天上何所有？历历种白榆。（无名氏《陇西行》）
④北上太行山，艰哉何巍巍。（曹操《苦寒行》）
⑤峨峨高山首，悠悠万里道。（徐幹《室思》）

⑥蔼蔼堂前林，中夏贮清阴。（陶渊明《和郭主簿》）（蔼蔼：茂盛的样子。）

⑦亭亭凤凰台，北对西康州。（杜甫《凤凰台》）（亭亭：高耸的样子。）

⑧月没江沉沉，西楼殊未晓。（白居易《西楼夜》）

从词类角度来看，叠音词大部分是两类词，一是状态形容词，二是象声词。象声词实际上也具有形容词性质。属于状态形容词的例子如：

①翘翘错薪，言刈其楚。（《诗经·周南·汉广》）（翘翘：众多的样子。刈：音 yì，割取。）

②肃肃宵征，夙夜在公。（《诗经·召南·小星》）（肃肃：迅疾的样子。）

③抑志而弭节兮，神高驰之邈邈。（《楚辞·离骚》）

④帝子降兮北渚，目眇眇兮愁予。（《楚辞·九歌·湘夫人》）（眇眇：眯眼远望的样子。）

⑤柔条纷冉冉，落叶何翩翩。（曹植《美女篇》）（冉冉：柔软下垂的样子。）

⑥峨峨高门内，蔼蔼皆王侯。（左思《咏史八首》其五）（蔼蔼：众多的样子。）

⑦俄顷风定云墨色，秋天漠漠向昏黑。（杜甫《茅屋为秋风所破歌》）（漠漠：阴沉迷蒙的样子。）

⑧柔蔓不自胜，袅袅挂空虚。（白居易《紫藤》）（袅袅：音 niǎo，轻轻摇曳的样子。）

这类叠音词还可以加在另一个形容词的后面，变成一个近乎形尾的成分。但是，从修辞角度来说，给诗歌语言带来

的音乐美仍是十分明显的。如：

①佩缤纷其繁饰兮，芳菲菲其弥章。(《楚辞·离骚》)

②忠湛湛而愿进兮，妒被离而鄣之。(《楚辞·九章·哀郢》)(湛湛：深厚的样子。)

③杳冥冥兮羌昼晦，东风飘兮神灵雨。(《楚辞·九歌·山鬼》)

④纷总总兮九州，何寿夭兮在予。(《楚辞·九歌·大司命》)(夭：短命。)

⑤还顾望旧乡，长路漫浩浩。(古诗《涉江采芙蓉》)

⑥远树暧阡阡，生烟纷漠漠。(谢朓《游东田》)

⑦鸟雀夜各归，中原杳茫茫。(杜甫《成都府》)

⑧秋花紫蒙蒙，秋蝶黄茸茸。(白居易《秋蝶》)

叠音词的另一类就是象声词。如：

①雝雝鸣雁，旭日始旦。(《诗经·邶风·匏有苦叶》)(雝雝：雁和鸣声。)

②曀曀其阴，虺虺其雷。(《诗经·邶风·终风》)(虺虺：音 huǐ，雷将发而未震之声。)

③风飒飒兮木萧萧，思公子兮徒离忧。(《楚辞·九歌·山鬼》)(离：通"罹"，遭受。)

④雷填填兮雨冥冥，猿啾啾兮狖夜鸣。(《楚辞·九歌·山鬼》)

⑤荒草何茫茫，白杨亦萧萧。(陶渊明《拟挽歌辞》)

⑥朱光蔼蔼云英英，离禽喈喈又晨鸣。(谢庄《怀园引》)

⑦新鬼烦冤旧鬼哭，天阴雨湿声啾啾。(杜甫《兵车行》)

⑧四儿日夜长，索食声孜孜。(白居易《燕诗示刘叟》)

以上是叠音词的基本情况。

## （4）叠字

叠字这里指的是词的重叠。如：

①燕燕于飞，差池其羽。（《诗经·邶风·燕燕》）（差池：不齐的样子。）

②明明暗暗，惟时何为？（《楚辞·天问》）

③花花自相对，叶叶自相当。（宋子侯《董娇饶》）

④行行重行行，与君生别离。（古诗《行行重行行》）

⑤秋天高高秋光清，秋风飕飕秋虫鸣。（白居易《秋日与张宾客舒著作同游龙门……》）

辨认词的重叠要注意两个问题：一是名词重叠与叠音名词的区分问题；二是形容词重叠与叠音形容词的区分问题。叠音名词是一个词，是同一个音节的重复。如：

①周周尚衔羽，蛩蛩亦念饥。（阮籍《咏怀》其八）（蛩：音 gǒng。）

②向晚猩猩啼，空悲远游子。（李白《清溪行》）

例①，周周，传说中的鸟名；蛩蛩，传说中的兽名。例②，猩猩，兽名。叠音形容词也是一个词，其词素单拿出来也是有意义的。如：

③青青河畔草，绵绵思远道。（无名氏《饮马长城窟行》）

④明月何皎皎，照我罗床帏。（古诗《明月何皎皎》）

例③④，"绵""皎"作为一个词，是可以单用的。但是，在"绵绵""皎皎"里它们只是一个词素，"绵绵""皎皎"是一个词，不是形容词的重叠。

从词类角度来看，古代诗歌中的词的重叠主要有名词、动词、形容词、数词和量词五类。名词重叠的如：

①燕燕于飞，下上其音。(《诗经·邶风·燕燕》)
②枝枝相覆盖，叶叶相交通。(无名氏《焦仲卿妻》)
③陶令日日醉，不知五柳春。(李白《戏赠郑溧阳》)
④山山白鹭满，涧涧白猿吟。(李白《秋浦歌》其十)
⑤家家习为俗，人人迷不悟。(白居易《买花》)
⑥骊宫高处入青云，仙乐风飘处处闻。(白居易《长恨歌》)

动词重叠的如：

①去去莫复道，沉忧令人老。(曹植《杂诗》其二)
②鸿飞从万里，飞飞河岱起。(谢庄《怀园引》)
③田家望望惜雨干，布谷处处催春种。(杜甫《洗兵马》)
④功成惠养随所致，飘飘远自流沙至。(杜甫《高都护骢马行》)(所致：所托身的主人。)

形容词重叠的如：

①云青青兮欲雨，水澹澹兮生烟。(李白《梦游天姥吟留别》)(澹澹：音 dàn，水波动荡的样子。)
②行冲薄薄轻轻雾，看放重重叠叠山。(范成大《早发竹下》)
③黄帽传呼睡不成，投篙细细激流冰。(姜夔《除夜自石湖归苕溪》)(黄帽：指船夫。)
④苑墙曲曲柳冥冥，人静山空见一灯。(姜夔《湖上寓居杂咏》)

数量词重叠的如：

①千千石楠树，万万女贞林。(李白《秋浦歌》其十)

②漠漠尘中槐，两两夹康庄。（白居易《和松树》）

③燕山雪花大如席，片片吹落轩辕台。（李白《北风行》）

④乌几重重缚，鹑衣寸寸针。（杜甫《风疾舟中伏枕书怀三十六韵奉呈湖南亲友》）（鹑衣：喻指破烂衣服。）

以上是叠字的基本情况。

### （5）平仄

汉语是有声调的语言。上古汉语和中古汉语都有四个声调，这就是平上去入。把汉语四声有意应用到诗歌创作中后所形成的平仄概念是对汉语声调的一种分类而已。"平"就是平声，"仄"就是上去入三声。这种分类应当是以调值的不同为基础的，只是我们今人已无法确定古代的调值。从修辞角度来看，平仄是古代诗歌格律最重要的内容之一，是形成诗歌语言和谐美、节奏感的重要手段。因此，我们讲古代诗歌语言的音乐美是不能不讲平仄问题的。

古代诗体有古体诗和近体诗之分。一般说来，古体诗是不讲究平仄的，而近体诗不但要讲，而且讲得很严格。平仄调配对近体诗来说不仅是修辞上的需要，而且是诗体构成的重要条件之一。近体诗的平仄格式，七律、五律、七绝、五绝各有四种，一共是十六种。七律的四种格式是平声开头的平起平收式（平平仄仄仄平平）和平起仄收式（平平仄仄平平仄），仄声开头的仄起平收式（仄仄平平仄仄平）和仄起仄收式（仄仄平平平仄仄）。五律的四种格式是仄声开头的仄起平收式（仄仄仄平平）和仄起仄收式（仄仄平平仄），平声开头的平起平收式（平平仄仄平）和平起仄收式（平平平仄仄）。七绝的四种格式是平声开头的平起平收式（平平仄仄仄平平）和平起仄收式（平平仄仄平平仄），仄声开头的是仄起平收式（仄仄平平仄仄平）和仄起仄收式（仄仄平平平仄仄）。五绝的四种格式是仄声开头的仄起平收式（仄仄仄平平）和仄起仄收式（仄仄平平仄），平声开头的平起平收式（平平仄仄平）和平起仄收式（平平平仄仄）。这十六种格式看起来很复杂，实际倒也简单，关键是要掌握规律。我们这里仅以七律四种平仄格式来说明一下（平仄类型中的画圈处表示可平可仄）。如：

| 类型 | 例诗 |
|---|---|
| **平起平收式** | **江村　杜甫** |
| 平平仄仄仄平平 | 清江一曲抱村流， |
| 仄仄平平仄仄平 | 长夏江村事事幽。 |
| 仄仄平平平仄仄 | 自去自来堂上燕， |
| 平平仄仄仄平平 | 相亲相近水中鸥。 |
| 平平仄仄平平仄 | 老妻画纸为棋局， |
| 仄仄平平仄仄平 | 稚子敲针作钓钩。 |
| 仄仄平平平仄仄 | 但有故人供禄米， |
| 平平仄仄仄平平 | 微躯此外更何求？ |
| **平起仄收式** | **客至　杜甫** |
| 平平仄仄平平仄 | 舍南舍北皆春水， |
| 仄仄平平仄仄平 | 但见群鸥日日来。 |
| 仄仄平平平仄仄 | 花径不曾缘客扫， |
| 平平仄仄仄平平 | 蓬门今始为君开。 |
| 平平仄仄平平仄 | 盘飧市远无兼味， |
| 仄仄平平仄仄平 | 樽酒家贫只旧醅。 |

仄仄平平平仄仄　　肯与邻翁相对饮，
平平仄仄仄平平　　隔篱呼取尽余杯。

## 仄起平收式　　无题　李商隐

仄仄平平仄仄平　　昨夜星辰昨夜风，
平平仄仄仄平平　　画楼西畔桂堂东。
平平仄仄平平仄　　身无彩凤双飞翼，
仄仄平平仄仄平　　心有灵犀一点通。
仄仄平平平仄仄　　隔座送钩春酒暖，
平平仄仄仄平平　　分曹射覆蜡灯红。
平平仄仄平平仄　　嗟余听鼓应官去，
仄仄平平仄仄平　　走马兰台类转蓬。

## 仄起仄收式　　曲江　李商隐

仄仄平平平仄仄　　望断平时翠辇过，
平平仄仄仄平平　　空闻子夜鬼悲歌。
平平仄仄平平仄　　金舆不返倾城色，
仄仄平平仄仄平　　玉殿犹分下苑波。
仄仄平平平仄仄　　死忆华亭闻唳鹤，
平平仄仄仄平平　　老忧王室泣铜驼。
平平仄仄平平仄　　天荒地变心虽折，
仄仄平平仄仄平　　若比伤春意未多。

　　假定七律的四种平仄格式分别用七律 A、七律 a 、七律 B、七律 b 来代替，那么我们就可以以七律的平仄格式为基础推导出五律 A、五律 a 、五律 B、五律 b 以及七绝 A、七绝 a 、七绝 B、七绝 b、五绝 A、五绝 a 、五绝 B、五绝 b 等格式来。现仅以七律 A 为例来说明一下。七律 A 可作成下图：

```
      1 2 3 4 5 6 7
  1 ┌──────┬──────────┐
  2 │      │          │
  3 │  ①   │    ②     │
  4 │      │          │
  5 ├──────┼──────────┤
  6 │      │          │
  7 │  ③   │    ④     │
  8 └──────┴──────────┘
```

上图横排数字代表诗行的字数，竖排数字代表全诗的行数。这样，我们就可以说七律A的平仄公式是：七律A=①②③④。由此可推导出：五律A=②④，七绝A=①②，五绝A=②。其余各种平仄类型都可以照此去推导而不必死记硬背。

诗句讲究平仄所带来的直接修辞效果就是诗的语言变得和谐悦耳、节奏鲜明。有人认为近体诗句平仄有规律地交替和重复对诗句节奏的形成作用不大，这种看法是欠妥的。我们仍以七律为例来说明一下。七律是每句七言，全诗八行，共计五十六个字。七字句的节奏点一般是第二个字、第四个字和第七个字或者是第四个字和第七个字。这样便形成了二二三或四三的音步（节奏）。这样的音步同平仄交替出现的规律一般说来也是吻合的。值得注意的是，这种节奏和诗句的意义单位也往往是一致的，因此我们读起来就会感到音调抑扬顿挫、节奏明快。下面以《客至》为例，请比较：

| 平平／仄仄／平平仄 | 仄仄／平平／仄仄平 |
|---|---|
| 舍南／舍北／皆春水， | 但见／群鸥／日日来。 |
| 仄仄／平平／平仄仄 | 平平／仄仄／仄平平 |
| 花径／不曾／缘客扫， | 蓬门／今始／为君开。 |

平平／仄仄／平平仄　　仄仄／平平／仄仄平

盘飧／市远／无兼味，　樽酒／家贫／只旧醅。

仄仄／平平／平仄仄　　平平／仄仄／仄平平

肯与／邻翁／相对饮，　隔篱／呼取／尽余杯。

验证可知，《客至》一诗中仅"舍""花""不""今""樽""隔""呼"七字平仄不合，但这些地方都是可平可仄的。王力先生说："意义单位常常是和声律单位结合得很好的。所谓意义单位，一般地说就是一个词（包括复音词）、一个词组、一个介词结构（介词及其宾语）或一个句子形式；所谓声律单位，就是节奏。就多数情况来说，二者在诗句中是一致的。"（《诗词格律》，第118页，1977年，中华书局）由此我们不难看出，律诗或绝句的一句之内平仄交替出现或出句与对句的平仄相反都是为了造成一种节奏感，而对句与出句的平仄相同又是为了造成一种和谐美。不论是节奏感，还是和谐美，都是诗句借助平仄调配规律而获得的。因此我们说诗句的平仄调配规律是造成古代诗歌语言音乐美的重要手段。

**（6）押韵**

诗歌是讲究押韵的。押韵是诗歌语言的表现形式，也是构成诗歌语言音乐美的一个重要手段。押韵就是指相邻或相间的诗句末尾用韵母相同或相近的字。这押韵的字就叫韵脚字。韵脚字实际是叠韵字的另一种使用形式。因此，诗歌有了这些韵脚字，我们读起来就铿锵和鸣，朗朗上口，那种因音调和谐而带来的悦耳的音乐美感是妙不可言的。如：

①蒹葭萋萋，白露未晞。

所谓伊人，在水之湄。

溯洄从之，道阻且跻。

溯游从之，宛在水中坻。（《诗经·秦风·蒹葭》）

②剑外忽闻收蓟北，初闻涕泪满衣裳。

却看妻子愁何在，漫卷诗书喜欲狂。

白日放歌须纵酒，青春作伴好还乡。

即从巴峡穿巫峡，便下襄阳向洛阳。（杜甫《闻官军收河南河北》）

例①，《秦风·蒹葭》是一首写追求恋人的情诗，全诗分三章，均由秋景起兴，气氛悲凉，这与诗中主人公求恋人而不得的心境是一致的。例①所引是原诗第二章，这里"萋""晞""湄""跻""坻"都是韵脚字。这五个韵脚字，除"晞"字是微部字外，其余全是脂部字。从全章来看，这里用的是脂微合韵。根据王力先生的拟音，"萋"是脂部开口四等字，韵母拟音为〔iei〕，"晞"是微部开口三等字，韵母拟音为〔ǐəi〕，"湄"是脂部开口三等字，韵母拟音为〔ǐei〕，"跻"是脂部开口四等字，韵母拟音为〔iei〕，"坻"是脂部开口三等字，韵母拟音为〔ǐei〕。（本书拟音一律本王力《汉语语音史》，1985年，中国社会科学出版社）由王先生的拟音可以看出，脂部字的主要元音是〔e〕，微部字的主要元音是〔ə〕，而且二者韵尾又都是以〔i〕收尾。由音理可知，这样一种读音，由于主要元音开口度不是很大，韵尾元音的开口度更小，所以读起来不是很响亮。声情是相通的，因而这种读音很适合表现凄凉、悲伤的情感。相反，例②杜甫的《闻官军收河南河北》用的

全是阳韵字。《闻官军收河南河北》一诗写于唐代宗广德元年（763）春天。当时叛军史思明之子史朝义兵败自缢，其部将李怀仙、田承嗣等投降朝廷。河南、河北地区相继收复，历时近八年的安史之乱到此结束。当时诗人杜甫全家寓居梓州（今四川三台县），听到这一消息后，精神振奋，欣喜欲狂。这样的一种心情，自然是很适合用阳韵字来表现的。"裳""狂""乡""阳"这些韵脚字，除"狂"为阳韵合口三等字外，其余的全是阳韵开口三等字，读起来十分响亮。

由以上说明可知，古代诗歌的用韵同诗的内容表达是有一定关系的，我们应当加强这方面的研究。

大家知道，古代语音的韵母系统，在唐宋以前可以分为三大类，这就是阴声韵、入声韵和阳声韵。阴声韵是开韵尾或以元音收尾的韵母，入声韵是以塞音〔-k〕、〔-t〕、〔-p〕为收尾的韵母，阳声韵是以鼻音〔-ŋ〕、〔-n〕、〔-m〕为收尾的韵母。王力先生将先秦韵部定为 29 部（战国时代是 30部）。分析两汉时代的韵脚字，可基本参照先秦时代的这个韵部系统。如果是分析唐宋及唐宋以后的诗歌韵脚字，那就得用传统的"平水韵"了。"平水韵"阴声韵 40 个韵，入声韵 17 个韵，阳声韵 49 个韵，共 106 韵。两汉以后至隋唐以前的诗歌用韵，我们大体上也是用这 106 韵去分析。

袁行霈先生说："古典诗歌的音乐美并不完全是声音组合的效果，还取决于声和情的和谐。就像作曲时要根据表达感情的需要选择和变换节奏、调式一样，写诗也要根据表达感情的需要安排和组织字词的声音。只有达到声情和谐、声情并茂的地步，诗歌的音乐美才算是完善了。"（《中国诗歌艺术研究》，第 125 页，1987 年，北京大学出版社）这话是很有

道理的。前面说过，唐宋及唐宋以前的古代韵母可以分为阴声韵、入声韵和阳声韵三类。诗人在选择韵脚字时究竟用什么韵，这虽说同诗歌表达的内容无绝对联系，但我们可以肯定地说又不是绝无关系。大家知道，诗歌押韵主要是韵脚字的韵母相同或相近。所谓韵母相同，也不必介音、主要元音和韵尾都得相同，只要主要元音、韵尾相同即可。所以细说起来，诗歌用韵的"韵"和语音学讲的"韵母"还不完全是一回事。韵母的主要元音是不同的，韵尾也是不同的，因此选择什么样的韵脚字去表达什么内容也不是毫无关系的。下面就举例说明一下。

先说阴声韵。

比如说上古时期的鱼部、隋唐时期的麻韵，根据王力先生的拟音应是舌位最低、开口度最大的舌面前元音〔a〕。由于〔a〕的读音很响亮，所以读〔a〕的韵脚字就非常适合表现轻松、愉快的内容。如：

①桃之夭夭，灼灼其华。

之子于归，宜其室家。（《诗经·周南·桃夭》）（归：出嫁。）

②故人具鸡黍，邀我至田家。

绿树村边合，青山郭外斜。

开轩面场圃，把酒话桑麻。

待到重阳日，还来就菊花。（孟浩然《过故人庄》）（把酒：手持酒杯。）

③更深月色半人家，北斗阑干南斗斜。

今夜偏知春气暖，虫声新透绿窗纱。（刘方平《月夜》）（阑干：横斜）

例①，"华""家"为鱼部字。例②③，"家""斜""麻""花""家""斜""纱"都是下平声六麻韵字。例①，《周南·桃夭》是一首祝贺姑娘出嫁的诗歌。全诗共三章，均以盛开的桃花起兴，衬托出这位女子喜结良缘的吉祥气氛。例②，《过故人庄》是一首很有名的田园诗。这首诗，诗人以朴实无华的语言不仅歌颂了主客的深厚情谊，还描绘出了具有清新、淡雅情调的田园风光。这首诗所营造的意境是淳美的，读后令人难以忘怀。像这样一首好诗，加上"家""斜""麻""花"这些韵脚字的响亮读音，就使得全诗的格调更加轻快、韵味无穷了。例③，《月夜》这首小诗构思也是十分新颖、精巧的。诗的头两句重在写月夜景色，更深人静，重点突出一个静字。诗的后两句重在写月夜中的虫声，重点突出一个动字。写静是为了写动，作者运用衬托手法传递了明媚的春天即将来临的信息。尤其是第四句一个"透"字，着笔十分有力，写出了春天和大自然一切生灵的强大生命力。这首小诗，也是由于用了麻韵字，全诗的韵律更加轻快，给人的感觉也是轻松的，愉快的。

又如诗韵中的上平声四支韵、上平声五微韵和上平声八齐韵，由于这些韵的主要元音或主要元音加韵尾读起来都不是很响亮，因此押这类韵的韵脚字就比较适合表现悲哀、伤感的内容。按王力先生的《汉语语音史》，支韵相当于隋唐时期的脂韵，其开口三等字的主要元音拟为〔i〕；诗韵的微韵相当于隋唐时期的微韵，其主要元音和韵尾拟为〔əi〕；诗韵的齐韵相当于隋唐时期的祭韵，其主要元音和韵尾拟为〔æi〕。〔i〕是舌位最高、开口度最小的舌面前元音；〔əi〕是一个舌面央元音〔ə〕再加元音〔i〕混合而成，韵尾收〔i〕，读起来也不是很响亮；〔æi〕是由舌面前元音〔æ〕和元音〔i〕混合而成，〔æ〕的开口度比舌面央元音〔ə〕略小一些，加上韵尾收〔i〕，读起来也不是很响亮。如：

①海上生明月，天涯共此时。
　情人怨遥夜，竟夕起相思。
　灭烛怜光满，披衣觉露滋。
　不堪盈手赠，还寝梦佳期。（张九龄《望月怀远》）（怜：爱。）

②山中相送罢，日暮掩柴扉。
　春草年年绿，王孙归不归？（王维《送别》）（王孙：指游子。）

③打起黄莺儿，莫教枝上啼。
　啼时惊妾梦，不得到辽西。（金昌绪《春怨》）

　例①，"时""思""滋""期"为上平声支韵字。例②，"扉""归"为上平声微韵字。例③，"啼""西"为上平声齐韵字。例①，《望月怀远》是一首写月夜怀念亲人的著名抒情诗。全诗以对月光的描写贯穿全篇，并且通过不同场景的变换，表达了诗人对亲人的无限思念。全诗韵脚字读音不甚响亮，这与缠绵相思的情感是一致的。例②，《送别》一作《山中送别》，这是一首构思奇特的送别诗。写送别不写送别时现实场景，而是写诗人送别后的闭门动作和心理悬念。日暮掩扉，友人离去，这是何等的孤寂；友人刚刚离去，心中随即产生盼归的悬念，这又是何等的深情。全诗押微韵，声情一致。例③，《春怨》是一首家喻户晓的闺怨诗，全诗押齐韵，情随音转，声情和谐。

再说入声韵。

在声与情的配合上，入声韵可以说表现得最充分、最典型。大家知道，入声字是韵尾收塞音〔-k〕、〔-t〕、〔-p〕的字，因此这类字读起来十分短促，拿它作韵脚字不能拖腔吟咏。正因为入声字读音具备这一特点，所以诗人们常常用这样的韵脚字来表现沉郁、哀怨、孤寂、严厉等各种复杂的感情或内容。

表现临别赠答的如：

①清晨发陇西，日暮飞狐谷。
　秋月照层岭，寒风扫高木。
　雾露夜侵衣，关山晓催轴。
　君去欲何之？参差间原陆。
　一见终无缘，怀悲空满目。（吴均《答柳恽》）（飞狐谷：即飞狐关，关隘名。催轴：催行。）

例①，柳恽有《赠吴均》诗三首，这是他离任远行前写给吴均的赠别之作，所以吴均作此诗以示临别赠答。全诗开头两句"清晨发陇西，日暮飞狐谷"，这是说柳恽此行路途十分遥远。接下去"秋月照层岭"等四句，这都是设想旅途中要遇到各种艰辛困苦。再接下去"君去欲何之？参差间原陆"，这是说旅途平原、高陆相间，连绵不断，不知何日才能到达目的地。全诗最后两句"一见终无缘，怀悲空满目"，这是以凄然欲绝的情调总结全诗，是说以后彼此相见之难。这首诗共有五个韵脚字，全是入声字。"谷""木""轴""陆""目"全是入声一屋韵字。屋韵在南北朝时期的读音，根据王力先生的拟音，其主要元音和韵尾应是〔ok〕。入声韵由于韵尾的制约读

音短促，而这样的读音是很适合表达凄楚之情的。

表现男女相思的如：

②孟冬寒气至，北风何惨慄。

　愁多知夜长，仰观众星列。

　三五明月满，四五蟾兔缺。

　客从远方来，遗我一书札。

　上言长相思，下言久离别。

　置书怀袖中，三岁字不灭。

　一心抱区区，惧君不识察。（古诗《孟冬寒气至》）

　　例②，《孟冬寒气至》这是一首写思妇怀念丈夫的闺情诗。全诗基本分为两大部分。前六句写"孟冬"，写"北风"，写"众星"，写"明月"，都是为了写思妇孤独寂寞和相思之苦；后八句写丈夫远方来信和妻子对来信的无限珍重，借此表达了彼此的情爱之深，而由此更加反衬出夫离妻别的相思之苦。全诗韵脚字"慄""列""缺""札""别""灭""察"都是入声字。除"慄"字为质部字外，其余的全是月部字。质部字的主要元音及韵尾的拟音是〔et〕，月部字的主要元音和韵尾的拟音是〔at〕。

　　表现宫怨的如：

③玉阶生白露，夜久侵罗袜。

　却下水精帘，玲珑望秋月。（李白《玉阶怨》）（水精帘：即水晶帘。）

　　例③，描写宫女哀怨是唐代诗歌常见的题材之一。《玉阶怨》这首小诗，全诗没有一处明面写怨字，然而又没有一处

不隐含一个怨字，这就是此诗写法的高明之处。全诗借助宫
女久立玉阶，后又回屋隔帘望月这一特定场景、动作的描写，
深刻地揭示了宫女哀怨的心态。全诗两个韵脚字"袜""月"
押的是入声六月韵。诗韵月韵，在隋唐时代也属于月韵，其
主要元音和韵尾的拟音是〔ɐt〕。

表现漂泊流落的如：

④海客乘天风，将船远行役。

譬如云中鸟，一去无踪迹。（李白《估客行》）（将：驾
驶。）

例④，《估客行》是一首借四处经商的"海客"而有感于
人生漂泊无踪的感怀诗。全诗只有两个韵脚字"役""迹"，
它们押的是入声十一陌韵。诗韵陌韵，在隋唐时期也属于陌
韵，其主要元音和韵尾的拟音是〔ɐk〕。

表现悼亡的如：

⑤荏苒冬春谢，寒暑忽流易。

之子归穷泉，重壤永幽隔。

私怀谁克从？淹留亦何益。

僶俛恭朝命，回心反初役。

望庐思其人，入室想所历。

帏屏无仿佛，翰墨有余迹。

流芳未及歇，遗挂犹在壁。

怅恍如或存，回遑忡惊惕。

如彼翰林鸟，双栖一朝只。

如彼游川鱼，比目中路析。

春风缘隙来，晨霤承檐滴。

寝息何时忘，沉忧日盈积。

庶几有时衰，庄缶犹可击。（潘岳《悼亡诗》其一）（忡：忧伤。隟：同"隙"，墙壁缝穴。）

例⑤，这是一首悼亡诗，写的是潘岳为亡妻杨氏送葬后回到家中的种种感受。全诗中段的"望庐思其人"等八句是该诗的核心部分，写出了诗人徘徊空房、睹物思人的真实感受。与全诗悲伤基调相一致的是韵脚字全部用了入声字。全诗十三个韵脚字，除"历""壁""惕""析""滴"和"击"押的是入声十二锡韵外，其余的全是押的入声十一陌韵。诗韵"陌""锡"两韵，在魏晋南北朝时期属于锡韵，其主要元音和韵尾的拟音是〔ek〕。

表现人生短促、年华易逝的如：

⑥东城高且长，逶迤自相属。

回风动地起，秋草萋已绿。

四时更变化，岁暮一何速。

晨风怀苦心，蟋蟀伤局促。

荡涤放情志，何为自结束。（古诗《东城高且长》）（相属：相接连。"晨风""蟋蟀"皆《诗经》篇名，前者是怀人之篇，后者是感时之作。）

例⑥，这首诗是为有感于人生易老、年华易逝而作，所以诗人主张"荡涤放情志，何为自结束"。这并非是达观自恣，而是人生苦闷的另一种表现形式。全诗有五个韵脚字"属""绿""速""促""束"，均属屋部，其主要元音和韵尾拟音为〔ok〕。

表现怀才不遇的如：

⑦主父宦不达，骨肉还相薄。

买臣困樵采，伉俪不安宅。

陈平无产业，归来翳负郭。

长卿还成都，壁立何寥廓。

四贤岂不伟？遗烈光篇籍。

当其未遇时，忧在填沟壑。

英雄有迍邅，由来自古昔。

何世无奇才？遗之在草泽。（左思《咏史八首》其七）

（迍邅：音 zhūn zhān，困顿，处境艰难的样子。）

例⑦，这首诗作者以历史上的主父偃、朱买臣、陈平和司马相如为例，说明自古英雄多厄运的道理，同时诗中借此题材也抒发了自己怀才不遇的慨叹。全诗押入声韵，"薄""郭""廓""壑"为入声十药韵字，"宅""籍""昔""泽"为入声十一陌韵字。诗韵的药部当属于魏晋南北朝时期的铎韵，其主要元音和韵尾的拟音是〔ɑk〕；诗韵的陌韵当属于魏晋南北朝的锡韵，其主要元音和韵尾的拟音是〔ek〕。

表现忧国忧民的如：

⑧皇帝二载秋，闰八月初吉。

杜子将北征，苍茫问家室。

维时遭艰虞，朝野少暇日。

顾惭恩私被，诏许归蓬荜。

拜辞诣阙下，怵惕久未出。

虽乏谏诤姿，恐君有遗失。

君诚中兴主，经纬固密勿。

东胡反未已，臣甫愤所切。

挥涕恋行在，道途犹恍惚。

乾坤含疮痍，忧虞何时毕? ……（杜甫《北征》）（初吉：初一。诣：到。阙：宫阙，朝廷。怵惕：恐惧不安。）

例⑧，《北征》是杜甫五言古体诗中最长的一首诗，全诗七百言，押的全是入声韵。杜甫在这首长诗中充分展现了他的忧国忧民思想，整首诗的气氛是沉郁的，使人读了之后也仿佛回到那个艰辛的年代。这里引用部分，除"勿"是入声五物韵字、"惚"是入声六月韵字、"切"是入声九屑韵字外，其余的韵脚字全是入声四质韵字。诗韵质韵当属于隋唐时期的质韵，其主要元音和韵尾的拟音是〔ĕt〕；诗韵物韵当属于隋唐时期的物韵，其主要元音和韵尾的拟音是〔ət〕；诗韵的月韵当属于隋唐时期的月韵，其主要元音和韵尾的拟音是〔ɐt〕；诗韵的屑韵当属于隋唐时期的薛韵，其主要元音和韵尾的拟音是〔æt〕。

表现惊险紧张气氛的如：

⑨人道横江好，侬道横江恶。

一风三日吹倒山，白浪高于瓦官阁。（李白《横江词》其一）（侬：我。）

例⑨，横江即横江浦，位于今安徽和县东南，是长江下游的一个重要渡口。诗人李白在这首诗里以夸张的手法描写了横江浦渡口的险风恶浪，给人的印象是惊险的。全诗两个韵脚字"恶""阁"押的是入声十药韵。诗韵药韵当属于隋唐时期的铎韵，其主要元音和韵尾的拟音是〔ɑk〕。

关于入声韵的使用情况，我们就提出以上九种。这里仍是举例性质，仅供参考。

最后说说阳声韵。

所谓阳声韵就是韵尾收〔-ŋ〕、〔-n〕、〔-m〕的韵母。押阳声韵的韵脚字究竟适合表示什么内容，不能一概而论。一般来说，这要由什么样的元音和什么样的韵尾来决定。比如说〔ɑŋ〕这个韵就比较适合表现高昂、欢快、豪壮的气氛。如：

①日从东方出，团团鸡子黄。

夫归恩情重，怜欢故在傍。（无名氏《西乌夜飞》）

②三日入厨下，洗手作羹汤。

未谙姑食性，先遣小姑尝。（王建《新嫁娘》）

③空山不见人，但闻人语响。

反景入深林，复照青苔上。（王维《鹿柴》）

④出身仕汉羽林郎，初随骠骑战渔阳。

孰知不向边庭苦，纵死犹闻侠骨香。（王维《少年行》其二）（羽林郎：汉置羽林军，羽林郎为羽林军军官，这里是以汉喻唐。）

例①②，《西乌夜飞》写的是夫妻团聚，《新嫁娘》写的是新嫁娘初下厨房的情景，诗歌营造的气氛都是愉快的。例③，《鹿柴》描写的是空山深林的无限幽静，留给读者的印象也是十分美好的。例④，《少年行》（其二）写的是立志报国、虽死犹生的爱国精神，这首诗的气氛是豪壮的。例①—④，这里用的韵脚字"黄""傍""汤""尝""响""上""阳""香"，除"响"押的是上声二十二养韵，"上"押的是去声二十三漾韵外，其余押的都是下平声七阳韵。这些韵脚字在魏晋南北朝和隋唐时期都应归属于阳韵，它们的主要元音和韵尾拟音都是

〔aŋ〕。

又如韵尾收〔m〕的阳声韵，音节收尾发音时双唇紧闭，气流从鼻腔中冲出，所以押这种韵的韵脚字适合表现阴沉、郁结的内容。如：

⑤夜中不能寐，起坐弹鸣琴。

薄帷鉴明月，清风吹我襟。

孤鸿号外野，翔鸟鸣北林。

徘徊将何见？忧思独伤心。（阮籍《咏怀》其一）（鉴：照。）

⑥国破山河在，城春草木深。

感时花溅泪，恨别鸟惊心。

烽火连三月，家书抵万金。

白头搔更短，浑欲不胜簪。（杜甫《春望》）（浑欲：简直要。）

⑦岧峣试一临，虏骑附城阴。

不辨风尘色，安知天地心？

营开边月近，战苦阵云深。

旦夕更楼上，遥闻横笛音。（张巡《闻笛》）（城阴：城北。）

例⑤，《咏怀》（其一）这首诗，诗人以深沉的笔触揭示了在昏乱的社会环境下自己对国家前途、个人命运的无限忧思。例⑥，《春望》是杜甫于唐肃宗至德二年（757）春天写的一篇名作，此时长安已陷于叛军安禄山之手，诗人也困在围城之中。诗人描绘了叛军占领下的长安的破败、荒凉，抒发了忧国忧民的无限深情。例⑦，《闻笛》写的是安史之乱爆

发后，诗人坚守睢阳的壮烈场面。当时孤城陷于"虏骑"的重重包围之中，形势是十分严峻的。例⑤—⑦，这三首诗的韵脚字"琴""襟""林""心""深""心""金""簪""阴""心""深""音"，押的都是下平声十二侵韵。诗韵侵韵，在魏晋南北朝和隋唐时期应归属于侵韵，它们的主要元音和韵尾的拟音是〔əm〕。

以上我们初步探讨了古代诗歌用韵和内容表达之间的关系。这里应再强调一次，诗歌的用韵和内容或主题的表达并不存在绝对的联系。但是，我们也不能由此得出结论说两者间毫无关系。上面的论述是可以说明这个问题的。

## 3. 音律的发展

作为一种辞格，古代诗歌的音律内容也是不断发展变化的。下面我们就重点说一说有关平仄和押韵的发展变化问题。先说平仄问题。

平仄和押韵是音律发展变化的最重要内容。大家知道，在唐宋以前的古体诗里，字的平仄基本上是自由的。但是，诗歌发展到南朝齐永明年间，由于沈约、谢朓等人把四声格律应用到诗歌创作中，于是便形成了一种新的诗体，这就是所谓的永明体。从中国古代诗歌史角度来讲，永明体的产生对唐代近体诗的形成与发展具有十分重要的影响。永明体诗实际是汉魏古体诗向唐代近体诗发展的一种过渡形式。关于这一点，我们从庾信作品中看得十分明显。庾信是南北朝时期最后一位有影响的诗人。他的诗歌作品对唐代近体诗的形成有直接影响。我们还是以平仄为例来说明这个问题。如：

①阳关万里道，不见一人归。

　唯有河边雁，秋来南向飞。（庾信《重别周尚书》）

②秦关望楚路，灞岸想江潭。

　几人应落泪，看君马向南。（庾信《和侃法师》）

③玉关道路远，金陵信使疏。

　独下千行泪，开君万里书。（庾信《寄王琳》）

例①—③，这三首诗从唐代五言绝句平仄类型来看，都相当于首句不入韵的平起仄收式。验证可知，例①仅"万""唯""南"三字不合，但"万""唯""南"三字，依据近体诗格律要求，都是可平可仄的。例②仅"望""人""落""看"四字不合，但"望"处可平可仄，真正不合者只有"人""落""看"三字。例③，仅"玉""道""金""陵""使"五字不合，但"玉""道""金"三处可平可仄。真正不合者只有"陵""使"两字。由此可知，庾信作品在使用平仄格律方面已接近成熟了。因此，我们说庾信作品对唐代近体诗的形成有直接的影响，这话是一点儿也不过分的。

把汉语四声格律应用到诗歌创作中有一个关键人物就是沈约。沈约在提出四声说的同时，又提出八病说。其实，不论是"四声"还是"八病"，讲的都是平仄调配问题。八病说是从消极防范的角度来谈如何使用平仄。这八病指的就是平头、上尾、蜂腰、鹤膝、大韵、小韵、旁纽和正纽。四声八病主要是针对五言诗创作而言的，因为在唐宋以前的古体诗里五言诗是主流。八病说具体内容是：

平头。五言诗第一、第二句开头两个字的平仄不能相同。相同就是犯平头。如：

①新买五尺刀，悬着中梁柱。

一日三摩挲，剧于十五女。（无名氏《琅邪王歌辞》）（剧：甚。）

例①，"新买"是平仄，"悬着"也是平仄，这就是犯平头。

上尾。五言诗第一、第二句末尾字平仄不能相同。相同就是犯上尾。如：

②朝发欣城，暮宿陇头。

寒不能语，舌卷入喉。（无名氏《陇头歌辞》）

例②，"城""头"同为平，这就是犯上尾。

蜂腰。五言诗每个诗行一般是分为上二下三两个音步，第一个音步的最后一个字和第二个音步的最后一个字（即全句的第二个和第五个字）平仄不能相同。相同就是犯蜂腰。如：

③玉柱空掩露，金樽坐含霜。（江淹《望荆山》）

例③，"柱""露"同为仄，"樽""霜"同为平，这就是犯蜂腰。

鹤膝。五言诗第一、第三句末尾字平仄不能相同。相同就是犯鹤膝。如：

④心逐南云逝，形随北雁来。

故乡篱下菊，今日几花开？（江总《于长安归还扬州，九月九日行薇山亭赋韵》）

例④，"逝""菊"同为仄，这就是犯鹤膝。

大韵。五言诗的句中字不能同句末字同韵。同韵就是犯大韵。如：

⑤直虹朝映垒，长星夜落营。（庾信《咏怀》其十一）

例⑤，"映"是诗韵去声二十四敬韵字，"营"是诗韵下平声八庚字，两字在魏晋南北朝时期均应归为耕韵。"映""营"同韵，这就是犯大韵。

小韵。五言诗上下两句，除韵脚字外，句中字不能同韵。同韵就是犯小韵。如：

⑥奉义至江汉，始知楚塞长。（江淹《望荆山》）

例⑥，"至"是诗韵去声四寘韵字，"知"是诗韵上平声四支韵字，两字在魏晋南北朝时期均应归属于支韵。"至""知"同韵，这就是犯小韵。

旁纽。五言诗一句之中不能有隔字双声字。有就是犯旁纽。如：

⑦独下千行泪，开君万里书。（庾信《寄王琳》）

例⑦，"下""行"同属匣母，中间又为他字所隔，犯旁纽。

正纽。五言诗一句之中不能有隔字同音字。有就是犯正纽。如：

⑧海水梦悠悠，君愁我亦愁。（无名氏《西洲曲》）

例⑧，两个"愁"字不仅同音，而且同形，这就是犯正纽。

从实践上看，八病说的消极作用大于积极作用，因为这

些苛刻的要求大大束缚了诗人的手脚，而且对形式主义的文风起到推波助澜的作用。到了初唐，由于有沈佺期、宋之问等诗人的创作实践，中国古代近体诗最终形成。沈约的八病说是消极的避忌，初唐近体诗平仄格式的形成是正面的建树。从避忌到建树，这个过程用了二百多年时间，是个重大发展。说它是发展，就在于近体诗平仄格式的形成标志着中国古代诗歌在寻求音乐美的表现形式上找到了最佳方案。说它是最佳，是因为这种音乐美的表现形式充分利用了汉语特点，因而它是民族的，也是最美的。

最后说说押韵问题。

古体诗押韵和近体诗押韵是很不同的，这也是一种发展变化。总的来说，古体诗押韵是比较自由的，而近体诗押韵则有种种限制和要求。这种种限制和要求，最终就是为了形成一种规律。凡是规律的都是可以重现的，重现就会带来和谐美。

为了便于说明问题，我们将古体诗用韵和近体诗用韵从以下四个方面作对比：

第一，从韵脚字的声调上看，古体诗平上去入均可，而近体诗必须押平声韵。如：

①步出城东门，遥望江南路。
前日风雪中，故人从此去。
我欲渡河水，河水深无梁。
愿为双黄鹄，高飞还故乡。（古诗《步出城东门》）

例①，"路""去"同为去声字，"梁""乡"同为平声字。到了唐代，古体诗韵脚字的声调也没什么限制，不过一首诗

常常是一调到底。如：

②暮从碧山下，山月随人归。
却顾所来径，苍苍横翠微。
相携及田家，童稚开荆扉。
绿竹入幽径，青萝拂行衣。
欢言得所憩，美酒聊共挥。
长歌吟松风，曲尽河星稀。
我醉君复乐，陶然共忘机。（李白《下终南山过斛斯山人宿置酒》）

③高卧南斋时，开帷月初吐。
清辉澹水木，演漾在窗户。
荏苒几盈虚，澄澄变今古。
美人清江畔，是夜越吟苦。
千里共如何，微风吹兰杜。（王昌龄《同从弟南斋玩月忆山阴崔少府》）

例②，"归""微""扉""衣""挥""稀""机"都是平声字。例③，"吐""户""古""苦""杜"都是上声字。例②③，都是五言古体诗，且篇幅较短。但是，如果五言古体诗或七言古体诗较长，韵脚字的声调就常加变换。如杜甫的《石壕吏》和白居易的《长恨歌》就是，这里就略而不引了。一首古体诗的变调和换韵常常是一起进行的。有关换韵问题，下面再说。但是，近体诗就不同了。近体诗的韵脚字是必须押平声韵的。如：

④向晚意不适，驱车登古原。
夕阳无限好，只是近黄昏。（李商隐《乐游原》）

⑤寻章摘句老雕虫，晓月当帘挂玉弓。

　　不见年年辽海上，文章何处哭秋风。（李贺《南园》其

六）

　　例④⑤，"原""昏""虫""弓""风"都是平声字。

　　近体诗也有押仄声韵的，但这是例外。如：

⑥千山鸟飞绝，万径人踪灭。

　　孤舟蓑笠翁，独钓寒江雪。（柳宗元《江雪》）

　　例⑥，"绝""灭""雪"押的都是入声九屑韵。

　　第二，从用韵的变换上看，古体诗可以一韵到底，也可

以中途换韵，而近体诗只能一韵到底，不能中途换韵。如：

①朝阳不再盛，白日忽西幽。

　　去此若俯仰，如何似九秋。

　　人生若尘露，天道邈悠悠。

　　齐景升牛山，涕泗纷交流。

　　孔圣临长川，惜逝忽若浮。

　　去者余不及，来者吾不留。

　　愿登太华山，上与松子游。

　　渔父知世患，乘流泛轻舟。（阮籍《咏怀》其三十二）

②生年不满百，常怀千岁忧。

　　昼短苦夜长，何不秉烛游？

　　为乐当及时，何能待来兹？

　　愚者爱惜费，但为后世嗤。

　　仙人王子乔，难可与等期。（古诗《生年不满百》）

　　例①②，均为古体诗。"幽""秋""悠""流""浮"

"留""游""舟"均为下平声十一尤韵字，是一韵到底的。"忧""游"是下平声十一尤韵字，"时""兹""嗤""期"是上平声四支韵字，一首诗用了两个韵，这就中途换韵了。近体诗不能这样，必须一韵到底。如：

③晚年惟好静，万事不关心。

自顾无长策，空知返旧林。

松风吹解带，山月照弹琴。

君问穷通理，渔歌入浦深。（王维《酬张少府》）

例③，"心""林""琴""深"都是下平声十二侵韵字。

第三，从韵脚字的选择上看，古体诗可以避重字，也可以不避重字，但近体诗必须避重字，即一首诗中不能重复用同一个韵脚字。如：

①上山采蘼芜，下山逢故夫。

长跪问故夫，新人复何如？

新人虽言好，未若故人姝。

颜色类相似，手爪不相如。

新人从门入，故人从阁去。

新人工织缣，故人工织素。

织缣日一匹，织素五丈余。

将缣来比素，新人不如故。（古诗《上山采蘼芜》）

例①，"夫""如""素"都是韵脚字，各重复一次。这种情况在近体诗里是绝对不可以的。如：

②中岁颇好道，晚家南山陲。

兴来每独往，胜事空自知。

行到水穷处，坐看云起时。

偶然值林叟，谈笑无还期。（王维《终南别业》）

例②，"睡""知""时""期"用的是上平声四支韵，无一重字。

第四，从押韵的方式上看，古体诗比较自由，可以句句押，也可以隔句押，而近体诗一般只能隔句相押。如：

①秋风萧瑟天气凉，草木摇落露为霜。

群雁辞归鹄南翔，念君客游多思肠。

慊慊思归恋故乡，君为淹留寄他方。

贱妾茕茕守空房，忧来思君不敢忘，

不觉泪下沾衣裳。

援瑟鸣弦发清商，短歌微吟不能长。

明月皎皎照我床，星汉西流夜未央。

牵牛织女遥相望，尔独何辜限河梁。（曹丕《燕歌行》）

例①，"凉""霜""翔""肠""乡""方""房""忘""裳""商""长""床""央""望""梁"押的是下平声七阳韵，句句用韵。这种句句相押的七言古体诗，世称柏梁体。到了南北朝时期，鲍照把这种句句相押的格式改造为隔句相押的格式。如：

②胡风吹朔雪，千里度龙山。

集君瑶台上，飞舞两楹前。

兹晨自为美，当避艳阳天。

艳阳桃李节，皎洁不成妍。（鲍照《学刘公幹体》）

例②，"山""前""天""妍"押的是下平声一先韵，是隔句相押。到了近体诗里，隔句相押者为常规。如：

③强欲登高去，无人送酒来。

遥怜故园菊，应傍战场开。（岑参《行军九日思长安故
园》）

例③，"来""开"押上平声十灰韵，是隔句相押。近体
诗首句也可入韵，这样一来，韵脚字就落在了一、二、四行
或一、二、四、六、八行的尾字上。如：

④千里黄云白日曛，北风吹雁雪纷纷。

莫愁前路无知己，天下谁人不识君？（高适《别董大》）

⑤城阙辅三秦，风烟望五津。

与君离别意，同是宦游人。

海内存知己，天涯若比邻。

无为在歧路，儿女共沾巾。（王勃《杜少府之任蜀州》）

例④，"曛""纷""君"押的是上平声十二文韵；
例⑤，"秦""津""人""邻""巾"押的是上平声十一真韵，
两诗均为首句入韵。其实早在《诗经》时代，一些最基本的
押韵格式已经具备了。《诗经》最主要的押韵格式有六种：
AAOA 式，OAOA 式，AABB 式，ABAB 式，OAAA 式 和
AAAA 式。（A 表示同韵字，B 表示换韵字，O 表示无韵字）
如：

①关关雎鸠，在河之洲。

窈窕淑女，君子好逑。（《诗经·周南·关雎》）

②习习谷风，以阴以雨。

黾勉同心，不宜有怒。（《诗经·邶风·谷风》）

③式微，式微，胡不归？

微君之故，胡为乎中露。（《诗经·邶风·式微》）

④自牧归荑，洵美且异。

匪女之为美，美人之贻。（《诗经·邶风·静女》）

⑤叔于田，乘乘马。

执辔如组，两骖如舞。（《诗经·郑风·大叔于田》）

⑥硕鼠硕鼠，无食我黍。

三岁贯女，莫我肯顾。（《诗经·魏风·硕鼠》）

例①，"鸠""洲""逑"同为幽部字。例②，"雨""怒"同为鱼部字。例③，"微""归"同为微部字。"故""露"同为鱼部字。例④，"荑""美"同为脂部字，"异""贻"同为之部字。例⑤，"马""组""舞"同为鱼部字。例⑥，"鼠""黍""女""顾"也均为鱼部字。

后来的事实证明，AABB 式和 ABAB 式都没有得到多大发展。其余四种格式，在汉代和汉代以后的诗歌里都得到了一定的继承。而在这四种格式中，得到最普遍应用的只有两种，这就是 AAOA 式和 OAOA 式。隔句相押的用韵格式，韵脚字总是落在偶数诗行上（首句入韵者除外），给人一种稳定的规律感。这种规律感会使人在心理上取得一种平衡，从而能更好地欣赏、理解诗歌韵律所产生的和谐美和音乐美。

以上就是我们要讲的古代诗歌音律发展的主要内容。

# 章 法

　　修辞是一门综合性学问，它所研究的对象不仅涉及字词句，而且涉及谋篇技巧和篇章结构，所以我们讲古代诗歌修辞是不能不讲章法的。讲章法的目的不是为了写诗，而是为了把古代诗歌谋篇和结构的一般性规律介绍给读者，以便能更好地掌握作品内容，借以达到较好理解、欣赏古代诗歌的目的。

　　在这一部分我们将重点谈三个问题：诗句起结、诗脉承转和诗章布局。诗句起结和诗脉承转，主要针对近体诗来谈；诗章布局，主要针对古体诗来谈。下面就分别说一说。

# 一、诗句起结

近体诗的章法很讲究起、承、转、合。关于这个问题，古代诗话家们早已提出来了。元代的傅若金在《诗法正论》中说："或又问作诗下手处，先生曰：作诗成法有起承转合四字。以绝句言之，第一句是起，第二句是承，第三句是转，第四句是合。律诗第一联是起，第二联是承，第三联是转，第四联是合。"（王大鹏等《中国历代诗话选》二，第1087页，1985年，岳麓书社）诗的起、承、转、合，实际是诗的结构规律。在中国诗话史上，明确提出诗有起、承、转、合规律，始见于元代。诗话评论是对诗歌创作的理论总结，理论总是来源于实践的。因此，早在唐宋时期，尤其是唐代，诗人们写作近体诗几乎是毫无例外地遵循起、承、转、合这个结构规律。下面我们就结合具体例子来谈谈这个问题。

## （一）起句

起句也叫发句，就绝句而言，是第一句，就律诗而言，是第一、第二句，即第一联。近体诗的起句和结句都是比较

难写的。由于诗人们的注意力往往在结句上，所以起句要想写好是不容易的，弄不好就显得十分平淡。起句总的要求是突兀有力，一开始就要给人留下深刻印象，所以明代谢榛说："凡起句当如爆竹，骤响易彻；结句当如撞钟，清音有余。"（《四溟诗话》卷一）

根据诗话家的总结，近体诗的起句有种种要求，而这种种要求由于划分标准不统一，给人的印象是杂乱的。根据我们的体会，近体诗的起句（包括结句在内），不外从三个方面去观察它们的谋篇技巧：起句的手法、起句的作用和起句的语气。下面就分别说一说。

从起句的写作手法上看，主要有：

第一，铺陈起句。

铺陈起句就是起句是个陈述句。起句的这种写法是最常见的。铺陈起句的主要修辞作用在于点明与诗题相关的时间、地点、人物、事件、原因和结果，给读者理解诗的内容提供一些相关线索。如：

①空山新雨后，天气晚来秋。

　明月松间照，清泉石上流。

　竹喧归浣女，莲动下渔舟。

　随意春芳歇，王孙自可留。（王维《山居秋暝》）

②此地别燕丹，壮士发冲冠。

　昔时人已没，今日水犹寒。（骆宾王《于易水送人》）

③老人七十仍沽酒，千壶百瓮花门口。

　道傍榆荚仍似钱，摘来沽酒君肯否？（岑参《戏问花门酒家翁》）

④誓扫匈奴不顾身，五千貂锦丧胡尘。

可怜无定河边骨，犹是春闺梦里人。（陈陶《陇西行》）

⑤兵火有余烬，贫村才数家。

无人争晓渡，残月下寒沙。（钱珝《江行无题》）

⑥岭外音书断，经冬复历春。

近乡情更怯，不敢问来人。（宋之问《渡汉江》）

例①，《山居秋暝》这首著名的山水诗，诗人以"空山新雨后，天气晚来秋"起句，确实着笔高明，非同一般。两句仅十个字，就把这首诗的时间、地点交代得一清二楚。地点是空山，时间是傍晚，季节是秋天，天气是新雨过后。例②，"此地别燕丹"一句，点明了诗人于易水送人的地点。例③，"老人七十仍沽酒"一句，先点题交代了卖酒的七十老翁，对象交代清楚了，然后才能"戏问"。例④，陈陶写诗不多，这首诗却写得很好。全诗深刻地揭露了战争给人民带来的痛苦。"誓扫匈奴不顾身"一句，先交代了事件本身，当然也包括对"誓扫匈奴"精神的歌颂。例⑤，这首诗也是反战的。十室九空，野渡无人，残月笼罩下的寒沙荒村，都是"兵火"造成的。因此，这首诗"兵火有余烬"一句，先交代了事件的原因。例⑥，《渡汉江》是诗人由贬地逃归家乡途中所写的一首抒情小诗。"岭外音书断"，这句话先交代了自己身处"岭外"，长时间与家人断绝音信往来的事实，这就是先从结果写起。

第二，比喻起句。

比喻起句就是起句是个比喻句。这种写法的好处是先给读者一个形象画面，便于创造一个意境、形象。如：

①回乐峰前沙似雪，受降城外月如霜。

不知何处吹芦管，一夜征人尽望乡。（李益《夜上受降城闻笛》）

②官仓老鼠大如斗，见人开仓亦不走。

健儿无粮百姓饥，谁遣朝朝入君口。（曹邺《官仓鼠》）

第三，景物起句。

在古体诗里，尤其是在《诗经》里，起兴起句是极普遍的，但是在近体诗已不大常用。在古体诗里，起兴起句的修辞作用在于烘托气氛，而近体诗里的景物起句，其修辞作用不仅是营造气氛，更重要的是直接为表达主题服务。如：

①千里黄云白日曛，北风吹雁雪纷纷。

莫愁前路无知己，天下谁人不识君？（高适《别董大》）（曛：昏黄。）

②落日荒郊外，风景正凄凄。

离人席上起，征马路旁嘶。

别酒倾壶赠，行书掩泪题。

殷勤御沟水，从此各东西。（李峤《送李邕》）（御沟：护城河。）

例①②，都是送别诗。两诗景物起句，都是为了造成一种悲凉气氛，而这种气氛又是与送别主题直接相关的。

从起句的表达作用上看，主要有：

第一，点题起句。

点题起句就是起句先扣题。这种写法对突出主题是很有帮助的。如：

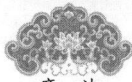

①春雪满空来，触处似花开。

　　不知园里树，若个是真梅？（东方虬《春雪》）（若个：哪个。）

②丹阳郭里送行舟，一别心知两地秋。

　　日晚江南望江北，寒鸦飞尽水悠悠。（严维《丹阳送韦参军》）

　　例①，诗题是"春雪"，起句"春雪满空来"先扣题，突出了纷纷扬扬的春雪满空而降的形象。例②，诗题是"丹阳送韦参军"，起句"丹阳郭里送行舟"先点题，突出了送别主题。

　　第二，悬念起句。

　　与点题起句刚好相反，起句先制造一种悬念，使人急于读下去，这种写法就是悬念起句。悬念起句最通常的表现形式就是起句是个疑问句。如：

①君家何处住？妾住在横塘。

　　停船暂借问，或恐是同乡。（崔颢《长干曲》其一）

②何处吹笳薄暮天？塞垣高鸟没狼烟。

　　游人一听头堪白，苏武争禁十九年。（杜牧《边上闻胡笳》其一）（薄暮：将近黄昏。争禁：怎么禁得起。）

　　例①，"君家何处住"，起句发问制造悬念，这话非得有下句接上不可。例②，"何处吹笳薄暮天"，也是起句发问。这句是写所闻。那么笳音到底发于"何处"呢？"塞垣高鸟没狼烟"，边塞的城墙上狼烟四起，把高飞的小鸟都遮住了，这是写所见。所见之处也正是吹笳之处，这是对起句的回答。

　　从起句的语气上看，主要有：

第一、陈述起句。

陈述起句就是起句是个陈述句。这种情况与上面谈的铺陈起句实际上是一回事，所以就不再详谈了。

第二，疑问起句。

疑问起句与上面谈的悬念起句也基本上是一回事。如：

①江畔谁人唱《竹枝》？前声断咽后声迟。

怪来调苦缘词苦，多是通州司马诗。（白居易《竹枝词》其四）

②天意诚难测，人言果有不？

便令江汉竭，未厌虎狼求。

独下伤时泪，谁陈活国谋？

君王自神武，况乃富貔貅。（章甫《即事》）（貔貅：原是一种猛兽，这里比喻勇猛的军队。）

第三，反问起句。

反问起句就是起句是个反问句。反问句不同于疑问句，它的答案事实上是明确的。反问起句的修辞作用主要在于使表达富于波澜，避免平铺直叙。如：

①少时犹不忧生计，老后谁能惜酒钱？

共把十千酤一斗，相看七十欠三年。

闲征雅令穷经史，醉听清吟胜管弦。

更待菊黄家酝熟，共君一醉一陶然。（白居易《与梦得沽酒闲饮且约后期》）（酤：买酒。雅令：酒令。）

②诗人安得有春衫？今岁和戎百万缣。

从此西湖休插柳，剩栽桑树养吴蚕。（刘克庄《戊辰即事》）（和戎：指与金兵媾和。）

## （二）结句

结句也叫落句。对古代诗歌结句的主要要求就是言尽意远，含蓄有力。元代杨载在《诗法家数》中说："诗结尤难，无好结句，可见其人终无成也。"又说："或就题结，或开一步，或缴前联之意，或用事，必放一句作散场。如剡溪之棹，自去自回，言有尽而意无穷。"（王大鹏等《中国历代诗话选》二，第 1047、1045 页，1985 年，岳麓书社）杨载的话不仅说明了结句的重要作用，而且对结句类型也有所总结。根据我们的体会，近体诗的结句同起句一样，仍可以从手法、作用和语气三方面去归纳总结。

从结句的表现手法上看，主要有：

第一、铺陈结句。

铺陈结句就是结句是一个陈述句。这种结句方法最普遍不过了。如：

①何处秋风至？萧萧送雁群。

朝来入庭树，孤客最先闻。（刘禹锡《秋风引》）

②小园寒尽雪成泥，堂角方池水接溪。

梦觉隔窗残月尽，五更春鸟满山啼。（张耒《福昌官舍》）

第二，比喻结句。

比喻结句就是结句是个比喻句。结句用比喻句，能构成一个鲜明、生动的画面，给读者留下一个形象。凡是形象的东西都是容易记忆的，也容易产生联想。如：

①碧玉妆成一树高，万条垂下绿丝绦。

不知细叶谁裁出，二月春风似剪刀。（贺知章《咏柳》）

②繁华事散逐香尘，流水无情草自春。

日暮东风怨啼鸟，落花犹似坠楼人。（杜牧《金谷园》）

例①，结句"二月春风似剪刀"，想象十分奇特、新颖，把无形的春风比作有形的剪刀，成为千古传诵的佳句。例②，结句"落花犹似坠楼人"，这也是巧用比喻。这句比喻巧就巧在以花喻人，表面写花，实际写人。鲜花落地，美人坠楼，两者颇有相似之处，因此"落花犹似坠楼人"这个比喻是十分巧妙的。

第三，音像结句。

有时结句不一定是比喻句，而是个具有音像效果的陈述句。这种结句，由于有了声音或画面形象，可使读者感动于心，久久不忘。如：

①月落乌啼霜满天，江枫渔火对愁眠。

姑苏城外寒山寺，夜半钟声到客船。（张继《枫桥夜泊》）

②青山横北郭，白水绕东城。

此地一为别，孤蓬万里征。

浮云游子意，落日故人情。

挥手自兹去，萧萧班马鸣。（李白《送友人》）（萧萧：马鸣声。班马：离群的马。）

③牛渚西江夜，青天无片云。

登舟望秋月，空忆谢将军。

余亦能高咏，斯人不可闻。

明朝挂帆去，枫叶落纷纷。（李白《夜泊牛渚怀古》）

④琵琶起舞换新声，总是关山离别情。

　缭乱边愁听不尽，高高秋月照长城。（王昌龄《从军行》
其二）（缭乱：形容心情杂乱。）

　例①②，都是以音响结句的。声音本身也是一种形象，
看不见却听得到。有了声音，人们便会产生出种种联想。"夜
半钟声到客船"，有了这一音响效果，就更加渲染了江夜的
沉寂和诗人的旅途哀愁。"萧萧班马鸣"，诗人以班马嘶鸣结
句，十分有力地烘托出送别的悲壮场面，使人读后如见其形，
如闻其声，印象是十分深刻的。例③④，都是以画面形象结
句的。夜泊牛渚，登舟望月，遥想当年袁宏见知于谢尚，感
叹自己未遇知音，"枫叶落纷纷"的结句有力地衬托出诗人李
白怀才不遇的怅惘之情。王昌龄的《从军行》（其二），也是
一首有名的诗作。诗人用乐府旧题抒写了戍边战士的思乡之
情。琵琶声碎，边愁难遣，陪伴他们的只有高挂的秋月。结
句"高高秋月照长城"，以景结情，十分生动、形象，使人
感到绵延的长城，高悬的秋月就在眼前。

　从结句的表达作用上看，主要有：

　第一，点题结句。

　结句扣住诗题，使诗意有所归拢，这种写法就叫点题结
句。如：

①众鸟高飞尽，孤云独去闲。

　相看两不厌，只有敬亭山。（李白《独坐敬亭山》）
②山暝听猿愁，沧江急夜流。

　风鸣两岸叶，月照一孤舟。

　建德非吾土，维扬忆旧游。

还将两行泪，遥寄海西头。（孟浩然《宿桐庐江寄广陵旧游》）（海西头：指扬州。）

例①，《独坐敬亭山》这首小诗只有二十个字，却写出了诗人的无限慨叹和真情。众鸟高飞，孤云独去，好像它们都是有意躲避诗人似的。在这种情况下，似乎只有饱含深情的敬亭山与诗人相看不厌，借以宽慰他那孤独的心。结句"只有敬亭山"，一个限定副词"只"字，十分有力，可谓一字千钧。例②，结句"还将两行泪，遥寄海西头"，想象也是十分奇特的。"海西头"就是诗题中提到的"广陵"，也就是扬州，所以结句紧紧扣住了题目，情结意收，使人读后觉得恰到好处。

第二，悬念结句。

与点题结句相反的就是悬念结句。点题结句重在收，是收中有放；悬念结句重在放，放中有收。同悬念起句一样，悬念结句最通常的表现形式就是用疑问句或反问句。如：

①少小离家老大回，乡音无改鬓毛衰。

儿童相见不相识，笑问客从何处来？（贺知章《回乡偶书》其一）（衰：稀疏。）

②中庭地白树栖鸦，冷露无声湿桂花。

今夜月明人尽望，不知秋思落谁家？（王建《十五夜望月寄杜郎中》）（地白：月光满地。）

③挽弓当挽强，用箭当用长。

射人先射马，擒贼先擒王。

杀人亦有限，列国自有疆。

苟能制侵陵，岂在多杀伤？（杜甫《前出塞》其六）

④男儿何不带吴钩，收取关山五十州。

请君暂上凌烟阁，若个书生万户侯？（李贺《南园》
其五）（若个：哪个。）

例①②，以疑问句结尾。例③④，以反问句结尾。不论
是疑问句作结，还是反问句作结，都会给人造成一种悬念，
答案是要读者自己去找的，这种写法使诗意的表达有起有伏，
富于变化。结句不一定都是疑问句或反问句，有些普通的陈
述句，它只是提出一种希望，一个要求或一个目标，使人明
显感到言尽而意远，这种写法也应归为悬念结句。如：

⑤故人具鸡黍，邀我至田家。

绿树村边合，青山郭外斜。

开轩面场圃，把酒话桑麻。

待到重阳日，还来就菊花。（孟浩然《过故人庄》）
⑥白日依山尽，黄河入海流。

欲穷千里目，更上一层楼。（王之涣《登鹳雀楼》）

从结句的语气上看，主要有：

第一，陈述结句。

陈述结句就是结句是个陈述句。陈述结句是一种极普遍
的结句方法。如：

①天门中断楚江开，碧水东流至此回。

两岸青山相对出，孤帆一片日边来。（李白《望天门山》）
②岐王宅里寻常见，崔九堂前几度闻。

正是江南好风景，落花时节又逢君。（杜甫《江南逢李龟年》）

陈述结句也常常以对比句的形式出现。如：

③去郭轩楹敞，无村眺望赊。

澄江平少岸，幽树晚多花。

细雨鱼儿出，微风燕子斜。

城中十万户，此地两三家。（杜甫《水槛遣心》其一）（赊：远。）

④麻衣如雪一枝梅，笑掩微妆入梦来。

若到越溪逢越女，红莲池里白莲开。（武元衡《赠送》）（越溪：古代越国美女西施浣纱的地方。）

第二，疑问结句。

疑问结句就是结句是个疑问句。如：

①乡心新岁切，天畔独潸然。

老至居人下，春归在客先。

岭猿同旦暮，江柳共风烟。

已似长沙傅，从今又几年？（刘长卿《新年作》）（切：指思乡心切。潸然：流泪不止的样子。）

②闻道黄龙戍，频年不解兵。

可怜闺里月，长在汉家营。

少妇今春意，良人昨夜情。

谁能将旗鼓，一为取龙城？（沈佺期《杂诗》）（将：率领。旗鼓：指代军队。一为：一举。）

第三，反问结句。

反问结句就是结句是个反问句。如：

①水浅鱼稀白鹭饥，劳心瞪目待鱼时。

外容闲暇中心苦，似是而非谁得知？（白居易《池上

寓兴二绝》其二）

②凉风吹夜雨，萧瑟动寒林。

正有高堂宴，能忘迟暮心。

军中宜剑舞，塞上重笳音。

不作边城将，谁知恩遇深？（张说《幽州夜饮》）（萧瑟：风雨声。）

第四，感叹结句。

感叹结句就是结句是个感叹句。如：

①祸福茫茫不可期，大都早退似先知。

当君白首同归日，是我青山独往时。

顾索素琴应不暇，忆牵黄犬定难追。

麒麟作脯龙为醢，何似泥中曳尾龟！（白居易《九年十一月二十一日感事而作》）

②千里莺啼绿映红，水村山郭酒旗风。

南朝四百八十寺，多少楼台烟雨中！（杜牧《江南春绝句》）（酒旗：酒帘。）

例①，《九年十一月二十一日感事而作》，此题中的“九年”指唐文宗大和九年（835），所谓“感事而作”，是指有感于该年十一月二十一日的“甘露之变”（未遂的宫廷政变）而作。“甘露之变”是指唐文宗大和九年十一月二十一日，宰相李训与韩约等人为诛杀宦官而诈言左金吾厅后的石榴树上夜有“甘露”，请唐文宗前去观赏，以便借机杀掉随从宦官。后事觉，李训等人被杀，酿成大祸。诗人白居易有感于此，所以才流露出“麒麟作脯龙为醢，何似泥中曳尾龟”的慨叹。例②，《江南春绝句》这首小诗一方面赞美了江南的美丽春景，一方面也流露出历史兴衰的感叹。"南朝四百八十寺，多少楼台烟雨中"，这种吊古伤今之语出自晚唐的杜牧之口，也并非偶然。

以上是有关结句的基本情况。

# 二、诗脉承转

　　诗有诗脉，脉就是脉络。诗脉就是一首诗的写作思路或脉络。近体诗讲究起、承、转、合，一首诗到底怎么"起"、怎么"承"、怎么"转"、怎么"合"，这既是结构问题，也是诗脉问题。上面我们谈了诗句的起结，下面就谈一谈诗脉承转问题。

## （一）承句

　　在近体诗的起、承、转、合四个环节中，也许只有"承"这个环节是最平淡的，因此杨载在《诗法家数》中说"承句要稳健"，就律诗而言，颔联就"要接破题，要如骊龙之珠，抱而不脱"。（王大鹏等《中国历代诗话选》二，第1044—1045页，1985年，岳麓书社）承句主要是同起句发生关系，关键一点就是如何接得住。就起、承关系而言，承句是如何承接的呢？我们认为主要有以下几种类型：

　　第一，写景承句。

　　近体诗承句可以写景。起句写景和承句写景作用不大相同。起句写景主要作用在渲染气氛、烘托主题，承句写景的主要作用在于对起句的承接，是起句的自然延伸。如：

①昨夜秋风入汉关，朔云边雪满西山。

更催飞将追骄虏，莫遣沙场匹马还。（严武《军城早秋》）

②丁丁漏水夜何长，漫漫轻云露月光。

秋逼暗虫通夕响，征衣未寄莫飞霜。（张仲素《秋夜曲》）（丁丁：计时的漏壶滴水的响声。）

例①，《军城早秋》是纪实之作，它描写了边地的秋景和将士歼灭入侵者的决心。"昨夜秋风入汉关"，起句点题，点明汉关早秋的事实。"秋风入汉关"之后又怎么样呢？"朔云边雪满西山"，承句为起句做了补充，使起句有了着落，所以承句写景是不同于起句写景的。例②，同理，起句"丁丁漏水夜何长"点明了深夜的事实，承句"漫漫轻云露月光"由起句发展而来，为深夜做了夜景描写，这也是顺理成章的。

第二，写意承句。

写意承句就是承句是写意的。如：

①西宫夜静百花香，欲卷珠帘春恨长。

斜抱云和深见月，朦胧树色隐昭阳。（王昌龄《西宫春怨》）（云和：琴瑟等乐器的代称。昭阳：宫殿名。）

②清明时节雨纷纷，路上行人欲断魂。

借问酒家何处有，牧童遥指杏花村。（杜牧《清明》）

例①，这是宫怨诗。起句"西宫夜静百花香"，描写了西宫美丽的夜色。这样的春夜要人去欣赏，心情应是愉快

的。但事实相反，"欲卷珠帘春恨长"，承句写意点题，展示了后宫失宠者的寂寞生活和悲凉心情。因此，这首诗的承句写意在诗脉的承接和发展上具有重要作用。例②，起句"清明时节雨纷纷"，这是写景；承句"路上行人欲断魂"，这是写意。情景是感应的，阴雨连绵的天气给人的影响也是阴沉的。所以这首诗的承句写意也是对起句写景的自然承接与发展。

第三，点题承句。

点题承句就是从诗脉发展上说，承句具有点题作用。事实上点题和写意是分不开的，由上面的例①可以证实。下面再举例说明一下。如：

①独在异乡为异客，每逢佳节倍思亲。

遥知兄弟登高处，遍插茱萸少一人。（王维《九月九日忆山东兄弟》）（茱萸：植物名。）

②洛阳城里见秋风，欲作家书意万重。

复恐匆匆说不尽，行人临发又开封。（张籍《秋思》）

例①，这是一首广为流传的名诗。起句"独在异乡为异客"，布置了一个十分孤独的环境，承句"每逢佳节倍思亲"，这是点题。一个"倍"字十分有力，充分表现了诗人每到节日格外思念亲人的真挚感情。例②，起句"洛阳城里见秋风"，先点明季节。女子思春，男子悲秋，这是古代诗人们经常撷取的题材。承句"欲作家书意万重"，这是点题。"意万重"，写的就是一个"思"字。

## （二）转句

转句在近体诗起、承、转、合四个环节中是最重要的。要"转"就得转出新意，否则流于平淡，必为下格。正因为这样，所以杨载在《诗法家数》中说："（颈联）与前联之意相应相避，要变化，如疾雷破山，观者惊愕。"（王大鹏等《中国历代诗话选》二，第1045页，1985年，岳麓书社）颈联，即第三联，在律诗中就是转句。对绝句而言，转句就是第三句。转句对承句而言，要有承接，这就是"相应"；转句对承句来说又有变化，这就是"相避"。根据我们理解，转句主要有以下几种类型。如：

第一，时间转句。

时间转句就是转句所写的时间与起句、承句所写的时间是不同的。时间转句的通常表现形式是由历史转到现实或由现实溯及历史。如：

①秦时明月汉时关，万里长征人未还。

但使龙城飞将在，不教胡马度阴山。（王昌龄《出塞》其一）

②朱雀桥边野草花，乌衣巷口夕阳斜。

旧时王谢堂前燕，飞入寻常百姓家。（刘禹锡《乌衣巷》）

例①，王昌龄的《出塞》（其一）曾被人誉为唐诗七绝的压卷之作。"秦时明月汉时关，万里长征人未还"，诗人借助"秦""汉""月""关"这些互文见义的表达方法，使人们仿佛又回到了秦汉时代的古战场以及长年边塞战争给人

民带来无限痛苦的年代。所以，这首诗的起句和承句都是在追忆历史。但是，全诗到了第三句，时间一转，又回到了唐代。"但使龙城飞将在，不教胡马度阴山"，既表明了历史上的边塞战争仍在继续，也表达了唐人抵抗外族入侵的决心。例②，和《出塞》（其一）相反，《乌衣巷》的起句和承句都是从眼前写起的，到了转句又回到了历史，借助东晋时代王导、谢安两大豪门贵族的衰败、泯灭，表达了人世沧桑的无限感慨。

第二，地点转句。

地点转句就是转句所写的地点、场面与起句、承句所写的地点、场面是不同的。如：

①烽火照西京，心中自不平。

牙璋辞凤阙，铁骑绕龙城。

雪暗凋旗画，风多杂鼓声。

宁为百夫长，胜作一书生。（杨炯《从军行》）（牙璋：发兵用的兵符。）

②风劲角弓鸣，将军猎渭城。

草枯鹰眼疾，雪尽马蹄轻。

忽过新丰市，还归细柳营。

回看射雕处，千里暮云平。（王维《观猎》）（细柳营：汉代周亚夫的驻军之地，这里指军营。）

例①，《从军行》是杨炯有名的诗作。起句写当时的军事形势及诗人的心中反应，承句写军队奉命出征，转句写战场画面，结句写诗人报效国家的志愿和对书生从戎的赞美，层次十分清楚。由诗中可以看出，转句对承句来说，场面已经转移。例②，王维的《观猎》虽然是诗人早期的作品，但全诗写得相当洒脱、豪放。该诗起句点题，承句具体写将军射猎的场面，转句写归猎的场景，"忽过新丰市，还归细柳营"，一切都是那么轻松、快意，与射猎的紧张气氛形成了鲜明对照。

第三，写意转句。

写意转句就是指转句在意义上与承句相对或相反，在意义表达上有所转折。如：

①闺中少妇不知愁，春日凝妆上翠楼。

忽见陌头杨柳色，悔教夫婿觅封侯。（王昌龄《闺怨》）

②牡丹一朵值千金，将谓从来色最深。

今日满栏开似雪，一生辜负看花心。（张又新《牡丹》）

例①，王昌龄的《闺怨》是他的名作之一。这首诗充分展示了一位闺中少妇的内心世界。诗题本是《闺怨》，诗人却从这位少妇的"不知愁"写起，构思确实不一般。当她盛妆登楼赏春之时，忽然发现杨柳吐青，这时才想起自己的丈夫从军已久。于是寂寞之心为之一震，情绪陡转，深感世上一切功名利禄都不及爱情宝贵。从诗脉角度来看，变化是从转句开始的。例②，《牡丹》一诗又题作《成婚》，是有暗喻的。张氏本想娶一位漂亮女子为妻，结果事与愿违。这恰如牡丹一样：牡丹贵在深色，或红或紫，都是"一朵值千金"的。然而，花园中开出的牡丹令人大失所望，"今日满栏开似雪，一生辜负看花心"。这首诗的诗意逆转也是从转句开始的。

第四，对象转句。

对象转句就是转句所描写的对象与承句不同。如：

①九月天山风似刀，城南猎马缩寒毛。

　将军纵博场场胜，赌得单于貂鼠袍。(岑参《赵将军歌》)

②白帝城中云出门，白帝城下雨翻盆。

　高江急峡雷霆斗，古木苍藤日月昏。

　戎马不如归马逸，千家今有百家存。

　哀哀寡妇诛求尽，恸哭秋原何处村？(杜甫《白帝》)
(归马：指从事耕作的马。)

③独游千里外，高卧七盘西。

　山月临窗近，天河入户低。

　芳春平仲绿，清夜子规啼。

　浮客空留听，褒城闻曙鸡。(沈佺期《夜宿七盘岭》)
(平仲：银杏树。子规：杜鹃鸟。)

例①，承句写赵将军的"猎马"，转句写赵将军"纵博"。例②，承句写"高江急峡""古木苍藤"，转句写"戎马""归马"、"千家""百家"。例③，承句写"芳春平仲"，转句写"清夜子规"。对象转句的内容很多，我们这里仅是举例性质。

第五，虚实转句。

虚实转句就是指承句和转句所描写的内容虚实不一，或先虚后实，或先实后虚。如：

①金陵津渡小山楼，一宿行人自可愁。

　潮落夜江斜月里，两三星火是瓜州。(张祜《题金陵渡》)

②三日入厨下，洗手作羹汤。

　未谙姑食性，先遣小姑尝。(王建《新嫁娘》)(谙：熟

悉。)

例①，承句"一宿行人自可愁"，这是写心理状态，是虚写；转句"潮落夜江斜月里"，这是写江夜景色，是实写。例②，承句"洗手作羹汤"，这是写新嫁娘初入厨房，亲自操持，是实写；转句"未谙姑食性"，这是写新嫁娘的心理状态，是虚写。

以上是转句的基本情况。

在讨论转句的时候，还有一点值得我们注意的就是转句和结句的关系问题。在近体诗的绝句里，转句和结句常常形成种种复句关系，这种写法也是值得注意的。如：

①岁岁金河复玉关，朝朝马策与刀环。

三春白雪归青冢，万里黄河绕黑山。（柳中庸《征人怨》）（青冢：指昭君墓。）

②云想衣裳花想容，春风拂槛露华浓。

若非群玉山头见，会向瑶台月下逢。（李白《清平调词三首》其一）（群玉：山名，神话中西王母的住处。）

③奉帚平明金殿开，且将团扇共徘徊。

玉颜不及寒鸦色，犹带昭阳日影来。（王昌龄《长信秋词》）（昭阳：昭阳殿。）

④泠泠七弦上，静听松风寒。

古调虽自爱，今人多不弹。（刘长卿《弹琴》）

⑤王杨卢骆当时体，轻薄为文哂未休。

尔曹身与名俱灭，不废江河万古流。（杜甫《戏为六绝句》其二）（哂：嘲笑。尔曹：你们。）

⑥天下伤心处，劳劳送客亭。

春风知别苦，不遣柳条青。（李白《劳劳亭》）（遣：使。）

例①，转句和结句是并列关系。例②，转句和结句是选择关系。例③，转句和结句是因果关系。例④，转句和结句是转折关系。例⑤，转句和结句是让步关系。例⑥，转句和结句是假设关系。

# 三、诗章布局

　　前面说过，近体诗讲究起、承、转、合，这既是一个诗脉问题，也是一个结构问题。那么古体诗是否也讲究起、承、转、合的呢？对此，前人的看法并不完全一致。傅若金在《诗法正论》中说："及作古诗、长律，亦以此法求之。三百篇如《周南·关雎》则第一章为起、承，第二章为转，第三章为合。《葛覃》则第一章为起，第二章为承，第三章为转、合。《卷耳》则第一章为起，第二章、第三章为承，第四章为转、合。《樛木》《斯螽》《桃夭》《兔罝》《芣苢》《汉广》则每章四句、八句，自以为起承转合。《汝坟》则第一章为起，第二章为承，第三章为转合。《麟之趾》则每章一句为起，二句为承，三句为转合。其他诗或短或长不齐者，亦以此法求之。古之作者，其用意虽未必尽尔，然文者理势之自然，正不能不尔也。"（王大鹏等《中国历代诗话选》二，第1087页，1985年，岳麓书社）应当指出，这种分析是带有很大的主观性的，因此连傅若金自己也不得不说"古之作者，其用意虽未必尽尔，然文者理势之自然，正不能不尔也"。总之，古体诗的起、承、转、合，都是后人分析出来的，当时诗人写诗的时候未必懂得这个结构规则。仅以傅氏所举的《关雎》

为例，也足以说明这个问题。傅氏认为《关雎》第一章是起、承，第二章是转，第三章是合。事实上恐怕不是这样的。如：

①关关雎鸠，在河之洲。
　窈窕淑女，君子好逑。

　参差荇菜，左右流之。
　窈窕淑女，寤寐求之。

　求之不得，寤寐思服。
　悠哉悠哉，辗转反侧。

　参差荇菜，左右采之。
　窈窕淑女，琴瑟友之。

　参差荇菜，左右芼之。
　窈窕淑女，钟鼓乐之。（《诗经·周南·关雎》）

　　例①，《关雎》第一章以关雎鸣叫起兴，十分明显，目的在于提出君子求偶的对象，即"窈窕淑女"，而根本不存在什么"承"的问题。又如《诗经》有的章段只是同一意义的反复咏叹，也不存在什么起、承、转、合问题。如：

②十亩之间兮，桑者闲闲兮。
　行与子还兮。

　十亩之外兮，桑者泄泄兮。
　行与子逝兮。（《诗经·魏风·十亩之间》）（行：将。

泄泄：音 yì，轻松的样子。）

例②，这是一首采桑妇女招呼伙伴同归的诗，全诗仅有两章，是同一意义的反复咏叹。因此，我们认为古体诗，尤其是长篇古体诗的结构问题，还是用段、层次这样一些概念去分析较好。下面就谈谈古体诗的诗段和层次问题。

# （一）诗段

古体诗，尤其是长篇古体诗，是没有不分段的。古体诗的段落一般可以分为首、腹、尾三段，而不必用起、承、转、合去硬套。首就是一首诗的起始段落，腹就是一首诗的主体段落，尾就是一首诗的结尾段落。下面我们就以四言诗、五言诗和七言诗为例来说明一下这个问题。

古代四言诗以《诗经》为代表。《诗经》是分章的，章就是诗段。《诗经》分章少则一章（主要见于颂诗）、两章，多则长达十三章（如小雅《正月》）。五章以上的主要见于雅诗部分，三章、四章的主要见于风诗部分。《诗经》以三章来分段的，大体上都是首、腹、尾三段。如：

①野有死麕，白茅包之。

有女怀春，吉士诱之。

林有朴樕，野有死鹿。

白茅纯束，有女如玉。

"舒而脱脱兮！无感我帨兮！

无使尨也吠！"（《诗经·召南·野有死麕》）（麕：音jūn，獐子。朴樕：小树。帨：音 shuì，佩巾。尨：音 máng，长毛狗。）

例①，这是一首热情奔放的情诗，写的是一位青年猎手追求一个女子的情况。全诗分三章，层次分明。第一章写猎手追求少女，用猎得的死麕去挑逗她，这是全诗的开始。第二章写猎手把古代婚礼用的柴薪、白茅都准备好了，一门心思地想同那位少女结成婚配，这是主体段落。第三章写大胆的少女私约猎手到家，终于毫无保留地接受了猎手的爱情，这是全诗的结束。又如：

②静女其姝，俟我于城隅。
　爱而不见，搔首踟蹰。

　静女其娈，贻我彤管。
　彤管有炜，说怿女美。

　自牧归荑，洵美且异。
　匪女之为美，美人之贻。（《诗经·邶风·静女》）（姝：美丽。娈：美好。说：音 yuè，同"悦"。归：通"馈"，赠送。洵：的确。）

例②，这也是一首情诗。第一章写男子赴约、不见女子的焦急不安的情态。第二章写女子赠送"彤管"作为信物以及男子接受礼物之后的兴奋、喜悦心情。第三章写女子赠送亲自采摘的一束野草，恋情日笃，或许暗中已定终身。《静女》

共三章，层次是十分鲜明的。

说到五言诗，情况也是这样的。抛开汉末的古诗十九首不说，其余的唐宋以前的五言古体诗一般都是比较长的，限于篇幅，这里不便全引。下面仅以篇幅比较短的《羽林郎》为例来说一下。如：

③昔有霍家奴，姓冯名子都。
依倚将军势，调笑酒家胡。

胡姬年十五，春日独当垆。
长裾连理带，广袖合欢襦。
头上蓝田玉，耳后大秦珠。
两鬟何窈窕，一世良所无。
一鬟五百万，两鬟千万余。

不意金吾子，娉婷过我庐。
银鞍何煜爚，翠盖空踟蹰。
就我求清酒，丝绳提玉壶。
就我求珍肴，金盘脍鲤鱼。
贻我青铜镜，结我红罗裾。

不惜红罗裂，何论轻贱躯。
男儿爱后妇，女子重前夫。
人生有新故，贵贱不相逾。
多谢金吾子，私爱徒区区。（辛延年《羽林郎》）

例③，辛延年的《羽林郎》是一首名诗，诗题用的是乐府旧题，与本诗内容无关。这首诗歌颂的是酒家女反抗强暴、蔑视权贵的高尚精神。全诗分四段。第一段，诗人以极其精练的语言向读者推出了冯子都这个人物。第一段仅四句二十个字就把冯子都这个人物的姓名、身份、社会背景以及恶劣的品德都交代得一清二楚。这是一首诗的开端。第二段，诗人介绍了胡姬年龄、身份，并通过夸张手法描写了胡姬的穿着打扮，借助服饰美以表现胡姬的容貌美和精神美。第三段，写冯子都"调笑酒家胡"的具体事实。冯子都这个"霍家奴"，尽管是银鞍翠盖的"大人物"，但在普通的酒家女面前显得十分卑微。诗人通过"就""求""贻""结"这些关键动词，把冯子都调笑的事实摆在光天化日之下，使人读后越发觉得这个人物的丑陋和可恶。第二、第三两段是这首诗的主体段落。第四段，写胡姬反抗强暴的胜利，这是全诗的结局。"不惜红罗裂，何论轻贱躯"，两句写得十分有力。胡姬不怕权势，不图富贵，并决心以死维护自己的情操和爱情，终于迫使冯子都退缩，取得战胜强暴的胜利。

七言诗的例子如：

④八月秋高风怒号，卷我屋上三重茅。

茅飞渡江洒江郊，高者挂罥长林梢，

下者飘转沉塘坳。


南村群童欺我老无力，忍能对面为盗贼。

公然抱茅入竹去，唇焦口燥呼不得，

归来倚杖自叹息。

俄顷风定云墨色，秋天漠漠向昏黑。

布衾多年冷似铁，娇儿恶卧踏里裂。

床头屋漏无干处，雨脚如麻未断绝。

自经丧乱少睡眠，长夜沾湿何由彻！

安得广厦千万间，大庇天下寒士俱欢颜！

风雨不动安如山。

呜呼！何时眼前突兀见此屋，吾庐独破受冻死亦足！（杜甫《茅屋为秋风所破歌》）（罥：挂。突兀：高耸的样子。）

例④，这首诗分为四段。第一段，写茅屋为秋风所破，开门见山，首段点题。第二段，写顽童抱茅而去及诗人由此而产生的心态。第三段，写杜甫穷困，屋破床湿，彻夜难眠以及诗人忧国忧民的情思。第二、第三两段，实际是这首诗的主体段落。第四段，写诗人的美好愿望和无限慨叹。

当然古体诗不一定都分为三个或四个段落，有的还可以分成更多的段落。但不管分成多少段落，最终都可以纳入首、腹、尾的结构中去，这是毫无问题的。

## （二）层次

古体诗，不论长篇或短篇，段落内部都是分层次的。段落内部有了层次，诗脉才能很好地过渡和展开。下面先以四言诗证实一下。如：

①氓之蚩蚩，抱布贸丝。
匪来贸丝，来即我谋。
送子涉淇，至于顿丘。
匪我愆期，子无良媒。
将子无怒，秋以为期。

乘彼垝垣，以望复关。
不见复关，泣涕涟涟。
既见复关，载笑载言。
尔卜尔筮，体无咎言。
以尔车来，以我贿迁。

桑之未落，其叶沃若。
吁嗟鸠兮，无食桑葚。
吁嗟女兮，无与士耽。
士之耽兮，犹可说也。
女之耽兮，不可说也。

桑之落矣，其黄而陨。
自我徂尔，三岁食贫。
淇水汤汤，渐车帷裳。
女也不爽，士贰其行。
士也罔极，二三其德。

三岁为妇，靡室劳矣。
夙兴夜寐，靡有朝矣。

言既遂矣，至于暴矣。

兄弟不知，咥其笑矣。

静言思之，躬自悼矣。


及尔偕老，老使我怨。

淇则有岸，隰则有泮。

总角之宴，言笑晏晏。

信誓旦旦，不思其反。

反是不思，亦已焉哉。（《诗经·卫风·氓》）（将：请。垝：毁坏。贿：财物。沃若：润泽的样子。耽：沉迷。说：通"脱"，摆脱。徂：往。爽：差错。罔：无。咥：音 xì，笑的样子。隰：音 xí，低湿的地方。信誓：发誓。）

例①，《卫风·氓》这首诗共六章。第一、第二章，写"氓"和弃妇当初恋爱、结婚的经过，这是全诗的开端。第三、第四、第五章，写弃妇对这件婚事的悔恨以及表白自己的美德和对"氓"负心的愤怒。这三段是这首诗的主体段落。第六章，写弃妇对往日之情虽然有所留恋，但决心已下，与"氓"彻底决裂。这一章是全诗的结尾。《氓》这首诗在《诗经》里不算太长，仅六章，每章内的层次也不复杂。具体分析如下：

第一大段（一、二章）：

一章层次：1."氓之蚩蚩——来即我谋"，写"氓"来求婚；

2."送子涉淇——秋以为期"，写确定婚期。

二章层次：1."乘彼垝垣——载笑载言"，写弃妇婚前的心

情；

2."尔卜尔筮——以我贿迁"，写结婚经过。

第二大段（三、四、五章）：

三章层次：1."桑之未落——无与士耽"，写弃妇对婚事
的追悔；

2."士之耽兮——不可说也"，写追悔的理由。

四章层次：1."桑之落矣——三岁食贫"，写婚后的穷
困；

2."淇水汤汤——二三其德"，写弃妇被弃和
对"氓"负心的愤怒。

五章层次：1."三岁为妇——至于暴矣"，写弃妇表白自
己的功劳、美德；

2."兄弟不知——躬自悼矣"，写弃妇家人对
她的不理解以及自己内心的痛苦。

第三大段（六章）：

六章层次：1."及尔偕老——言笑晏晏"，写被弃后的内
心痛苦；

2."信誓旦旦——亦已焉哉"，写弃妇与"氓"
彻底决裂的决心。

以上是四言诗的例子。五言诗的例子如：

②西京乱无象，豺虎方遘患。

复弃中国去，委身适荆蛮。

亲戚对我悲，朋友相追攀。

出门无所见，白骨蔽平原。

路有饥妇人，抱子弃草间。

顾闻号泣声，挥涕独不还。

未知身死处，何能两相完？

驱马弃之去，不忍听此言。


南登霸陵岸，回首望长安。

悟彼下泉人，喟然伤心肝。（王粲《七哀诗》其一）（西京：长安。豺虎：喻指李傕、郭汜等人。遘患：造成祸患。遘，通"构"。霸陵：汉文帝刘恒的陵墓，在长安东。下泉人：指《诗经·曹风·下泉》的作者。）

例②，王粲的《七哀诗》共三首，这里选的是其中的第一首。这首诗充分揭露了东汉末年董卓部将李傕、郭汜发动兵乱，攻陷长安后给人民生活造成的巨大灾难。全诗可分三大段。第一段写"西京"陷落和诗人逃难，第二段写诗人的逃难见闻，第三段写诗人的哀感和忧伤。这首诗虽然有些抒情句子，但从整体结构来看，叙事的线索还是比较清楚的。诗段内部的层次分析如下：

第一大段：

层次：1."西京乱无象——豺虎方遘患"，写李、郭发动
　　　　兵乱，西京陷落；

　　　 2."复弃中国去——朋友相追攀"，写诗人逃离西
　　　　京及亲友相送。

第二大段：

层次：1."出门无所见——何能两相完"，写因兵乱而造
　　　　成的人间惨状；

2. "驱马弃之去——不忍听此言"，写诗人目睹人间惨状后而流露出的伤感。同时，这个层次在结构上又具有承上启下的过渡作用。

第三大段：

层次：1. "南登霸陵岸——回首望长安"，写诗人对西京的无限依恋之情；

2. "悟彼下泉人——喟然伤心肝"，写诗人借《下泉》题旨抒发对现实生活的无限忧伤。

七言诗的例子如：

③汉皇重色思倾国，御宇多年求不得。

杨家有女初长成，养在深闺人未识。

天生丽质难自弃，一朝选在君王侧。

回眸一笑百媚生，六宫粉黛无颜色。

春寒赐浴华清池，温泉水滑洗凝脂。

侍儿扶起娇无力，始是新承恩泽时。

云鬓花颜金步摇，芙蓉帐暖度春宵。

春宵苦短日高起，从此君王不早朝。

承欢侍宴无闲暇，春从春游夜专夜。

后宫佳丽三千人，三千宠爱在一身。

金屋妆成娇侍夜，玉楼宴罢醉和春。

姊妹弟兄皆列土，可怜光彩生门户。

遂令天下父母心，不重生男重生女。


骊宫高处入青云，仙乐风飘处处闻。

缓歌慢舞凝丝竹，尽日君王看不足。

渔阳鼙鼓动地来，惊破霓裳羽衣曲。
九重城阙烟尘生，千乘万骑西南行。
翠华摇摇行复止，西出都门百余里。
六军不发无奈何，宛转蛾眉马前死。
花钿委地无人收，翠翘金雀玉搔头。
君王掩面救不得，回看血泪相和流。
黄埃散漫风萧索，云栈萦纡登剑阁。
峨嵋山下少人行，旌旗无光日色薄。
蜀江水碧蜀山青，圣主朝朝暮暮情。
行宫见月伤心色，夜雨闻铃肠断声。

天旋日转回龙驭，到此踌躇不能去。
马嵬坡下泥土中，不见玉颜空死处。
君臣相顾尽沾衣，东望都门信马归。
归来池苑皆依旧，太液芙蓉未央柳。
芙蓉如面柳如眉，对此如何不泪垂。
春风桃李花开日，秋雨梧桐叶落时。
西宫南内多秋草，落叶满阶红不扫。
梨园弟子白发新，椒房阿监青娥老。
夕殿萤飞思悄然，孤灯挑尽未成眠。
迟迟钟鼓初长夜，耿耿星河欲曙天。
鸳鸯瓦冷霜华重，翡翠衾寒谁与共。
悠悠生死别经年，魂魄不曾来入梦。

临邛道士鸿都客，能以精诚致魂魄。
为感君王展转思，遂教方士殷勤觅。

排云驭气奔如电，升天入地求之遍。
上穷碧落下黄泉，两处茫茫皆不见。
忽闻海上有仙山，山在虚无缥缈间。
楼阁玲珑五云起，其中绰约多仙子。
中有一人字太真，雪肤花貌参差是。
金阙西厢叩玉扃，转教小玉报双成。
闻道汉家天子使，九华帐里梦魂惊。
揽衣推枕起徘徊，珠箔银屏迤逦开。
云髻半偏新睡觉，花冠不整下堂来。
风吹仙袂飘飘举，犹似霓裳羽衣舞。
玉容寂寞泪阑干，梨花一枝春带雨。
含情凝睇谢君王，一别音容两渺茫。
昭阳殿里恩爱绝，蓬莱宫中日月长。
回头下望人寰处，不见长安见尘雾。
唯将旧物表深情，钿合金钗寄将去。
钗留一股合一扇，钗擘黄金合分钿。
但教心似金钿坚，天上人间会相见。
临别殷勤重寄词，词中有誓两心知。
七月七日长生殿，夜半无人私语时。
在天愿作比翼鸟，在地愿为连理枝。
天长地久有时尽，此恨绵绵无绝期。（白居易《长恨
歌》）

（汉皇：这里借指唐玄宗。步摇：附在簪钗上的一种首
饰，上有垂珠，行走时就摇动，所以叫"步摇"。列土：即裂
土，本指皇帝把土地分封给王侯，这里指封官晋爵。翠华：

皇帝仪仗队的旗子，上面饰有翠羽。玉搔头：玉簪。绰约：妩媚的样子。参差：大约、大概。玉扃：玉做的门。钿合：即钿盒。）

例③，白居易的这首著名长诗一共是一百二十行、八百四十言。对这首长诗的段落划分有不同认识。我们认为还是分为四大段较好。第一大段（"汉皇重色思倾国——不重生男重生女"），写杨贵妃入选和唐玄宗对她的宠爱。第二大段（"骊宫高处入青云——夜雨闻铃肠断声"），写安史之乱发生，唐玄宗逃往四川和杨贵妃被处死。第三大段（"天旋日转回龙驭——魂魄不曾来入梦"），写安史之乱结束，唐玄宗回驾长安和对杨贵妃的思念。第四大段（"临邛道士鸿都客——此恨绵绵无绝期"），写道士帮助唐玄宗寻找杨贵妃和杨贵妃同方士在仙山相见，重申杨李爱情，并以"此恨绵绵无绝期"点题作结。这首诗的层次划分如下：

第一大段：

层次：1. "汉皇重色思倾国——御宇多年求不得"，写唐玄宗重色求美女；

　　　2. "杨家有女初长成——玉楼宴罢醉和春"，写杨贵妃入选、受宠；

　　　3. "姊妹弟兄皆列土——不重生男重生女"，写杨贵妃受宠后，杨氏家族也随之显贵。

第二大段：

层次：1. "骊宫高处入青云——惊破霓裳羽衣曲"，写唐玄宗整日沉湎于歌舞酒色之中，终于引起安史之乱爆发；

　　　2. "九重城阙烟尘生——回看血泪相和流"，写唐

玄宗为避安史之乱逃往四川及应将士要求处死杨
贵妃；

    3. "黄埃散漫风萧索——夜雨闻铃肠断声"，写唐
玄宗辗转四川以及对杨贵妃的思念。

第三大段：

层次：1. "天旋日转回龙驭——东望都门信马归"，写
安史之乱结束，唐玄宗回长安，途经马嵬坡，
触景伤情；

    2. "归来池苑皆依旧——魂魄不曾来入梦"，写唐玄
宗回宫后的种种感受以及对杨贵妃的无限思
念。

第四大段：

层次：1. "临邛道士鸿都客——两处茫茫皆不见"，写方
士上天入地寻求杨贵妃，结果毫无所得；

    2. "忽闻海上有仙山——天上人间会相见"，写方
士与杨贵妃在仙山相见；

    3. "临别殷勤重寄词——此恨绵绵无绝期"，写临
别寄语，杨贵妃再次重申对爱情的忠贞。

由上述可知，《长恨歌》这首千古绝唱不仅在内容上具有
很高的艺术成就，而且在形式上相当严谨。

在谈到古代诗歌的诗段层次的时候，有一个层次的划分
和换韵的关系问题。这是一个很有意思的问题。在较长的古
体诗里，凡是换韵的地方，往往也就是一个层次。换韵不仅
打破了一韵到底的凝滞感，而且使诗的层次更加鲜明。在这
方面，杜甫的《丹青引》可以说是最典型不过了。《丹青引》
一共是四十句，八句一换韵，是很有规律的。如：

④将军魏武之子孙，于今为庶为清门。
英雄割据虽已矣，文采风流今尚存。
学书初学卫夫人，但恨无过王右军。
丹青不知老将至，富贵于我如浮云。

开元之中常引见，承恩数上南熏殿。
凌烟功臣少颜色，将军下笔开生面。
良相头上进贤冠，猛将腰间大羽箭。
褒公鄂公毛发动，英姿飒爽来酣战。

先帝御马玉花骢，画工如山貌不同。
是日牵来赤墀下，迥立阊阖生长风。
诏谓将军拂绢素，意匠惨淡经营中。
斯须九重真龙出，一洗万古凡马空。

玉花却在御榻上，榻上庭前屹相向。
至尊含笑催赐金，圉人太仆皆惆怅。
弟子韩幹早入室，亦能画马穷殊相。
幹惟画肉不画骨，忍使骅骝气凋丧。

将军善画盖有神，必逢佳士亦写真。
即今漂泊干戈际，屡貌寻常行路人。
途穷反遭俗眼白，世上未有如公贫。
但看古来盛名下，终日坎壈缠其身。（杜甫《丹青引》）

（凌烟：凌烟阁。赤墀：丹墀，宫殿的台阶。阊阖：天

子宫门。圉人：养马的人。太仆：掌马的官。坎壈：音 kǎn lǎn，穷困，不得志的样子。）

例④，《丹青引》共分五段，每段八句一换韵，具体分析如下：

第一段：

写曹霸的家世渊源和他酷爱书画艺术。

层次：1."将军魏武之子孙——文采风流今尚存"，写曹霸家世渊源。"孙""门""存"是韵脚字，押的是上平声十三元韵。

2."学书初学卫夫人——富贵于我如浮云"，写曹霸酷爱书画艺术，忘掉一切。"人""军""云"是韵脚字，"人"是上平声十一真韵，"军""云"是上平声十二文韵，属真文通押。

第二段：

写曹霸奉诏画功臣。"见""殿""面""冠""箭""战"是韵脚字，其中除"冠"押的是上平声十四寒韵外，其余的字全押的是去声十七霰韵，属寒霰通押。

第三段：

写曹霸奉诏画马。"骢""同""风""中""空"是韵脚字，押的都是上平声一东韵。

第四段：

写众人对曹霸画马的称赞，并以韩幹画马作陪衬，进一步突出曹霸画技之高。"上""向""怅""相""丧"是韵脚字，押的全是去声二十三漾韵。

第五段：

写曹霸的现实遭遇并为其鸣不平。"神""真""人""贫""身"是韵脚字,押的全是上平声十一真韵。

总之,古代诗歌的章法问题是我们分析、鉴赏古代诗歌艺术形式的重要内容之一,是不可忽略的。

# 古代诗歌修辞的发展

　　古代诗歌修辞的内容是不断发展变化的。我们这里仅就两个问题来谈点儿意见，以作为全书的总结。这两个问题是：一是诗体的变化和修辞的关系问题，二是辞格的发展变化问题。下面就分别谈一谈。

# 一、诗体的变化和修辞的关系

大家知道，语言总是在一定的范围里、在一定的条件下去使用的，古代诗歌语言当然也不例外。说到语体，它实际上就是日常生活语言在特定的使用环境中的种种变体，是聚集各种不同修辞手段的语言变体的类型。因此，我们觉得修辞研究一定要和语体研究充分地结合起来。正是基于这种认识，我们在谈古代诗歌修辞发展的时候就不能不谈古代诗体的变化。

根据不同的标准，古代诗体可以有不同的分类。从每一诗行的字数来说，可以分为四言诗、五言诗、六言诗和七言诗等。从有无格律角度来说，可以分为古体诗和近体诗。如果从内容上看，古代诗歌又有种种分类，这里就不说了。

四言诗可以《诗经》为代表。四言诗必然是古体诗，因为近体诗里没有四言诗。《诗经》是以四言体为主的。向熹先生曾做过统计，全书305篇，共7284句，其中属四字句的就有6667句，占总数的92%，非四字句的共617句，仅占总数的8%。(《诗经语言研究》，第260页，1987年，四川人民出版社）那么在《诗经》之前还有没有一言诗、二言诗、三言诗？作为一种诗体，我想是不存在的。我们不能把一首诗句中的一字句、二字句和三字句当作诗体来看待。如：

①缁衣之宜兮，敝，予又改为兮。(《诗经·郑风·缁衣》)
②祈父，予王之爪牙。(《诗经·小雅·祈父》)
③有駜有駜，駜彼乘黄。

　凤夜在公，在公明明。

　振振鹭，鹭于下。

　鼓咽咽，醉言舞。

　于胥乐兮。(《诗经·鲁颂·有駜》)（駜：音 bì，马肥
壮的样子。乘：四匹马。明明：勉勉。胥：皆。）

　　例①，《郑风·缁衣》，以全诗而言，如不计"兮"字，
主要是四五杂言。"敝"，在句中是一字逗，不涉及诗体问题。
例②，《小雅·祈父》，以全诗而言，也主要是四五杂言，间
或有三字句。"祈父"为呼语，"予王之爪牙"实为省去主语
的判断句，变成散文句子，等于说："祈父，尔予王之爪牙
也"。所以句中的"祈父"，也不涉及诗体问题。例③《鲁
颂·有駜》，就全诗而言，主要是三四杂言。全诗共三章，
四言多于三言。这只是一种诗体内部的变化，不涉及诗体问
题。但是，从某些文献所引用的古代歌谣来看，又确有二言
或二三杂言、二四杂言的诗歌。二言的如明代冯惟讷《古诗
纪》中所收的《吴越春秋》的《弹歌》：

　　①断竹，续竹，飞土，逐肉。(无名氏《弹歌》)

　　例①，"竹""竹""肉"押韵，同属觉部。虽说四言体诗
的每个诗行可以划为二二式音步，但这里由于有韵脚的限制，
所以不能定为四言，只能定为二言。又如《周易》中引用的

古代歌谣也有二三杂言或二四杂言的：

②女承筐，无实。士刲羊，无血。（《周易·归妹》）
③屯如邅如，乘马班如。

匪寇，婚媾。（《周易·屯卦》）

例②，"筐""羊"押韵，同属阳部；"实""血"押韵，同属质部。例③，"邅""班"押韵，同属元部；"寇""媾"押韵，同属侯部。但是，总的来看，像例①—③这种情况在先秦时代是十分少见的，因此我们不能根据这点材料就断定先秦存在过二言体或三言体诗。到了汉代，确实有过三言诗，如《郊祀歌》中的《练时日》《天马》等，都是地地道道的三言诗，但作为一种诗体，又确实没有得到发展，其中的原因下面再说。总之，在先秦时代，四言诗是占绝对优势的。即使在《楚辞》里，也有四言诗，如《天问》和《九章》中的《橘颂》都基本是四言的。先秦以后也还有人写四言诗，如朱穆的《与刘伯宗绝交诗》，曹操的《短歌行》《观沧海》《龟虽寿》等，但这些已构不成主流，只能说是四言诗的强弩之末。

在战国时代，具有鲜明楚地文化色彩的骚体诗的出现，不仅标志着中国古代诗歌创作登上了一个新的台阶，而且表明了古代诗体的演变发生了重大变化。总的来看，骚体诗基本上是六言。以《离骚》为例，我统计的结果是：全诗共375句，如果不计处于句末的"兮"字、"也"字这类虚词，那么六言句就有277句，占总数的73.9%。但是，先秦两汉以后，六言诗并没有得到发展。

说到五言诗，五言诗的起源问题是颇有争议的。《诗经》

中虽有许多五言句（据向熹先生统计，共有 340 句），但那并不是五言诗。据《汉书·五行志》记载，汉代的民谣确有五言体的：

①邪径败良田，谗口乱善人。

桂树华不实，黄爵巢其颠。

故为人所美，今为人所怜。（无名氏《邪径败良田》）（爵：通"雀"。）

作为文人写的五言诗，一般认为班固的《咏史》为最早。如：

②三王德弥薄，惟后用肉刑。

太仓令有罪，就逮长安城。

自恨身无子，困急独茕茕。

小女痛父言，死者不可生。

上书诣阙下，思古歌鸡鸣。

忧心摧折裂，晨风扬激声。

圣汉孝文帝，恻然感至情。

百男何愦愦，不如一缇萦。（班固《咏史》）

例②，这是一首叙事诗，就语言来说，没什么文采，但就诗体形式而言，表明五言诗体确实已经产生了。到了东汉末年，《古诗十九首》的出现，表明五言诗写作已进入成熟阶段。从这以后，直到隋唐以前，五言诗都是占主导地位的。中国古代诗体发展到南朝齐武帝永明年间形成了一种新的诗体，即永明体。永明体新诗也主要是五言的。到后来近体诗形成以后，又有五绝、五律，所以我们说五言诗在古代诗歌

史上是颇有地位的，其影响力不可低估。与五言诗相反，七言诗在隋唐以前一直是受排斥的，发展不大。

说到七言诗的起源，一般认为文人写的七言诗以汉代张衡的《四愁诗》为最早。其实《四愁诗》并不是真正的七言诗，因为其中有的诗句还夹有"兮"字。如：

①我所思兮在太山，欲往从之梁父艰。

侧身东望涕沾翰。

美人赠我金错刀，何以报之英琼瑶。

路远莫致倚逍遥，何为怀忧心烦劳？（张衡《四愁诗》）

如果不计"兮"字，西汉刘细君的《悲愁歌》已接近七言体了。如：

②吾家嫁我兮天一方，远托异国兮乌孙王。

穹庐为室兮毡为墙，以肉为食兮酪为浆。

居常土思兮心内伤，愿为黄鹄兮归故乡。（刘细君《悲愁歌》）

七言诗的正式确立是曹丕的《燕歌行》，到了南朝鲍照时代真正成熟。七言诗到了唐代以后，才得到了充分的发展。

以上说的是古代诗体发展的大致脉络。诗体的变化必然影响修辞的表达。诗体的变化对修辞的影响，我们可以从两个方面去观察：一是诗行字数的变化和修辞的关系，二是格律的运用和修辞的关系。下面就分别说一说。

第一，诗行字数的变化和修辞的关系。

诗行字数的变化对修辞最直接的影响表现在诗行节奏（音步）的变化上。前面说过，先秦以四言诗为主，到了汉代

产生了五言诗，后来又产生了七言诗，那么我们要问，为什么二言诗、三言诗和六言诗都不能形成一种诗体？我想这其中最关键的问题就是节奏。

二言和三言诗。

诗句是二言或三言的，一般说来都不能形成节奏。因为诗句太短，构成诗句的各个语言成分之间不能形成停顿。如"断竹，续竹，飞土，逐肉"，显然是不能形成"断—竹，续—竹，飞—土，逐—肉"这样的节奏的。为什么不能这样去读？就是因为"断竹""续竹""飞土""逐肉"是各自独立的语法单位，两个语言成分之间有固定的语法关系。同理，三言诗句一般也不能形成节奏。如：

①巫山高，高以大。

　淮水深，难以逝。（无名氏《巫山高》）

②草如茵，松如盖。

　风为裳，水为珮。

　油壁车，夕相待。

　冷翠烛，劳光彩。

　西陵下，风吹雨。（李贺《苏小小墓》）

例①②都不是纯粹的三言诗。它们还各自杂以四言、五言或七言。但仅从这里举的例句来看，也就知道三言诗句是不能形成节奏的，道理同上，不再分析了。诗歌语言是讲究节奏的语言。二、三言诗句，既然不能形成节奏，再加上诗句很短，不能表达较复杂内容，所以没有形成一种诗体是很自然的。也正因为如此，它们只能和其他诗句配合使用，形成一种"杂言体"。

四言和六言诗。

四言诗句可以形成节奏，其节奏格式一般是二二式。如：

①伐柯如何，匪斧不克。

　取妻如何，匪媒不得。（《诗经·豳风·伐柯》）

②对酒当歌，人生几何？

　譬如朝露，去日苦多。（曹操《短歌行》）

例①②，这些诗句都能形成节奏：伐柯—如何，匪斧—不克。取妻—如何，匪媒—不得。对酒—当歌，人生—几何。譬如—朝露，去日—苦多。但是，这样一种节奏形式，由于每个节奏单位都是由两个音节（字）组成，给人的感觉是在整齐之中缺少变化。因此，四言诗在先秦以后，就很少有人去写了，最终失去活力而让位给五言诗。至于六言诗，其节奏的呆板性比四言诗更厉害，因此它始终不能形成一种诗体。如：

③板桥人渡泉声，茅檐日午鸡鸣。

　莫嗔焙茶烟暗，却喜晒谷天晴。（顾况《过山农家》）
（嗔：音 chēn，怒，生气。）

例③，六言诗句的节奏格式一般是二二二式：板桥—人渡—泉声，茅檐—日午—鸡鸣，莫嗔—焙茶—烟暗，却喜—晒谷—天晴。十分明显，二二二式节奏，每个节奏单位都是两个音节，呆板、凝滞的感觉就更加突出了。袁行霈先生说："音节的组合不仅形成顿，还形成逗。逗，也就是一句之中最显著的那个顿。中国古、近体诗建立诗句的基本规则，就是一句诗必须有一个逗，这个逗把诗句分成前后两半，其音节分配是：四言二二，五言二三，七言四三。林庚先生指出这是中国诗歌在形式上的一条规律，并称之为'半逗律'。"（《中国诗歌艺术研究》，第119页，1987年，北京大学出版社）其实袁先生这里说的"逗"，就是指一个诗行内最明显的节奏点。六言诗句固然不能形成"逗"，把诗句切成前后两个部分，但四言诗句是可以的。然而四言诗体后来让位给五言诗体，究其根本原因还是同各个节奏单位的字数多少有极大关系，这同"半逗律"似乎关系不大。

五言和七言诗。

五言诗和七言诗之所以能形成诗体并长用而不衰，就在于它们不仅能形成节奏，而且各个节奏单位内字数不等，这样就形成一种整齐中有变化、变化中有整齐的节奏感。五言诗的节奏格式一般是二三式，七言诗的节奏格式一般是四三式。如：

①今日良宴会，欢乐难具陈。

　　弹筝奋逸响，新声妙入神。（古诗《今日良宴会》）

②故国三千里，深宫二十年。

　　一声《何满子》，双泪落君前。（张祜《何满子》）

③秋风萧瑟天气凉，草木摇落露为霜。

　　群燕辞归雁南翔，念君客游思断肠。（曹丕《燕歌行》）

④玉楼天半起笙歌，风送宫嫔笑语和。

　　月殿影开闻夜漏，水精帘卷近秋河。（顾况《宫词》）（河：天河。）

　　例①，各诗句均可划成二三式节奏：今日—良宴会，欢乐—难具陈。弹筝—奋逸响，新声—妙入神。例②—④，分

析同。

总之，古代诗句字数的多少与诗句节奏的形成有很大关系。而诗句能否形成节奏又对诗体的演变有直接影响。节奏感是诗歌语言音乐美的重要内容之一，因此我们研究诗体和修辞的关系，就不能不涉及由于诗句字数的变化所带来的修辞效果问题。

第二，格律的运用和修辞的关系。

近体诗是一种格律诗。格律的运用对修辞方式有很大的影响。首先，这种影响表现在辞格选择上。我们知道，由于近体诗对行数、字数都有严格限制，语言运用要更加凝练、简化。反映在辞格的选择上，就要求更加重视、采用偏重意义范围的辞格。比如说，同是比喻辞格，明喻、暗喻都涉及句式问题，而借喻在字面上避开了句式问题，直接把词语用到诗句中就可以了。所以就近体诗而言，同是比喻辞格，用借喻的句子就比用明喻、暗喻的句子多得多。同理，借代、互文等辞格都是偏重于意义范围的辞格，所以近体诗也是常用的。

其次，由于平仄格式的运用，诗句每一个字都纳于有规律的平仄交替变化之中，使诗句的节奏单位和意义单位更加协调、统一，这样诗句的节奏感更鲜明，音乐美更强烈。

再次，由于对仗的运用，对偶辞格在新的诗体中变得更加成熟和严密。

最后，近体诗由于诗体的特殊要求，便产生了起、承、转、合的章法问题。起、承、转、合章法的产生和运用，反过来又增加了诗歌语言的形式美，使读者更易于感受诗的内容。

# 二、辞格的发展和变化

　　古代诗歌所用的各种辞格并不是永远处在一个历史平面上，它们是发展变化的：由于语言的发展和诗体的变化，有的辞格产生了，有的辞格消亡了，这些都是正常的语言现象。

　　首先，古代诗歌辞格的发展表现在辞格的产生上。随着语言的发展和诗体的变化，原先没有的辞格就会根据表达需要而产生出来。如双关辞格就是两汉以后新产生的一种辞格。双关辞格之所以产生在两汉以后并用于诗歌创作之中，是有条件的。这个条件就是我国语言学家对汉语的研究。应当说汉语言从汉代开始，就已经走上了自觉研究的道路。许慎的《说文》、扬雄的《方言》、刘熙的《释名》以及《尔雅》都是成书于汉代的。由此我们可以知道，汉代语言学家们对汉字、语音、词义的研究都达到了一定的水平。前面讲过，双关辞格主要是利用汉语多义词和同音词的特点构成的。因此我们可以断定，双关辞格的产生同人们对汉语这些特点的认识肯定是分不开的。如：

　　①高山种芙蓉，复经黄檗坞。

　　　果得一莲时，流离婴辛苦。（无名氏《子夜歌》）（坞：

四面高中央低的地方。莲：谐音"怜"，爱。）

②伪蚕化作茧，烂熳不成丝。

徒劳无所获，养蚕持底为？（无名氏《采桑度》）（丝：谐音"思"。底：何。）

③自从别欢后，叹音不绝响。

黄檗向春生，苦心随日长。（无名氏《子夜四时歌·春歌》）（黄檗：落叶乔木，树的枝干内皮色黄，味苦。苦心：谐义双关，既指树皮苦，又指人心苦。）

例①—③，"莲""丝""苦心"，就是利用汉语词同音或多义的特点而构成的双关辞格。一语双关，既诙谐又含蓄，具有很好的修辞效果。

其次，古代诗歌辞格的发展还表现在某些辞格的消亡上。比如说，随着近体诗的产生，某些适用于古体诗的辞格就不大常用了，走上了逐渐衰亡的道路。如起兴、连环、排比和反复等辞格就属于这种情况。要用，它们也只能使用在古体诗里，绝不会出现在近体诗里。如：

①弯弯月出挂城头，城头月出照凉州。

凉州七里十万家，胡人半解弹琵琶。

琵琶一曲肠堪断，风萧萧兮夜漫漫。

河西幕中多故人，故人别来三五春。（岑参《凉州馆中与诸判官夜集》）

②妒令潜配上阳宫，一生遂向空房宿。

宿空房，秋夜长，夜长无寐天不明。（白居易《上阳白发人》）

至于有些辞格，如起兴辞格，除在民歌中偶尔使用外，一般文人作品很少用了，已近乎绝迹。

再次，古代诗歌辞格的发展还表现在某些辞格的内部发展以及彼此的相互借用上。前者如对偶辞格的日趋完善，后者如夸张格借用比喻格、借代格借用比喻格等，这些都是比较典型的例子。有关这方面的内容，我们在前面讲辞格时已做了详细交代，这里就不再举例了。

说到古代诗歌修辞发展的原因，我想不外是三条：一是由于语言的发展，二是由于诗体的变化，三是由于认识的提高和创作实践的需要。至于头两条原因，道理很简单，不必过多解释。比如说比喻辞格中的暗喻辞格的形成就同汉语"是"字判断句的产生有直接关系，这是语言发展直接影响辞格产生的最典型的例子。又如在先秦诗歌里，多用叠音类的音律格，这同当时语言中状态形容词和象声词十分发达有关，也是语言发展直接影响辞格使用的又一突出的例子。又如近体诗的产生对对偶辞格的完善起了相当大的推动作用，这是诗体变化影响辞格内部发展变化的最典型的例子。至于说到认识方面的原因，也是不能忽略的。认识来源于实践。古人对修辞的理解是有个过程的。比如汉代的王充在《论衡·艺增》中说过这样一段话："《诗》云：'鹤鸣九皋，声闻于天。'……天之去人，以万数远，则目不能见，耳不能闻。今鹤鸣，从下闻之，鹤鸣近也。以从下闻其声，则谓其鸣于地，当复闻于天，失其实矣。其鹤鸣于云中，人从下闻之；如鸣于九皋，人无在天上者，何以知其闻于天上也？"王充引用的诗句见于《诗经·小雅·鹤鸣》，原句作："鹤鸣于九皋，声闻于天"。显然，王充的理解是过于执着了，这就是因

为他不懂得诗歌语言可以夸张。在这以后，直到曹丕的《典论·论文》的问世，中国文论史上才第一次提出不同文体应有不同的修辞标准问题。如曹丕说："夫文本同而末异，盖奏议宜雅，书论宜理，铭诔尚实，诗赋欲丽。"（《典论·论文》）所谓"诗赋欲丽"，就是指诗赋这类文体在语言使用上应注意修辞，讲究辞藻。中国古代文学创作进入魏晋南北朝时期以后获得了空前的繁荣，许多文体纷纷出现，诗歌创作也是五彩纷呈。中国古代诗歌进入魏晋南北朝以后，总的来看，语言形式由先秦两汉时代的古朴自由进入了一个要求辞藻华美、音韵和谐、格律日趋讲究的时代。正是在这种情况下，一部阐述文学理论、指导文学创作、探讨文学语言表达形式的文学理论巨著问世了，这就是刘勰的《文心雕龙》。《文心雕龙》问世以后，人们对修辞活动的认识上升到了一个新的理论高度。这部巨著不仅论述了修辞原则，而且专门讨论了许多修辞手法问题。理论来源于实践，也是对实践的总结。《文心雕龙》专门提到的辞格就有六七种，如《比兴》篇提到的比喻、起兴，《夸饰》篇提到的夸张，《丽辞》篇提到的对偶，《事类》篇提到的引用，《隐秀》篇提到的委婉，《物色》篇提到的摹拟等。由此可知，来源于诗歌创作实践的修辞理论的问世，反过来更有力地指导了人们的创作实践。诗人们会更加自觉地运用各种修辞手段，促使辞格不断丰富完善，以适应创作的需要。

# 后 记

中国是一个诗歌大国，诗歌是中国古代文学园地里一朵永不凋零的奇葩，光彩夺目，娇艳撩人。从先秦的"诗三百"到唐代近体诗的形成与发展，大约经历了一千六七百年的历史。在这段时间里，古代诗歌作品数量之多，题材之广，风格之新和流派之异，可以说是其他任何一种文学体裁都无法比拟的。古代诗歌是我们中华民族的优秀的文化遗产，它需要我们不断地去学习、发掘、继承和发展。文学是一种语言艺术。言以文远，我们对古代诗歌作品的艺术分析和艺术鉴赏都必须先从语言分析入手。本书是专门以古代诗歌语言的修辞规律为描写对象的，作者希望这里介绍的知识能对读者有所帮助。

本书初稿承蒙著名语言学家，中国人民大学中文系胡明扬教授多次审阅，并提出十分宝贵的修改意见。根据胡先生的意见，我先后将书稿修改了三遍。胡先生的帮助是真诚的，我在此向他表示深深的谢意！同时，中国社科院语用所副研究员费锦昌先生对此书的出版也曾给予很大的关心和帮助，我借此机会也向他表示由衷的感谢！最后，我还要谢谢语文出版社编审田树生先生。田先生是本书的责任编辑，他在百

忙中十分认真地审阅了书稿，字斟句酌，一丝不苟，订正了书稿中多处纰漏，使我受益匪浅。

多年来我的研究兴趣一直在古代汉语语法方面，而于修辞学科也只是偶有涉猎而已。因此，由于学术水平有限，本书论述中的不当之处在所难免，作者期待着专家、读者的批评指正，以匡谬误！

周生亚

1994 年 9 月 1 日于中国人民大学宜园五楼默人斋

# 修 订 后 记

　　拙著《古代诗歌修辞》自 1995 年 4 月出版至今已逾二十八年，时间匆促而逝，真是令人感伤不已。

　　诗有诗的语言。古代诗歌语言之所以感人肺腑，使人动心动情，这其中除去作品内容外，也少不了语言上的修辞功夫。刘勰说："言以文远，诚哉斯验。"（《文心雕龙·情采》）这话没错。没有理解就没有鉴赏。我们深信，当你掌握了一定的古代诗歌修辞知识之后，再去诵读作品时，你的鉴赏水平一定会提升到一个新的层级。人们审美鉴赏的差异性确实是存在的，但我并不赞成"诗无达诂"的说法。

　　《古代诗歌修辞》出版后，一直受到国内广大读者的欢迎。2023 年 4 月，应韩国亦乐出版社要求，语文出版社又同亦乐出版社签约，授权该社将此书引进韩国翻译出版。

　　借此次修订再版之机，我又把原书仔细地通读一遍，除个别字句略有订补、个别体例略作调整外，其他一仍原书，未有大的改动。

　　十分感谢语文出版社于春迟社长及其他各位领导同志对本书修订再版的大力支持，也谢谢责任编辑李欣蕊同志为精心审校书稿而付出的辛劳。最后，还要谢谢女儿周菁菁为

我承担了不少事务性工作，让我省心省力，免除劳顿之苦。
此记。

周生亚
2023 年 5 月 27 日于默人斋